AF236185

Grenzfälle
Wie Mauern so kalt
Elke Bergsma

Elke Bergsma

Grenzfälle
Wie Mauern so kalt

Impressum
Copyright: © 2018 Elke Bergsma, www.elke-bergsma.de
Lektorat: Hagen Schied, www.lektorat-buchwaerts.de
Korrektorat und Satz: Corinna Rindlisbacher, www.ebokks.de
Cover: Diviice Advertising GmbH, www.diviice.de
unter Verwendung von Fotos von © chernikovatv und
© NikhomTreeVector

Herstellung und Verlag:
BoD - Books on Demand, Norderstedt
ISBN: 9783752870121

Für meinen Onkel
Hotze Bergsma,
ohne den es dieses Buch nicht gegeben hätte.

1

Edo Brandsma nickte seiner Frau Hemke stumm zu, woraufhin sie die Lippen zusammenkniff und ihren Kopf senkte. Tapfer versuchte sie, ihr Schluchzen zu unterdrücken. Und doch konnte sie nicht verhindern, dass ihr die Tränen unaufhaltsam die faltigen Wangen hinabliefen.

Ihr Anblick zerriss Edo schier das Herz. Wie gerne hätte er ihr das Leid von der Seele genommen, die Hilflosigkeit lastete schwer auf seinem Gemüt. Sein Blick blieb an Hemkes arthritisch verformten Fingern hängen. Wie Krallen walkten sie ein spitzenbesetztes Taschentuch, als ginge es darum, sämtliche Tränen der letzten Tage aus ihm herauszudrücken. Und es waren viele Tränen gewesen, verdammt viele.

Dabei hatten sie doch immer nur versucht, rechtschaffene Menschen zu sein. Bauern zu sein, die das taten, was Bauern eben taten: sich um Haus und Hof kümmern, das Land bestellen und das Vieh versorgen, um sich und ihren Kindern einen bescheidenen Lebensstandard zu sichern. Es war schon lange her, dass man als Landwirt in den Niederlanden ein Vermögen machen konnte. Doch mit Fleiß und Einsatzbereitschaft hatte das, was Edo und Hemke verdienten, gut zum Leben gereicht; auch wenn man es ihnen in den letzten Jahren nicht gerade leicht gemacht hatte. Vor allem die ständig sinkenden Milchpreise hatten ihnen zu schaffen gemacht. Und dann war da noch Hemkes Krankheit, die ihr die Knochen aus dem Körper fraß und sie seit einiger Zeit daran hinderte, ihrer geliebten Arbeit auf dem Hof nachzukommen. Doch gemeinsam hatten sie bisher jeder Krise überstanden.

Und nun das. Nein, das hatten sie wirklich nicht verdient. Aber wer fragte in dieser Welt schon nach Gerechtigkeit? Seit sie die niederschmetternde Nachricht erhalten hatten, war da diese unendliche Leere in ihnen, dieses Gefühl, aus dem Leben gerissen und in ein Vakuum geschleudert worden zu sein. Ein Vakuum, das sie umhüllte wie eine Kammer des Todes.

„Bist du bereit?"

Hemke hob den Blick und nickte erneut. Ihre Hände verkrampften sich, den Kopf zog sie, wie um Schutz zu suchen, zwischen die Schultern.

Ein allerletztes Mal, dachte Edo, als er sich nun von seinem angestammten Platz auf der Küchenbank erhob. Jahrzehntelang hatte er auf dieser Bank gesessen, immer genau auf diesem Platz. Bei jeder Tasse Kaffee, bei jeder Mahlzeit, bei jedem Besuch von Familie, Freunden und Kollegen. Nun aber würde es nie wieder so sein. *Ein allerletztes Mal.* Sein ganzes Leben versank in diesen drei Wörtern.

„Sind Sie soweit?", erklang eine Stimme von draußen. „Wir würden dann gerne Feierabend machen."

Edo nickte. Bald würde es dunkel werden. Die Uhr zeigte zwei Stunden vor Mitternacht. Da war es nur allzu verständlich, dass die jungen Leute vom Umzugsunternehmen endlich nach Hause wollten. Für sie war das hier nur ein Job.

Für Edo und Hemke aber war es der Anfang vom Ende.

„Wir kommen", rief Edo mit zittriger Stimme. Der Kloß in seinem Hals wuchs sich zu einem Ballon aus und machte ihm das Atmen schwer, aber nach außen hin wollte er seinen Kummer nicht zur Schau tragen. „Wir kommen, einen Moment, *alstublieft*[1]!"

Er lief um den Tisch herum und umschloss die Griffe von Hemkes Rollstuhl. Ohne sich noch einmal umzudrehen, schob er sie zur Haustür. Draußen stand einer der in Latzhosen gekleideten Männer und sah ihnen mit in die Hüften gestemmten Händen entgegen. Als sie vor den drei Stufen standen, die vom Wohnhaus zur Auffahrt führten, nahm der Mann die fast zu Ende gerauchte Zigarette aus dem Mund und schnippte sie mit den Fingern weg. Dann trugen er und sein Kollege den Rollstuhl nach unten. Ein dritter Mann machte sich umgehend daran, die Haustür zu verschließen und mit Flatterband ein Kreuz über den Rahmen der Haustür zu kleben. Bis auf weiteres würde niemand mehr das stattliche Wohnhaus betreten.

„*Tot ziens*", wisperte Edo fast lautlos, auch wenn er wusste, dass es für ihn und sein Haus kein *Bis bald* mehr geben würde.

„Ihr Nachbar wartet schon. Er wollte nur noch ein Telefonat führen", sagte einer der Männer und deutete auf einen Wagen, der am Tor stand. „Er bringt Sie dann direkt ins neue Zuhause. Alles Gute, *meneer*[2]." Er drückte Edo die Hand und nickte Hemke freundlich zu. „Ihnen auch alles Gute, *mevrouw*[3]."

---

[1] bitte

[2] mein Herr

[3] meine Dame

„Danke." Edo zögerte einen Moment, dann rief er den davoneilenden Männern hinterher: „Ach, bitte, könnten Sie meinem Nachbarn sagen, dass wir noch eine Runde um den Hof drehen möchten, um uns zu verabschieden? Nur eine Runde? Ich hoffe, dass er noch ein paar Minuten Zeit hat."

Der Arbeiter hob die Hand zum Zeichen, dass er verstanden hatte.

Edo beugte sich zu Hemke hinunter. „Ist das in Ordnung für dich?"

Hemke nickte. „Nur ein letztes Mal", sagte sie.

„Ja, nur ein letztes Mal", bestätigte Edo.

Seit sie hier draußen in der lauen und würzigen Sommerluft standen, konnte Hemke den Blick nicht von ihrem Garten mit dem alten Obstbaumbestand abwenden, den sie immer so sehr geliebt hatte. In den letzten vierzig Jahren hatte es keinen Sommer gegeben, in dem sie nicht eimerweise Äpfel, Birnen und Zwetschgen gepflückt und gesammelt hatte, um aus ihnen Marmelade und Kompott zu kochen. Immerzu hatte sie dabei, begleitet von dem Summen der Bienen und anderen Insekten, das ein oder andere fröhliche Lied geträllert und auf diese Weise Gott dem Herrn gedankt, dass er ihnen alljährlich eine so reiche Ernte bescherte.

„Weißt du noch, wie glücklich unsere Kinder waren, wenn sie nach einem langen Winter im Frühjahr endlich wieder auf die Bäume klettern durften?", fragte sie mit leiser Stimme. „Ganz außer Rand und Band waren sie. Genauso wie unsere Kühe, wenn sie zum ersten Mal wieder auf die Weide kamen."

„Ja, sie waren dann völlig überdreht. Die Kinder genauso

wie die Tiere. Es waren gute Zeiten." Edo schob seine Frau über den schmalen gepflasterten Weg, am aus rotem Klinker gebauten Stall vorbei. Dieser grenzte unmittelbar an den weißgetünchten Wohntrakt mit den großen Fenstern. Bis vor wenigen Tagen hatte ihr Vieh hier Unterschlupf gefunden. Stets war ein Muhen und Mähen zu hören gewesen, wenn man an ihm vorbeilief. Nun aber herrschte eine Grabesstille. Kein Laut war zu hören, außer dem Zirpen der Grillen und dem Rascheln der Blätter. Das Vieh war vor zwei Tagen abgeholt worden und fristete sein Dasein nun bei einem anderen Bauern.

Edo blickte auf den Kanal hinaus, der sich direkt an ihrem Grundstück vorbeischob. Sein Wasser glitzerte rot und golden in den Strahlen der untergehenden Sonne. Ihr kleines Motorboot, das ihr Sohn morgen abholen würde, dümpelte sanft auf den flachen, kaum wahrnehmbaren Wellen. Ein Kanute zog in schnellen Zügen vorbei. Am gegenüberliegenden Ufer sah Edo die Nachbarn auf einem mit unzähligen Blumen geschmückten Holzsteg sitzen. Auf dem Grundstück nebenan glühte Kohle unter einem Schwenkgrill, ein Mann stocherte mit einem Schürhaken in ihr herum. Er grüßte mit einer knappen Geste, als er Edo hier stehen sah. Edo grüßte zurück.

„Wir sollten unseren Nachbarn nicht zu lange warten lassen", sagte Hemke. „Lass uns einfach noch mal hinter den Hof schauen, und dann …" Der Rest des Satzes verlor sich in einem unterdrückten Aufschluchzen.

Edo schob den Rollstuhl und blieb an der Giebelseite auf dem mit Beton versiegelten Platz stehen. An diesen schlossen sich die nun verwaisten Wiesen und Weiden an. In der Mitte des Platzes spendete eine uralte Rotbuche Schatten. Ihre Wurzeln hatten den Beton aufgebrochen und es damit verschiedenen Gräsern und Kräutern erlaubt, sich zu ihren Füßen anzusiedeln. Edo hatte den Lebenswillen dieser Pflanzen stets bewundert und war ihnen deshalb nie zu Leibe gerückt. Leben und leben lassen, hatte er dann immer gesagt und sich damit ein Motto zu eigen gemacht, das zu Edos und Hemkes Leidwesen so manchem Zeitgenossen fremd zu sein schien.

Edos Blick fiel auf die unübersehbaren Risse in den Mauern des Stalls. Nie würde er den Tag vergessen, an dem in der Region Groningen die Erde gebebt hatte. So auch hier in Onderdendam. Es war an einem Montagnachmittag gewesen, am 8. Januar 2018. Plötzlich, Edo war gerade im Stall und melkte die Kühe, gab es spürbare Erschütterungen. Überall knirschte und knarrte es, die Tiere waren unruhig. 3,4 auf der Richterskala, hatte es später geheißen. Doch für Edo war diese Zahl bedeutungslos. Für ihn zählte nur, was dieses Erdbeben angerichtet hatte. Denn seit diesem Beben war in Edos und Hemkes Leben nichts mehr wie zuvor. Das Mauerwerk ihres Bauernhofes hatte Schaden genommen. *Nur ein paar Risse*, hatte so mancher gesagt. Für Edo und Hemke aber hießen diese Risse, dass ihr Leben in Trümmern lag. Denn der Bescheid des Gutachters hatte nicht lange auf sich warten lassen: *Das Gebäude ist aufgrund statischer Mängel nicht mehr bewohnbar. Der unverzügliche Auszug von Mensch und Tier wird behördlich angeordnet.*

Und das alles nur wegen dieser verdammten Gasförderung, die die Stabilität aus dem Untergrund saugte und ihn nach und nach wie ein Soufflé in sich zusammenfallen ließ. *Sie werden eine Entschädigung bekommen*, hatte man Edo und Hemke zu beruhigen versucht. Aber was um alles in der Welt sollte die schon ausrichten?

„Was ist denn das?", fragte Hemke plötzlich in seine Gedanken hinein. Er folgte mit den Augen ihrem krummen Finger, der auf ein paar Quadratmeter verschlammtes Gelände zeigte. Noch vor Kurzem hatten sich hier ein paar Schweine im Dreck gesuhlt. „Da liegt doch was. Es sieht aus wie …" Hemke schlug sich erschrocken die Hand vor den Mund, als Edo ihren Satz mit den Worten beendete: „… ein Mensch."

Edo schluckte schwer, während Hemke anfing zu wimmern. Nur widerwillig näherte er sich auf Geheiß seiner Frau dem Schlammloch. Mit viel Glück, dachte er, mit ganz viel Glück unterlagen Hemke und er einer Sinnestäuschung. Doch je näher er dem Loch kam, desto deutlicher zeichneten sich die Umrisse eines menschlichen Körpers vor dem bräunlich-grauen Hintergrund ab.

„Was ist denn nun, Edo?", rief Hemke, und sie fügte mit hoffnungsvoller Stimme hinzu: „Ich hab mich doch sicher getäuscht, *toch*[4]? An solch schlimmen Tagen spielt einem die Fantasie doch gerne mal einen Streich. Überall sieht man dann Gespenster. Ich weiß noch, als …"

„Es ist eine junge Frau", sagte Edo. In seinem Kopf setzte ein unangenehmes Rauschen ein, seine Stimme klang blechern.

„Was?", krächzte Hemke.

„Eine junge Frau. Sie ist tot."

Noch während Hemke einen entsetzten Schrei ausstieß, hörte Edo eine tiefe Bassstimme rufen: „Hallo? Kann ich

---

[4] oder?

13

euch behilflich sein? Falls ihr noch was zu tragen habt ...
oh, verrek!"

„Ich weiß nicht, ob wir hier so schnell wegkommen",
sagte Edo gefasst. „Aber ich wäre dir dankbar, wenn du die
Polizei rufen könntest."

2

Er hörte das immer lauter werdende Martinshorn eines herannahenden Einsatzwagens. Sie hatten sie also gefunden. Das war gut. Bald würde unweigerlich auch die Polizei vor Ort sein.

Er schnippte den Stummel seiner noch glühenden Zigarette mit den Fingern in den Kanal, wo er mit einem leisen Zischen erlosch. Er nickte zufrieden und machte es sich auf einer am Ufer stehenden Bank bequem. Die Anspannung fiel von ihm ab. So lange hatte er auf diesen Moment gewartet, nun wollte er ihn auch so lange wie möglich auskosten. Er fand, das stand ihm zu, nach all dem Aufwand, den er betrieben hatte. Alles hatte geklappt wie am Schnürchen. Nichts anderes war zu erwarten gewesen, denn er machte keine halben Sachen.

Beim Gedanken an den Moment, als das Mädchen seinen letzten Atemzug getan hatte, überzog sich sein Körper mit einer Gänsehaut. Ja, es war eindeutig besser gewesen, als er es sich in seinen Träumen jemals hätte ausdenken können. Ihr Erschrecken, als er nach ihr griff und ihr die Hand auf den Mund presste. Ihre stummen Schreie, die wie ein lustvolles Stöhnen durch den Knebel aus grobem Leinen drangen. Ihre Tränen, als er tat, was er mit ihr tat. Und zu guter Letzt ihre weit aufgerissenen Augen, als ihr klarwurde, dass dies die letzten Minuten ihres noch so jungen Lebens waren.

Ja, es war ein wahres Fest gewesen.

Ein Fest, von dem er noch viele zu feiern gedachte.

3

Puh, das hatte gutgetan! Völlig verschwitzt stand Sophie Reimers vor ihrer Wohnungstür, ihr Atem ging keuchend. Während sie sich mit dem linken Arm den Schweiß von der Stirn wischte, nestelte sie mit der rechten Hand ihr vibrierendes Smartphone aus der an ihrer Trainingshose befestigten Handytasche.

„Ja?", schnaufte sie ins Telefon. Nachdem sie den Schlüssel im Schloss gedreht hatte, sprang die Tür zu ihrer Wohnung mit einem Klicken auf. Sie trat hindurch und stieß sie mit dem Fuß wieder zu, sodass sie mit einem Scheppern ins Schloss fiel.

„*Ales goud?* Du klingst, als hättest du einen Marathon absolviert", hörte sie eine ihr bekannte Stimme mit holländischem Akzent am anderen Ende der Leitung sagen. Unweigerlich zogen sich ihre Mundwinkel nach oben.

„Leider nicht", erwiderte sie. „Heute Morgen hat es nur für sechs Kilometer gereicht. Ist spät geworden gestern. Ich hab nur zwei Stunden Schlaf bekommen. Meine Kollegen Büttner und Hasenkrug und ich haben noch auf die Verhaftung unseres Mörders angestoßen."

„Ach ja?" Sophie meinte, das Grinsen ihres niederländischen Kollegen Arie van Dijk hören zu können. „Gab's auch einen – wie sagt man – *chocoladeriegel* zum Wein?"

Sophie lachte. „Ich sehe, dir sind die Marotten unseres

Emder Kollegen Büttner nicht verborgen geblieben." Sie warf einen Blick auf ihre Küchenuhr. „Aber auch dich scheint heute nichts im Bett zu halten. Es ist gerade einmal sieben Uhr. Und du bist anscheinend schon im Büro. Gibt es Neuigkeiten?"

„Würde ich dich sonst zu dieser Zeit anrufen?"

„Öhm …" Sophie spürte, wie ihr bei dieser Frage das Blut heiß ins Gesicht schoss. Sie räusperte sich, bevor sie sich erkundigte: „Was genau habt ihr herausgefunden?" Sie nahm einen Becher aus dem Schrank, stellte ihn unter die Düse ihres Kaffeeautomaten und drückte auf den Knopf. Sofort ertönte ein Blubbern und Zischen, dann floss die braune Flüssigkeit auch schon heraus.

„Es ist eine Ostfriesin. Aus Leer."

„Wer ist eine Ostfriesin aus Leer?" Sophie Reimers stand für einen Moment auf dem Schlauch. Über die Betrachtung des – sehr bescheidenen – Inhalts ihres Kühlschranks hatte sie doch glatt den Gesprächsfaden verloren. Es wurde wirklich Zeit, dass sie etwas Vernünftiges zu essen bekam. Nach dem ausschweifenden Weinkonsum der letzten Nacht und dem kilometerlangen Lauf lechzte ihr Körper geradezu nach etwas Gehaltvollem. Nur leider gaben ihre Vorräte das nicht einmal annähernd her.

„Die Leiche."

„Oh." Sophie nickte. Klar, genau das war der Grund gewesen, warum Arie sie nach Rücksprache mit den Staatsanwälten in Groningen und Leer mitten in der vergangenen Nacht per Textnachricht vorgewarnt hatte.

„Hat es dir die Sprache verschlagen?"

„Was? Ähm … nein. Bitte entschuldige." Sophie griff sich an die Stirn, als sie einen leichten Schwindel verspürte.

„Alles okay?" Arie van Dijk klang nun ehrlich besorgt.

„Unterzuckert", murmelte sie, um dann laut zu sagen: „Würde es dir was ausmachen, wenn ich zu dir nach Groningen komme?"

„Das wollte ich gerade vorschlagen. Wir müssen überlegen, wie es jetzt weitergeht."

Sophie griff nach einem trockenen Stück Käse, legte es auf eine noch trockenere Scheibe Brot und schob es sich in den Mund. Sofort fing ihr Magen an zu knurren, als wollte er sagen: *Das wird auch Zeit!* „Ich springe nur rasch unter die Dusche, dann fahre ich los", sagte sie mit vollem Mund. „Bin in gut einer Stunde bei dir."

„Das wollte ich hören. Ich setze dann schon mal den *koffie* auf. Irgendwie klingst du, als könntest du einen gebrauchen."

„Gehen auch zwei?" Sophie versuchte, ein Gähnen zu unterdrücken.

„So viel, wie du brauchst, um wachzubleiben."

„Ups! Hör ich mich so schlimm an?"

Anstatt zu antworten, lachte Arie nur, dann legte er mit einem *Tot ziens!*[5] auf.

Sophie stopfte sich den Rest des Brotes in den Mund und spülte es auf dem Weg ins Schlafzimmer mit einem großen Schluck Kaffee hinunter. Sie streifte sich die am Körper klebenden Sportklamotten vom Leib und sprang unter die Dusche. Mit einem tiefen Seufzer gab sie sich der entspannenden Wärme des Wassers hin, das mit angenehmem Druck über ihren Körper rieselte. Wie gut das tat!

---

[5] Bis bald

Rund zehn Minuten später strich sie vor dem Spiegel ein letztes Mal ihre noch nassen, langen blonden Haare glatt, schenkte sich selbst ein aufmunterndes Lächeln, griff nach ihrer Handtasche und ihrem Schlüsselbund und fädelte sich schon bald darauf mit ihrem Auto in den morgendlichen Verkehr ein.

Das Groninger Polizeirevier am Rademarkt war ein schmuckloser weißer Bau über einem dunklen, mit waagerechten Lamellen verzierten Sockel. Der in blauen Lettern gehaltene Schriftzug *Politie* war so dezent angebracht, dass man als nicht Ortskundiger Gefahr lief, ihn zu übersehen. Die Eingangstüren wirkten auf Sophie wie schwarze Mäuler, die nur darauf warteten, ihre Beute zu verschlucken. Ob diese abschreckende Wirkung beabsichtigt war?

Mit ihrem Auto, das sie direkt vor dem Gebäude parkte, kam sich Sophie Reimers ein wenig fehl am Platz vor, denn die Fahrräder überwogen hier bei Weitem. Überhaupt hatten sie die wenigen Aufenthalte, die sie in zurückliegenden Ermittlungen nach Groningen geführt hatten, gelehrt, an den Straßen höllisch aufzupassen. Ging im deutschen Straßenverkehr die Gefahr eindeutig von motorisierten Fahrzeugen aus, so waren es hier in Groningen hauptsächlich die Radfahrer, die einen um das eigene Leben fürchten ließen. Sie huschten schneller vorbei, als man sie kommen sah. Gerade erst hatte Sophie einen Satz zur Seite machen müssen, um sich vor solch einem Geschoss in Sicherheit zu bringen. Hatte sie bislang die Entscheidung der Stadt Groningen, die City weitgehend vom Autoverkehr freizuhalten, begrüßt, so war sie sich jetzt nicht mehr so sicher, ob tausende *fietsers*[6] mit quasi eingebauter Vorfahrt die glücklichere Lösung darstellten.

Nachdem sie die Treppen zum zweiten Stock hinaufgestiegen war, klopfte Sophie Reimers an die mit *Inspecteur Arie van Dijk* beschriftete Tür und wurde gleich darauf von einer freundlich lächelnden Frau mittleren Alters hineingebeten.

Sophie schluckte, als nun auch ihr Kollege selbst in den Vorraum trat. Nach all der Zeit, die sie sich nicht gesehen hatten, hatte sie vergessen, welche Wirkung er auf sie ausübte. Dabei war es gar nicht so, dass Arie van Dijk besonders gutaussehend war. Aber mit seiner großen, durchtrainierten Gestalt, dem schmalen Gesicht und dem blonden, immer ein wenig unordentlich wirkenden Haar war er alles andere als unscheinbar. Vor allem seine blauen Augen hatten das gewisse Etwas, das Frauenherzen höherschlagen ließ.

Als Arie sie nun mit einem festen Händedruck begrüßte, ging Sophie auf, dass sie keinerlei Ahnung hatte, was dieser Mann privat trieb. War er liiert? Verheiratet? Familienvater? Single? Womöglich geschieden?

„Hab ich irgendetwas an mir, dass du mich so anstarren musst?" Verunsichert strich sich Arie einmal übers Gesicht, dann durch die Haare.

„Ähm … nein. Nein, natürlich nicht. Entschuldige." Bevor sie sich noch vollends zum Deppen machte, trat Sophie die Flucht nach vorne an. „Bitte entschuldige", sagte sie erneut. „Ich bin heute nicht ganz bei mir. Könnte im Stehen einschlafen. Die lange Na… ähm, das lange Arbeiten gestern, weißt du."

---

[6] Radfahrer

Arie van Dijk lächelte verhalten, sein Blick wirkte ein wenig abwesend. Er bat seine Sekretärin, ihnen zwei große Becher Kaffee ins Büro zu bringen.

„Würde es dir etwas ausmachen, wenn wir irgendwo frühstücken gingen?", fragte Sophie, nachdem sie die Tür zu seinem Büro hinter sich geschlossen hatte. „Ich glaube, ich bin zu keinem rationalen oder gar logischen Gedanken fähig, solange ich nicht mindestens zweitausend Kalorien zu mir genommen habe."

Ein Schatten legte sich auf Aries Gesicht und er warf einen Blick auf seinen Schreibtisch. „Eigentlich wollte ich keine Zeit verlieren. Der Fall ..." Er atmete tief durch und strich sich erneut durchs Haar. „Er ... er trifft mich ganz besonders, weißt du. Es ist ..." Er brachte den Satz nicht zu Ende, sondern presste die Lippen aufeinander und schüttelte den Kopf.

„Darf ich?" Sophie deutete auf einen beigefarbenen Aktendeckel, der die Aufschrift *Karla Becker* trug. Als Arie nicht sofort reagierte, sondern nach wie vor auf seinen Schreibtisch starrte, fragte sie zögernd: „Es ... es ist doch unser Fall?"

Arie schreckte auf. Er wirkte plötzlich angespannt. „Wie?"

„Karla Becker. Ist das unser Fall?"

„Ja. Ja, *precies*." Er machte eine fahrige Handbewegung. „Sieh ihn dir nur an. Es ist ... na ja, sieh selbst." Arie nickte seiner Sekretärin, die mit zwei dampfenden Bechern hereinkam, dankbar zu, dann ließ er sich schwer auf seinen Schreibtischstuhl sinken und vergrub seinen Kopf in den Händen.

Sophie griff nach der Akte und schlug sie auf. Der erste Reflex, der sich nun zu Wort meldete, war ein Würgereiz.

Auch sie zog einen Stuhl heran und setzte sich. „Wer macht denn nur so was?", flüsterte sie.

Arie blieb stumm.

„Eine so junge Frau", sagte sie heiser. Sie blätterte eine Seite weiter und stieß auf die persönlichen Angaben zum Opfer: Karla Becker, dreiundzwanzig Jahre alt, Studentin an der Rijksuniversiteit Groningen, wohnhaft in Leer/Ostfriesland/Deutschland. Diese Worte, die in niederländischer Sprache geschrieben standen, zu übersetzen, fiel Sophie nicht schwer. Hingegen war es nicht so einfach, das Foto zu verkraften, das sich bereits gnadenlos in ihr Hirn eingebrannt hatte. „Was ist mit ihr passiert?", fragte sie leise. Ihr Magen rumorte, doch diesmal nicht vor Hunger. Ihr war jeglicher Appetit vergangen.

Die junge, blutüberströmte Frau lag in einer Art Schlammgrube. An ihrem gesamten, in legere Sommerklamotten gekleideten Körper fanden sich Spuren dieses Schlamms. Sie sahen an Armen und Beinen so aus, als wäre Karla von unmenschlich großen Pranken umklammert worden. Das Gruseligste aber war der Gesichtsausdruck des Mädchens, dem man die erlittenen Qualen noch ansah. Die Augen weit aufgerissen, der Mund vor Schmerzen verzerrt. Nicht einmal der Tod hatte etwas daran ändern können. Hinzu kam die Haltung ihres Kopfes, der nicht mehr zum Rest des Körpers zu gehören schien, sondern in einem unnatürlich wirkenden Winkel über ihre Schulter schaute.

Sophie legte die Akte beiseite und nahm einen großen Schluck Kaffee, um sich wieder zu sammeln. „Ein Sexualdelikt?", fragte sie und merkte selbst, dass ihre Stimme belegt klang.

„Nein. Sieht nicht danach aus", presste Arie nach einem tiefen Seufzer hervor.

„Hm." Sophie Reimers zog die Stirn kraus. „Das wundert mich."

„Ja." Arie van Dijk richtete sich auf und nickte. „Davon sind auch wir zunächst ausgegangen. Die Rechtsmedizin aber sagt nach einer ersten *onderzoek*[7] etwas anderes. Keine Zeichen von Gewalteinwirkung im Intimbereich."

„Es könnte trotzdem ein Sexualdelikt sein", gab Sophie Reimers zu bedenken. „Ein nicht offensichtliches, ein … hm … etwas Perverses vielleicht."

„Sie ist die Freundin meiner Schwester", sagte Arie unvermittelt.

„Was?" Sophie schaute ihn aus weit aufgerissenen Augen an. Sie hoffte, sich verhört zu haben.

„Sie ist die Freundin meiner Schwester", wiederholte Arie jedoch, und an diesem Satz gab es nichts zu deuten. „Eine Studienkollegin. Sie haben zusammen gewohnt."

„Schöne Scheiße", war zunächst alles, was Sophie darauf antworten konnte. Dieser Fall war absolut nicht das, was sie nach Aries erstem Anruf erwartet hatte.

Als hätte er ihre Gedanken gelesen, sagte der: „Ich hab es erst erfahren, als du schon hierher unterwegs warst. Bis dahin war sie auch für mich nur ein Fall. Ein grausamer, ja, aber so ist er nun mal, unser Job. Dass es aber Karla ist …"

„Du kanntest sie persönlich?", forschte Sophie nach. „Ich meine …"

Arie winkte mit einer Handbewegung ab. „Nein. Keine

---

[7] Untersuchung

Befangenheit. Ich kenne sie aus den Erzählungen meiner Schwester, hab sie nur ein-, zweimal flüchtig gesehen."

„Du könntest den Fall trotzdem abgeben, wenn er dich zu sehr aufwühlt."

„Nein." Arie stieß dieses Wort hervor wie einen Gewehrschuss. „Nein", sagte er dann deutlich ruhiger, „ich werde dieses Schwein finden. Ich hab es Aukje versprochen."

„Aukje ist deine Schwester?", vermutete Sophie.

Arie nickte.

„Wann hast du mit ihr gesprochen?"

„Als du auf dem Weg hierher warst. Ich war kurz bei ihr, um zu überprüfen, ob Karla wirklich nicht zu Hause ist. Ich hatte gehofft …" Er wischte den Rest des Satzes weg wie ein lästiges Insekt.

„Wie lange wohnten die beiden schon zusammen?", fragte Sophie nach einer Pause.

„Ein halbes Jahr ungefähr."

„Hier in Groningen?"

„Ja."

Sophie Reimers tippte auf die Akte. „Hier steht, Karla sei wohnhaft in Leer."

„Ja. *Officieel*. Karla war – wie sagt man …?" Arie schnippte mit den Fingern.

„Untermieterin? Zwischenmieterin?"

„Ja, genau. Aukjes Mitbewohnerin ist für ein Jahr in den USA. Wenn sie zurückkommt, muss Karla wieder …" Er schluckte schwer, als er seinen Fehler bemerkte. „… hätte Karla wieder ausziehen sollen."

„Hat man ihre Eltern schon informiert?"

„Ich dachte, das könnten wir … gemeinsam tun?" Arie schaute Sophie mit einem so flehenden Blick an, dass sie spontan nickte. Allerdings gab es zu diesem Zeitpunkt ganz sicher nichts, was sie weniger gern getan hätte. Manchmal war ihr Job nur schwer zu ertragen.

Sophie überwand ihren Widerwillen und sah sich das Foto des Opfers noch einmal genauer an. „Wo in Groningen wurde sie gefunden? Was ist das für ein Schlammloch?"

„Onderdendam", sagte Arie.

„Onderwas?"

„Sie wurde in Onderdendam gefunden, nicht in Groningen. Es ist eine Ortschaft, rund fünfzehn Kilometer nördlich von hier."

„Was hatte sie dort zu suchen?"

„Auch das müssen wir herausfinden."

„Na dann, lass uns beginnen", sagte Sophie Reimers mit mehr Festigkeit in der Stimme, als sie sich selbst zugetraut hätte. Sie schlug mit flachen Händen auf die Schreibtischplatte und erhob sich. „Zuerst die Eltern?"

Arie van Dijk nickte und stand nun auch auf. Es war ihm anzusehen, dass er sich an einen anderen Ort wünschte.

4

Es war unverkennbar, dass Karla Becker aus gut situierten Verhältnissen stammte. Gelegen in unmittelbarer Nähe zur Leeraner Altstadt, imponierte das Haus der Beckers durch ein sowohl traditionelles als auch modern anmutendes und vor allem gepflegtes Äußeres. Roter Klinker, friesische Giebel- und Dachform, halbrunde Erker mit großzügigen Sprossenfenstern, dunkelgrüne Fensterläden. Alleine durch seine Größe hob sich die Villa von den Altstadthäusern in der Umgebung ab, was darauf schließen ließ, dass hier von jeher finanzieller Wohlstand zu Hause war.

„Es ist schon bemerkenswert, wie viel Platzbedarf eine deutsche Familie im Vergleich zu einer niederländischen hat", bemerkte Arie van Dijk. Er musterte das Haus mit kritischem Blick, als sie aus ihrem Auto stiegen. „Meine Oma würde sagen: *Warum schafft man sich so was an? Das muss ja auch alles geputzt werden.*"

„Nur nehme ich an, dass hier die Oma nicht selber putzt", entgegnete Sophie Reimers. Sie deutete auf die beiden Fahrzeuge, die auf der Auffahrt standen. „Eine schwarze Limousine, ein knallroter Sportwagen. Nicht schwer zu erraten, welchen Wagen der Herr des Hauses fährt und welchen die Gattin. Mehr Klischee geht nicht."

„Mehr *deutsches* Klischee geht nicht", grinste Arie.

„Da könntest du recht haben. Mal sehen, ob sich auch die Eigentümer optisch nahtlos in dieses Bild einfügen."

Eigentlich war Sophie alles andere als nach Lästern zumute. Schließlich würden sie gleich genau den Menschen, über die sie gerade verbal herzogen, die schrecklichste Nachricht überbringen, die es für Eltern gibt. Aber vielleicht war genau das der Grund, warum sie sich nur allzu gerne von Äußerlichkeiten ablenken ließ, denn es half, Distanz zu wahren. Nichts wäre schlimmer für sie, als sich in dieser Situation mit schlichtweg sympathischen Menschen konfrontiert zu sehen.

Arie nickte abwesend und strebte dann schweigend dem Hauseingang zu. Er zögerte kurz, bevor er auf den schmiedeeisernen Klingelknopf drückte. Sophie holte einmal tief Luft und stellte sich neben ihn auf die oberste der vier im Halbkreis verlaufenden Treppenstufen.

„Ja, bitte?" Nur wenige Sekunden später schwang die schwere hölzerne Haustür lautlos auf. Eine elegant gekleidete Frau um die fünfzig sah sie fragend, aber keineswegs unfreundlich an, dann warf sie einen Blick auf ihre Armbanduhr. „Leider habe ich nicht viel Zeit, denn ..."

„Guten Morgen. Mein Name ist Sophie Reimers, dies ist mein Kollege Arie van Dijk aus Groningen", unterbrach Sophie die Frau und zeigte, genau wie Arie, ihren Dienstausweis. „Wir sind von der Kriminalpolizei. Sind Sie die Mutter von Karla Becker?"

Die Frau war bei ihren Worten aschfahl im Gesicht geworden. Mütter hatten gemeinhin einen untrüglichen Instinkt dafür, wenn mit ihrem Kind etwas nicht in Ordnung war. „Was ist mit Karla?", fragte sie und sah so beschwörend von einem zum anderen, als könnten Arie und

Sophie dadurch das Unvermeidliche noch ungeschehen machen.

Sophie wünschte sich nichts mehr, als diesem Wunsch entsprechen und Entwarnung geben zu können, doch lag es leider nicht in ihrer Macht, dem Schicksal ins Handwerk zu pfuschen. Dass ihr die an Schneewittchen erinnernde Frau auf Anhieb sympathisch war, machte die Sache nicht einfacher. „Dürfen wir reinkommen?", fragte sie mit bemüht fester Stimme.

„Was ist mit Karla?", fragte die Frau erneut, als sie Sophie und Arie bedeutete, einzutreten und geradeaus durchzugehen.

Normalerweise wäre Sophie von der atemberaubenden Atmosphäre, die in diesem geschmackvoll eingerichteten, lichtdurchfluteten Haus herrschte, beeindruckt gewesen. Nun aber nahm sie das alles nur am Rande wahr. Als sie im weitläufigen, hell möblierten Wohnzimmer der Beckers standen, warf sie Arie einen hilfesuchenden Blick zu, dem er jedoch sofort auswich. Es blieb also tatsächlich an ihr hängen. „Es tut mir unendlich leid, Frau Becker, aber ihre Tochter Karla wurde heute Nacht tot aufgefunden."

Die Reaktionen, die Eltern in solch einer Situation zeigten, waren im Vorfeld schlecht abzuschätzen. Sophie hatte bereits alles erlebt, von hysterischen Ausbrüchen über hilflose Versuche, das Gehörte als völligen Blödsinn abzutun, bis hin zu stummem Entsetzen.

Bei Karlas Mutter war Letzteres der Fall. Sie ließ sich schweigend aufs beigefarbene Sofa sinken, zog die Stirn in Falten, legte die Hände in den Schoß und starrte mit stumpfem Blick durch einen stattlichen Wintergarten hindurch in den Garten hinaus.

„Oh, Besuch so früh am Tag?", ertönte eine Stimme von der Tür her. Herein kam ein in eine helle Sommerhose und ein dunkelblaues Poloshirt gekleideter schlanker Mann um die sechzig. Er lächelte freundlich. Zumindest so lange, bis sein Blick auf seine wie eine Statue dasitzende Frau fiel. Nach wie vor zeigte sie keinerlei Reaktion, drehte nicht einmal ihren Kopf. „Sabine?", fragte er irritiert.

Sophie räusperte sich, dann stellte sie sich und ihren Kollegen erneut vor und wiederholte: „Es tut mir unendlich leid, Herr Becker, aber Ihre Tochter Karla wurde heute Nacht tot aufgefunden."

Der Mann brauchte einen Augenblick, bis er diese Nachricht in seiner ganzen Tragweite erfasst hatte, dann schüttelte er den Kopf und sagte: „Das kann nicht sein. Nicht mein kleines Mädchen. Das ... das kann nur eine Verwechslung sein. Warum sollte denn ausgerechnet unsere Karla ...?" Er ging zu einem weiß lackierten Sideboard und nahm das gerahmte Bild eines fröhlich lachenden Babys in die Hand. „Sie ... unsere Karla ... sie studiert in Groningen, wissen Sie. In einem halben Jahr geht sie für ein Auslandssemester in die USA. Nach Florida. Sie freut sich schon sehr darauf." Er stellte das Bild zurück und sah Sophie und Arie lächelnd an. „Sehen Sie, Sie müssen sich irren." Er zog ein Smartphone aus der Hosentasche und tippte eine Nummer ein. Sophie entging nicht, dass seine Finger zitterten. „Ich rufe Karla an, dann kann sie Ihnen selber sagen, dass alles in Ordnung ist. Tut mir leid, dass Sie sich die Mühe gemacht haben, aber ..." Er runzelte irritiert die Stirn. „Hm, Karla hat auf die Mailbox umgeschaltet. Sie wird wohl in einer Vorlesung sein. Sie ist da sehr gewissenhaft."

„Ihre Tochter ist tot", sagte Arie. „Eine Verwechslung ist ausgeschlossen, *meneer* Becker. Mein Beileid, ich …" Sophie bemerkte, dass er noch etwas hinzufügen wollte, aber er überlegte es sich anders. Womöglich hatte er sagen wollen, dass er Karla gekannt hatte, doch schien er sich nicht mehr sicher zu sein, ob das an dieser Stelle angebracht war.

Die Endgültigkeit dieser Aussage schien bei Karlas Vater angekommen zu sein. Von einem Moment auf den anderen wirkte sein nun aschfahles Gesicht um Jahre gealtert. Auch schien es ihm die Sprache verschlagen zu haben, denn er ließ sich ebenfalls aufs Sofa sinken, starrte jedoch anstatt in den Garten hinaus auf die Holzdielen.

Sophie fühlte sich hilflos. Sie wünschte, sie hätten eine Polizeipsychologin angefordert, denn hier war eindeutig seelischer Beistand vonnöten. „Wünschen Sie, dass ich jemanden anrufe?", fragte sie. „Einen Seelsorger vielleicht? Oder eine Ihnen nahestehende Person?"

„Nein. Nein, danke."

„Ich … Bitte entschuldigen Sie", meldete sich erstmals Sabine Becker wieder zu Wort. Ihr Gesicht war tränennass, als sie Sophie nun direkt in die Augen sah. „Ich habe Ihnen noch gar nichts zu trinken angeboten. Ich könnte Ihnen einen Kaffee machen …"

Sophie hob abwehrend die Hand. „Bitte, es ist alles in Ordnung, Frau Becker, machen Sie sich keine Umstände."

Sabine Becker nickte und strich sich fahrig eine Strähne ihres tiefschwarzen Haares hinters Ohr. „Entschuldigen Sie", wiederholte sie ohne erkennbaren Grund.

„Sehen Sie sich in der Lage, uns ein paar Fragen zu beantworten?", fragte Arie van Dijk. Als keiner von beiden antwortete, fügte er hinzu: „Natürlich kommen wir auch gerne später noch mal wieder, wenn Sie jetzt lieber alleine sind."

„Wo ... Wie ist Karla verunglückt?", fragte Henrik Becker. Er schaute zu den Polizisten auf, dann sagte er auf zwei Sessel deutend: „Oh, entschuldigen Sie. Bitte, nehmen Sie doch Platz."

„Karla ist nicht verunglückt", sagte Arie, als sie saßen. „Es tut mir leid, aber so wie es aussieht, wurde sie ... hm ..." Er schien nach den richtigen Worten zu suchen, also sagte Sophie mit ruhiger Stimme: „Wir gehen davon aus, dass Karla das Opfer eines Gewaltverbrechens wurde."

Was folgte, war sprachloses Entsetzen. Ungläubige Blicke huschten von einem zum anderen. Schließlich aber sagte Henrik Becker mit rauer Stimme: „Wer war es?" Seine Frau hingegen gab sich nun ganz ihrer Trauer hin, schlug die Hände vors Gesicht und schluchzte zum Gotterbarmen.

Sophie hatte Mühe, ihre Stimme in Schach zu halten, als sie antwortete: „Wir wissen es noch nicht. Unsere niederländischen Kollegen ermitteln bereits auf Hochtouren." Sie machte eine kurze Pause und fragte dann: „Können Sie uns vielleicht sagen, was Ihre Tochter in Onderdendam gemacht hat?"

„Onderwas?"

„Karlas Leichnam wurde in Onderdendam gefunden. Es ist eine Ortschaft unweit von Groningen."

„Aber was macht sie denn da?"

„Wir hatten gehofft, dass Sie uns das sagen können."

Henrik Becker schüttelte den Kopf. „Ich habe keine Ahnung. Sie hat diese Ortschaft nie erwähnt. Oder, Sabine?"

Karlas Mutter schüttelte, ohne aufzusehen, den Kopf.

„Wissen Sie, ob Ihre Tochter Feinde hatte?", fragte Sophie.

„Nein", kam es von Henrik Becker wie aus der Pistole geschossen. „Es gibt keinen Grund, warum jemand Karla etwas antun sollte. Sie hat niemandem etwas getan, war zu allen freundlich."

„In diesem Alter ist Eifersucht ein häufiges Motiv", gab Sophie Reimers zu bedenken. „Hatte Karla einen Freund?"

„Nicht, dass ich wüsste. Sie hätte es uns sicherlich gesagt. Es gab zwischen uns keine Geheimnisse."

Daran hegte Sophie so ihre Zweifel, denn schließlich war es in Karlas Alter ganz normal, die Eltern über gewisse Dinge im Unklaren zu lassen. Aber sie beschloss, es einfach mal so hinzunehmen.

„Was ist denn mit den Drohbriefen?", kam es schluchzend zwischen den Händen von Sabine Becker hervor.

Sophie war sich nicht sicher, ob sie es richtig verstanden hatte. „Sagten Sie *Drohbriefe*?"

„Sie gingen gegen mich. Anonym. Damit hat Karla doch nichts zu tun", wiegelte Henrik Becker ab.

„Klären Sie uns bitte trotzdem auf", sagte Arie bestimmt. „In einem Mordfall sind es oft die Details, die über einen Ermittlungserfolg entscheiden. Und Drohbriefe scheinen mir kein unwichtiges Detail zu sein. Was stand drin?"

„Dass ich schuld bin an all den Erdbebenschäden und dass ich schon sehen werde, was ich davon habe", fasste Henrik Becker knapp zusammen.

„Erdbebenschäden?" Sophie stand auf dem Schlauch, ganz im Gegensatz zu Arie, denn er sagte: „Verstehe. Inwiefern haben Sie damit zu tun?"

„Welche Erdbebenschäden?", insistierte Sophie. Sie hatte keinerlei Vorstellung, wovon hier die Rede sein könnte, denn schließlich lebten sie hier in keiner tektonisch unruhigen Region.

„Am 8. Januar dieses Jahres kam es in der Region Groningen aufgrund von Erdgasförderungen zu Beschädigungen", klärte Arie sie in einem Satz auf. Dann wiederholte er seine Frage: „Inwiefern haben Sie damit zu tun, *meneer* Becker?"

„Ich gehöre dem Vorstand der Gasgesellschaft an."

„Oh." Arie überlegte einen Augenblick, bevor er fragte: „Sie sind nicht das einzige Vorstandsmitglied. Haben Ihre Kollegen auch solche Briefe bekommen?"

„Ja. Alle drei."

„Haben Sie die Polizei informiert?"

„Nein. Dafür haben wir keinen Grund gesehen. In unserer Position wird man ständig angefeindet. Das muss man aushalten, wenn man so einen Job macht." Henrik Becker seufzte. „Aber ich weiß wirklich nicht, was das mit Karla zu tun haben soll."

„Sie wurde kürzlich bedroht deswegen", sagte seine Frau.

„Was?" Ihr Mann sah sie entsetzt an. „Davon weiß ich nichts."

Sophie wurde hellhörig. „Ihre Tochter wurde ebenfalls wegen dieser Erdbeben bedroht?"

Sabine Becker nickte. „Sie hat es aber nicht ernst genommen. Marius kann man nicht ernstnehmen, der macht immer solche Sachen."

„Marius?", fragten Arie, Sophie und Hendrik Becker gleichzeitig.

„Marius Bruhns. Karla und er sind früher zusammen zur Schule gegangen. Er wohnt nicht weit von hier. So ein Typ, der noch nicht mal den Schulabschluss geschafft hat und nun Gott und der Welt die Schuld an seinem Totalversagen gibt." Sabine Becker schien den ersten Schock überwunden zu haben, denn ihre Stimme klang nun deutlich fester.

„Was hat dieser Marius mit der Gasförderung zu tun?", fragte Arie.

„Ich kann mir nicht vorstellen, dass er etwas damit zu tun hat. Er will sich nur wichtigmachen", antwortete Henrik Becker. „Egal, was aus diesem Kerl rauskommt, es ist immer nur leeres Geschwätz."

„Das würden wir gerne selbst überprüfen", erwiderte Sophie. „Können Sie uns seine Adresse geben?"

„Ja, sicher." Henrik Becker stand auf, ging zu einem antiken Sekretär und kritzelte die Kontaktdaten auf einen Zettel.

„Haben Sie die Drohbriefe noch?", fragte Arie.

„Nein, ich hab sie direkt in den Reißwolf geschoben. Genau wie es meine Kollegen getan haben."

„Und die von Marius?", wandte sich Arie an Karlas Mutter.

„Da gibt es keine Briefe. Marius hat Karla verbal gedroht."

Sophie unterdrückte ein Seufzen. „Vielen Dank soweit", sagte sie. „Wir machen uns dann mal wieder auf den Weg."

Arie und sie verließen mit einem knappen Gruß das Haus.

5

Marius Bruhns ließ sich zu seinen Freunden, die stumm auf den Fernseher starrten, aufs Sofa fallen. Er war sauer. Gerade erst hatte er sich eine erneute Absage beim Arbeitsamt abgeholt. Sie hatten nichts für ihn, keinen Job, keinen Ausbildungsplatz. Natürlich nicht. So ging es schon seit Jahren, und Marius hatte die Hoffnung längst aufgegeben, dass sich daran noch etwas ändern würde. Mit seinen vierundzwanzig Jahren hatte er sich anscheinend bereits einen Stammplatz auf dem Abstellgleis gesichert, den er zeitlebens nicht mehr verlassen würde. Tolle Aussichten. Da kam das Leben so richtig ins Rollen.

Nicht anders als ihm erging es seinen Freunden Georg und Jelle, die, wie so oft, gemeinsam hier in Marius' muffiger Wohnung in der Leeraner Altstadt abhingen und irgendwie versuchten, ihre endlos langen Tage und Nächte totzuschlagen. Beim Arbeitsamt wurden alle drei als schwer vermittelbar geführt. Wenn Marius diesen Ausdruck nur hörte, dann kam ihm schon die Galle hoch. Schwer vermittelbar, pah! Was sollte das denn wohl sein, hä? Nur, weil er nicht jeden Scheiß machen wollte, wie zum Beispiel Hundekot im Park aufsammeln, kürzten sie ihm ständig seine Stütze. Würden sie ihm mal was Vernünftiges anbieten, ja, dann wäre er sofort dabei. Aber ganz bestimmt machte er nicht den Handlanger für einen Staat, der ihm nie eine Chance gegeben hatte. Oder war er vielleicht selbst schuld daran, dass ihn schon die Schule zum Versager gestempelt und ohne Abschluss nach Hause geschickt hatte? Nee, ganz sicher nicht. Verarscht hatten sie ihn, all die Jahre. Da musste sich wirklich niemand wundern, wenn er heute auf Staatskosten lebte. Das stand ihm zu, nach allem, was sie ihm angetan hatten. Sie hatten ihn verarscht, nicht er sie. Und genau das wurde er auf dem Arbeitsamt nicht müde zu sagen. Was nicht gut ankam. Also bekam er Sanktionen aufgebrummt. Immer und immer wieder versuchten sie, ihn damit kleinzukriegen. Aber das war ihm scheißegal. Sollten sie ihm eben die Stütze kürzen, er kam auch auf anderem Wege zu Geld. Und das nicht zu knapp. Eines Tages würden all die, die ihn wie Abschaum behandelten, schon sehen, was sie davon hatten. Ja, eines schönen und hoffentlich nicht mehr allzu fernen Tages würden sie die Quittung dafür kassieren.

Marius stand auf und holte sich eine Flasche Bier aus dem Kühlschrank. Er ließ den Verschluss aufploppen, nahm einen großen Schluck und steckte sich dann eine seiner Selbstgedrehten an. Er kniff die Augen zusammen, als ihm der Rauch brennend in die Augen stieg, dann sagte er: „Schon gewusst? Karla ist tot."

„Was?" Zwei Köpfe flogen zu ihm herum, Georg und Jelle starrten ihn überrascht an. „Hast du gesoffen, oder was? Kann ich gut verstehen, diesen ganzen Scheiß erträgt man nur im Suff", sagte Georg. Er hob seine Bierflasche und prostete Marius zu. Dann wandte er sich wieder dem Fernseher zu, in dem eine Wiederholung von irgendeinem Actionfilm lief. Gerade explodierte mit lautem Knall ein Hochhaus.

„Es stimmt, Mann", erwiderte Marius. Er schnippte die Asche zu Boden. „Hab es gerade in den Nachrichten gehört. Karla Becker wurde umgebracht. Ermordet. Echt krass."

„Red' keinen Müll." Georg sah immer noch nicht so aus, als wollte er Marius Glauben schenken. „Ich hab sie gestern noch gesehen. Stolzierte durch die Gegend wie die Königin von England. Hat nicht mal Hallo gesagt, als ich an ihr vorbeilief. Hm. Hast dich bestimmt verhört. So jemand wie die wird nicht umgebracht."

Marius hielt seinen Freunden wortlos sein Smartphone vor die Nase. „Da, guckt her! Karla", sagte er. „Eindeutig. Oder glaubt ihr vielleicht, die Bullen setzen ein falsches Foto ins Netz?" Er deutete auf die Bildunterschrift. „Da steht's: *Die dreiundzwanzigjährige Karla B. aus Leer wurde in den Niederlanden tot aufgefunden.*"

„Krass", war alles, was Georg dazu zu sagen hatte. Auch er griff nun nach seinem Tabak, um sich eine zu drehen. Er deutete mit dem Kopf auf den Bildschirm. „Da geht's auch echt ab, Mann." Karlas Schicksal schien ihn nicht sonderlich zu berühren.

Nur Jelle, der dritte im Bunde, war bei Marius' Worten ganz blass geworden. Wie festgetackert ruhte sein Blick auf seinem Freund, obwohl dieser längst wieder auf seinem Smartphone herumdaddelte, ohne ihn und Georg noch weiter zu beachten. „Das ... das kann nicht sein", stammelte er, und aus seiner Stimme war ehrliche Erschütterung herauszuhören.

„Hä? Was quatschst du da? Was kann nicht sein?", fragte Marius, ohne seinen Blick vom Smartphone zu heben.

„Na, dass Karla tot ist."

„Klar ist die tot. Kannste nicht lesen, oder was?" Marius gab einen grunzenden Laut von sich. „Weiß gar nicht, was dich daran wundert. Das musste doch mal so enden."

„Hä? Wieso das denn?"

„Weil sie sich immer in Dinge eingemischt hat, die sie nichts angingen."

„Das stimmt doch gar nicht!" Jelle klang nun ehrlich empört. „Karla hat sich um ihr Studium gekümmert und …"

Georg ließ ihn den Satz nicht zu Ende bringen, sondern sagte: „Hej, Mann, ist doch komisch, dass sie überhaupt an der Uni landen konnte, oder? Bei ihren Noten."

„Was soll denn daran wohl komisch sein?", widersprach Jelle. „Ihre Eltern haben doch auch studiert. Und Kohle haben sie auch. Da ist es doch ganz normal, dass …"

„Ihr Vater ist ein verdammtes Arschloch", knurrte Marius. Er nahm einen letzten Zug, ließ dann seinen Zigarettenstummel achtlos auf den Boden fallen und trat ihn aus.

„Was hat denn jetzt ihr Vater mit ihrem Tod zu tun?"

„Ich sag's nur. Karlas Vater ist …"

„Wir kennen deine Meinung zu ihm, okay?" Georg hob abwehrend die Hand. „Komm jetzt bloß nicht wieder mit der alten Leier, Mann. Ich kann's echt nicht mehr hören."

Noch ehe Georg sich's versah, hatte Marius eine Hand in seinen Kapuzenpulli gekrallt und riss ihn daran ruckartig nach hinten, sodass sein Hals schmerzhaft überstreckt über der Rückenlehne lag. Marius' Gesicht war ganz nah an Georgs, als er mit hasserfüllter Stimme zischte: „Karlas Alter hat das Glück meiner Großeltern auf dem Gewissen, Mann! Soll ich's dir ins Hirn prügeln, oder was?" Er ließ Georgs Pulli wieder los und stieß ihn grob nach vorne.

„Und das hat er nun davon. So einfach ist das." Er spuckte auf den Boden. „Nun weiß er wenigstens, wie weh das tut."

Georg und Jelle brauchten eine Weile, bis sie den Sinn von Marius' Worten verstanden hatten. Dann aber drehten sie sich ganz langsam zu ihm um und starrten ihn mit offenen Mündern an. Georg war der Erste, der sich wieder fing. „Nun sag nicht, du hast sie umgebracht. Hej, Mann, das glaub ich jetzt ja wohl nicht. Das bringst du nicht fertig."

Marius grinste abfällig, während er sich eine neue Zigarette drehte. „Glaub, was du willst. Karla ist tot. Das ist alles, was zählt."

„Du … du warst gestern in Holland", stellte Jelle mit einem unüberhörbaren Kloß in der Kehle fest. „Du … du warst doch in Groningen. Hast du sie da getroffen? Hast du sie wirklich …?" Er schüttelte den Kopf. „Nee, ich glaub das auch nicht. Georg hat recht. Du bringst doch niemanden um." Jetzt nickte er, als müsste er diese Aussage vor sich selbst bestätigen.

Marius schwieg.

„Was, verdammt, hast du mit ihr gemacht, ey?" In Georgs Augen spiegelte sich weniger Entsetzen als Sensationslust. Er schien so langsam Gefallen an dem Gedanken zu finden, dass sein Kumpel womöglich ein Mörder war. Als Marius auch diesmal nichts erwiderte, fragte er: „Und wenn die Bullen draufkommen, was machste dann? Ich meine, dann gehste in den Bau. Oh Mann, ey, da möchte ich echt nicht mit dir tauschen. Ist kacke da drinnen." Er verzog angewidert das Gesicht. „Auf Mord steht lebenslänglich, Mann. Das hält kein Mensch aus. Glaub's mir, ich weiß, wovon ich red."

„Einen Scheißdreck weißt du." Marius sah ihn verächtlich an. „Nur, weil sie dich mal für ’n paar Tage eingebuchtet haben, glaubst du, dass du dich auskennst." Er hob Zeigefinger und Daumen in die Luft und deutete einen schmalen Spalt an. „Nicht so viel weißt du darüber, Mann, nicht so viel."

Georg zuckte die Schultern. „Ist trotzdem kein Spaß. Kannst dich auf was gefasst machen." Er wandte sich wieder dem Fernseher zu, in dem gerade jemand im Tarnanzug eine ganze Menschenmenge mit einem Maschinengewehr niedermähte.

„Und wenn schon", meinte Marius schulterzuckend. Sein Tonfall wurde drohend, als er hinzufügte: „Ich sehe nicht, wie sie auf mich kommen sollten. Oder wollt ihr mich vielleicht bei den Bullen verpfeifen, he?"

„Ich geh dann mal." Jelle, dessen Hände auffallend zitterten, erhob sich und lief auf die Tür zu. Doch noch bevor er sie erreicht hatte, stelle sich ihm Marius in den Weg und hob warnend den Zeigefinger. „Ein Wort zu den Bullen, und du bist der Nächste, kapiert?"

„Aber ich … Aber du hast doch nicht wirklich … Komm, Marius, mach keinen Scheiß!" Jelle zitterte nun am ganzen Leib. Marius musterte ihn verächtlich. Jelle hatte noch nie so richtig zu ihnen gepasst, war ein totaler Waschlappen. Andererseits hatte er immer mehr Kohle in den Taschen als Georg und er, was ihnen schon so manche durchzechte Nacht ermöglicht hatte. Angeblich hatte Jelle ’ne nette Großmutter, die ihm immer mal was zusteckte. Marius war sich nicht sicher, ob es diese Großmutter tatsächlich gab, aber es war ihm auch egal, solange er davon profitierte.

„Kein Wort!", wiederholte er, ohne auf Jelles Bemerkung einzugehen. Vielleicht hatte er Karla umgebracht, vielleicht nicht. Das ging niemanden außer ihn etwas an. Auf jeden Fall konnte es nicht schaden, wenn die Jungs Respekt vor ihm hatten. In Jelles Fall sogar Angst, wie Marius mit einer gewissen Genugtuung feststellte. Das machte sie steuerbar. Und Marius liebte es, der Steuermann zu sein.

„Na-natürlich nicht", beeilte sich Jelle zu sagen. „Ga-ganz bestimmt nicht, Marius, das weißt du doch."

Nun, da war sich Marius alles andere als sicher, deshalb setzte er vorsichtshalber noch einen drauf: „Karla hatte keinen schönen Tod. Willst du Details hören?"

Jelle schüttelte den Kopf. „Ich sag nichts, Marius, ganz bestimmt nicht. Das … das ist allein dein Ding."

„So ist's brav." Marius grinste und tätschelte ihm die Wange. Dann trat er zur Seite und deutete eine übertrieben galante Verbeugung an. „Wir sehen uns, Jelle. Ich hätte mal wieder Lust auf eine Sauftour. Wie wär's mit heute Abend?"

„Ja. Ja, sicher. Bis … bis später dann." Jelle verließ fluchtartig den Raum.

„Dem haste es aber gegeben", stellte Georg anerkennend fest.

Marius schlug Georg freundschaftlich mit der Faust gegen die Schulter. „Noch 'n Bier?"

6

„*Prachtig*", stellte Arie van Dijk fest, als er seiner Kollegin nach dem Besuch bei den Beckers durch die Leeraner Altstadt folgte. Bewundernd schaute er auf die pittoresken Giebel der kleinen, dicht an dicht stehenden Häuser und bemerkte dann: „Es sieht alles ein wenig *fries* aus. Fast wie bei uns in den Niederlanden. Nur die großen Fenster fehlen."

„Du warst noch nie hier?", fragte Sophie Reimers erstaunt. „Ich dachte immer, jeder deiner Landsleute halte sich mindestens einmal pro Woche in Leer auf. Jedenfalls hört man allenthalben eure Sprache, wenn man hier durch die Gassen streift."

„Ich war schon in Leer, aber noch nie in der Altstadt", bestätigte Arie. „Keine Ahnung, warum. Aber, ja, es gefällt mir." Er schaute in die Auslagen des Antik-Cafés und leckte sich über die Lippen. „Hm, ein kleiner Snack wäre jetzt auch nicht schlecht. Was meinst du?"

Sophie Reimers lachte. „Du und der Kollege Büttner würdet ein wirklich gutes Team abgeben." Sie blieb stehen und musterte Aries sportliche Gestalt von oben bis unten. „Dabei siehst du gar nicht so aus, als würdest du vor keiner Süßigkeit haltmachen."

Arie zwinkerte ihr zu. „Das zu verbergen, ist auch ein hartes Stück Arbeit, das kann ich dir sagen."

Nun, das glaubte Sophie ihm aufs Wort. Sie konnte selbst ein Lied davon singen, was es hieß, seinen Körper trotz aller kulinarischer Verlockungen in Form zu halten. „Hier muss es sein", sagte sie geschäftig, als sie die von Henrik Becker angegebene Adresse erreichten. Sie prüfte die drei neben der Haustür angebrachten Klingelschilder, doch stand der Name von Marius Bruhns auf keinem von ihnen. „Da will wohl einer anonym bleiben", murmelte sie und drückte auf die nicht beschriftete Klingel. Ein schriller Ton erklang aus einem offenstehenden Fenster, gleich darauf das Summen des Türöffners.

„Moin. Herr Bruhns, nehme ich an?", fragte Sophie Reimers, als sie wenig später einem misstrauisch dreinblickenden Mann an der geöffneten Wohnungstür gegenüberstanden. Er sah reichlich zerzaust und ungewaschen aus. Seine feuchtglänzenden Augen waren rotunterlaufen, wozu die ihn umgebende Alkoholfahne passte.

„Wer will das wissen?"

„Mein Name ist Reimers, dies ist mein Kollege van Dijk aus Groningen. Wir sind von der Kriminalpolizei."

„Kommen Sie wegen Karla?"

„Sie wissen davon?" Als Marius schwieg, fügte sie hinzu: „Also, sind Sie Marius Bruhns?"

Der junge Mann hielt ihnen stumm die Tür auf und sie traten ein. In der Wohnung bekam der bereits unangenehm aufgefallene Alkoholgeruch Verstärkung von kaltem Zigarettenrauch und diversen Körperausdünstungen. Ein weiterer Mann blickte ihnen von einem abgeschabten, mit Flecken und Brandlöchern übersäten Sofa aus glasigen Augen entgegen. Er schien sich nicht besonders für sie zu interessieren. Nachdem er sie teilnahmslos gemustert hatte, wandte er sich sofort wieder dem Fernseher zu, in dem es knallte und ballerte.

„Die sind von der Polizei", sagte Marius. Doch rief auch das keine Reaktion seines Kumpels hervor. Marius zuckte die Schultern, ging zum Kühlschrank und nahm sich ein Bier heraus. „Und? Was gibt's?", fragte er, nachdem er den Kronkorken mithilfe eines Feuerzeugs vom Flaschenhals gelöst hatte.

„Dürften wir den Namen Ihres Mitbewohners erfahren?", fragte Arie van Dijk.

„Ist nur 'n Kumpel. Georg. Also?" Marius nahm eine selbstgedrehte Zigarette aus einem Päckchen mit Tabak und steckte sie an.

„Sie kannten Karla Becker, wie wir hörten. In welchem Verhältnis standen Sie zu ihr?"

Marius zog die Stirn in Falten. „Wie, in welchem Verhältnis? In gar keinem, Mann. Sie war eine Streberin, ich ein Versager, okay? Was sollten wir wohl miteinander zu tun haben?"

„Angeblich haben Sie ihr gedroht", konkretisierte Sophie Reimers.

„Hä? Ich? Wer erzählt denn den Scheiß? Ich hab sie seit Ewigkeiten nicht gesehen. Oder, Georg?" Marius klopfte seinem Freund auf die Schulter, doch der reagierte nur mit einem unartikulierten Brummen.

„Woher soll denn Ihr Freund wissen, ob Sie Karla in den letzten Tagen gesehen haben?"

„Weil wir die ganze Zeit hier waren. Stimmt doch, Georg?"

Wieder ein Brummen.

„Sie verlassen nie das Haus?"

„Hey, was soll das?", brauste Marius auf. „Ich hab nichts mit Karla und schon gar nichts mit ihrem Tod zu tun, okay?" Er nahm die auf der Sofalehne liegende Fernbedienung in die Hand, gleich darauf herrschte Stille im Zimmer. „Los!", forderte er seinen Freund auf, der stumm blieb und nun nach seinem Bier griff. „Sag denen, dass wir die ganze Zeit zusammen waren."

„Ja, Mann, waren wir. Kann ich nun die Fernbedienung wiederhaben?"

Marius warf sie ihm zu, und gleich darauf ertönte wieder das Rattern eines Maschinengewehrs.

„Sie können also nicht bestätigen, dass Sie Karla bedroht haben", sagte Arie van Dijk. „Angeblich ging es um die Erdgasförderung in der Region Groningen. Oder, *om precies te zijn*, um die dadurch entstandenen Erdbebenschäden."

Marius verdrehte die Augen. „Hat Karlas Vater das behauptet, oder was? Hören Sie dem gar nicht zu. Er ist ein Arschloch. Genauso arrogant wie seine Tochter." Er zupfte sich ein Stück Tabak von der Zunge, dann fuhr er fort: „Sind alles arrogante Arschlöcher, die Beckers. Und skrupellos. Das Schicksal von anderen ist denen scheißegal. Die gehen über Leichen, wenn's sein muss. Hauptsache, die Kohle stimmt."

„Und Sie sind von der sozialen Sorte, oder warum regen Sie sich so darüber auf?"

Marius schnaubte verächtlich. „Die sind mir scheißegal, Mann. Sollen die doch verrecken in ihrem Geld."

„Wo waren Sie am gestrigen Abend zwischen neunzehn und zweiundzwanzig Uhr?", ließ Sophie Reimers nicht locker. Inzwischen hatten sie von der Gerichtsmedizin erfahren, dass der Mord an Karla in diesem Zeitraum passiert sein musste, wenn auch nicht an dem Ort, an dem sie gefunden wurde.

Wieder klopfte Marius seinem Kumpel auf die Schulter. „Ey, die wollen wissen, wo ich gestern Abend war. Von sieben bis zehn."

„Na, hier, Mann, mit mir", kam es so prompt von Georg, dass Sophie Reimers stutzig wurde. Allerdings hatte sie auch nichts anderes erwartet. Solche Typen wie Marius und Georg würden sich immer gegenseitig decken. Sie seufzte innerlich. Hier kamen sie ohne weitere Anhaltspunkte nicht weiter. Aber immerhin wussten sie nun, mit wem sie es zu tun hatten. Und sie konnte nicht sagen, dass ihr der Eindruck, den sie von Marius und Georg gewonnen hatte, besonders gut gefiel. Aber das allein machte die beiden ja noch nicht zu Mördern.

„Okay", sagte sie, „das war's dann fürs Erste. Halten Sie sich bitte zu unserer Verfügung."

„Pfff", machte Marius. „Was glauben Sie? Dass wir vorhatten, in den nächsten Flieger zu steigen? Klar, Mann, wir sind ständig unterwegs, was denn sonst? Big Business, wenn Sie verstehen, was ich meine." Er lachte rau auf. „Machen Sie am besten den nächsten Termin mit meiner Sekretärin aus."

Diesmal ließ selbst der maulfaule Georg ein Lachen hören.

Draußen auf der Straße atmeten die beiden Ermittler erst mal tief durch. „Was hältst du von Marius?", fragte Sophie.

Arie zuckte die Schultern. „Diese Typen gibt es zu tausenden. Auf ganzer Linie gescheitert und schuld sind die anderen. Das ist bei uns nicht anders als hier."

„Wir sollten herausfinden, warum genau er einen solchen

Hass auf die Beckers schiebt", überlegte Sophie laut. „Er sagt zwar, sie seien ihm egal, aber das glaube ich ihm nicht. Das ist irgendwas Persönliches."

„Vielleicht ist er verliebt in Karla, und sie hat ihn … Wie heißt das?" Arie legte überlegend die Hand ans Kinn.

„Abblitzen lassen?"

„Ja. Wäre ja nicht das erste Mal, dass so was vorkommt. *Lower class boy* liebt *upper class girl*. Oder umgekehrt. Ein Phänomen so alt wie die Menschheit."

„Ein Mord aus Eifersucht?" Sophie sah ihn zweifelnd an.

Arie zwinkerte ihr zu. „Wäre auch nicht das erste Mal." Sofort aber schränkte er ein: „Aber nein, daran kann auch ich nicht so recht glauben."

„Und woran glaubst du dann?"

„*Geen idee*[8]. Könnte was mit den Erdbeben zu tun haben, *misschien*[9]. Das hat ja auch Henrik Becker vermutet."

„Du könntest mich mal aufklären, was genau es mit diesen Erdbeben auf sich hat", meinte Sophie. „So ganz steige ich da nämlich noch nicht durch."

„Kein Problem. Ich kann es dir im Auto erklären."

„Auf dem Weg wohin?"

„Ich schlage vor, dass wir nach Onderdendam fahren", erklärte Arie. „Ich würde mich da gerne ein wenig genauer umhören. Außerdem will ich mich bei Tageslicht am Fundort umsehen. Irgendeinen Grund muss es doch geben, dass man Karla ausgerechnet an diesem Bauernhof abgelegt hat."

„Vielleicht sollten wir zuerst etwas essen", schlug Sophie

---

[8] Keine Ahnung

[9] vielleicht

vor und rieb sich den knurrenden Bauch. Ihr Magen, der an diesem Tag noch nichts bekommen hatte, hing ihr inzwischen in den Kniekehlen.

„Du hast recht", nickte Arie. „Wohin gehen wir?"

„Mir egal. Hauptsache essen." Sophie überlegte kurz, dann steuerte sie zielstrebig ein Bistro an, das ungefähr hundert Meter entfernt in der Mühlenstraße lag.

„Hauptsache *koffie*", murmelte Arie.

Sophie räusperte sich, bevor sie auf halber Strecke zum Bistro fragte: „Sag mal, Arie, warum sprichst du eigentlich so gut Deutsch?"

„Ich habe es in der Schule gelernt. Außerdem ist ein Freund von mir Deutscher. Oliver. Wir kennen uns, seit wir – *ik geloof* [10] – drei Jahre alt waren. Seine Familie machte immer Urlaub bei uns im Dorf. Von ihm hab ich Deutsch gelernt und er von mir Holländisch. Ging immer durcheinander bei uns." Arie grinste. „Sehr zum Missfallen meiner Großmutter."

„Deiner Großmutter? Warum hat ihr das nicht gefallen?"

Aries Stirn umwölkte sich. „Oh, das ist eine lange Geschichte."

„Ich liebe lange Geschichten."

Arie überlegte kurz, dann sagte er: „Okay. Du wirst sie kennenlernen."

„Wen? Die Geschichte?"

„Ja, *precies*. Und meine Großmutter."

„Öhm …" Sophie hatte keine Ahnung, was sie davon halten sollte. Natürlich hatte sie nichts gegen Aries Großmutter, aber … Sie schluckte.

---

[10] ich glaube

Beim Bistro angekommen, hielt Arie ihr die Tür auf, und der herrliche Duft von Kaffee und geröstetem Brot schlug ihr entgegen. Sofort waren Mordfall, Erdbeben und Großmutter vergessen. Sophie wollte nur endlich etwas essen.

7

Onderdendam gefiel Sophie Reimers auf Anhieb. Es war eine schmucke Ortschaft im typisch niederländischen Stil. Wie Arie ihr erzählt hatte, kreuzen sich hier von jeher mehrere Wasserwege, weswegen es früher ein Knotenpunkt für den Handel und auch Gerichtsstand war. Von Letzterem zeugte noch ein weiß getünchtes, jetzt als Wohnhaus genutztes Gebäude mit dem Schriftzug *Het Regthuis*. Heute jedoch hatte Onderdendam seine Zentrumsfunktion ans nahegelegene Bedum verloren und war das, was die Niederländer laut Arie als *vergane glorie* bezeichneten.

Die an das Wasser grenzenden Grundstücke wirkten gepflegt, ohne jedoch etwas von der manchmal in deutschen Gärten vorzufindenden Sterilität auszustrahlen. Büsche und blühende Stauden schmückten die zahlreichen Terrassen und Stege und wucherten hier und da über die Ufer. Vor etlichen Grundstücken lagen ein oder zwei Boote vertäut. Insgesamt strahlte der Ort eine anziehende Beschaulichkeit aus, und Sophie verspürte spontan Lust, sich auf eine der am Ufer stehenden Bänke zu setzen und dem gemächlichen Treiben an Land und auf dem Wasser für eine Weile zuzuschauen. Wäre da nur nicht dieses schreckliche Verbrechen gewesen, das die Bewohner von Onderdendam in eine Art Schockstarre versetzt und um dessen Aufklärung Sophie sich gemeinsam mit Arie van Dijk zu kümmern hatte. Also folgte sie ihrem Kollegen zu einem kleinen Gehöft, das direkt an der Abzweigung zweier Wasserwege auf einer schmalen Halbinsel lag. Rundherum angebrachtes, rotweißes Flatterband machte deutlich, dass das Betreten des gesamten Grundstücks polizeilich verboten war.

Das weiß getünchte Wohnhaus grenzte unmittelbar an ein vielleicht doppelt so großes Stallgebäude an. Eine weitläufige, auf zwei Ebenen angelegte Holzterrasse ragte an der Längsseite des Hofes bis ans Ufer hinab, am Steg davor dümpelten ein kleines Motorboot sowie ein Ruderboot vor sich hin.

„Und hier wurde tatsächlich die Leiche von Karla Becker gefunden?"

„Ja. Hinter dem Stall. Wieso fragst du?"

„Weil es hier … Na ja, diese Idylle passt einfach nicht zu einem so grausamen Verbrechen."

„Diese Idylle", griff Arie ihre Worte auf, „ist schon seit einer ganzen Weile Geschichte. Seit gestern Abend wohnt hier keiner mehr, wie man mir sagte."

Sophie schaute ihn verdutzt an. „Doch nicht etwa wegen der Leiche, oder? Ich meine, wer gibt denn so ein Paradies freiwillig auf?"

„Niemand. Der Hof ist baufällig. Erdbebenschäden. Den Bewohnern blieb keine Wahl."

„Wie furchtbar." Erst jetzt ging Sophie Reimers auf, was die Erdbeben der vergangenen Jahre für viele Bewohner dieses Landstrichs tatsächlich bedeuteten. In diesem Fall hatten sie die Hofeigentümer um nichts weniger als ihr Zuhause gebracht.

„Es ist kein Einzelfall", erklärte Arie. „Viele Menschen mussten ihre Häuser verlassen."

„Dann wundert es mich nicht, dass der ein oder andere zum Mörder wird", rutschte es Sophie heraus. Schnell setzte sie zu einer Erläuterung des Gesagten an: „Ich meine, die Leute, die es betrifft, müssen doch total verärgert sein. Nur weil da ein Konzern daherkommt und ihnen den Boden unter den Füßen …"

Arie hob abwehrend die Hand. „So einfach ist das nicht. Natürlich, viele sind sauer, das ist richtig. Vor allem viele Bauern, die ihre Existenz verloren haben. Nicht wenige von ihnen haben sich unlängst sogar einem Treckerkorso angeschlossen, der sie bis nach Den Haag führte, um dort ihren Unmut zu zeigen. Aber", Arie hob den Zeigefinger, „als es damals darum ging, das im Erdboden liegende Gas zu fördern, hat sich kaum jemand dagegen ausgesprochen. Die Gasförderung verhieß wirtschaftlichen Wohlstand und vor allem Arbeitsplätze. Fast alle hier haben lange Jahre davon profitiert."

„Das mag ja sein", erwiderte Sophie. „Schrecklich ist es trotzdem. Sollte mich nicht wundern, wenn das Motiv für unseren Mord genau hier begründet liegt."

„Wenn es so ist, dann hat man mit Karla Becker die Falsche umgebracht", stellte Arie fest. „Schließlich war sie noch nicht einmal geboren, als die Entscheidungen zur Gasförderung gefallen sind."

„Karlas Vater ist einer der Verantwortlichen in diesem Konzern", gab Sophie zu bedenken.

„Meinst du nicht, dann hätte unser Mörder *ihn* umgebracht?"

„Mörder handeln nicht immer logisch. Außerdem ist der Verlust des eigenen Kindes gemeinhin schmerzhafter als der eigene Tod, das Leid des Vaters somit nachhaltiger. So nach dem Motto *Zerstörst du mein Leben, dann zerstöre ich deins.* Also, wenn ich der Mörder wäre …"

„Spekulationen bringen uns nicht weiter, Sophie."

„Aber ausschließen können wir ein solches Motiv auch nicht. Oder gibt es inzwischen eines, das dir naheliegender erscheint?"

„Nein. Ich habe auch nicht gesagt, dass wir es ausschließen können. Trotzdem sollten wir uns nicht darauf … verstarren?"

„Versteifen", korrigierte Sophie.

„*Precies*. Versteifen." Arie blieb unweit des Stalltors vor einem vielleicht drei Quadratmeter großen Schlammloch stehen. „So", sagte er, „hier hat man sie gefunden."

„Das arme Ding." Sophie schaute sich um. Bis auf die Polizeiabsperrung deutete nichts darauf hin, dass hier am Abend zuvor etwas Furchtbares passiert war. Das Hofgelände lag ruhig da, es war lediglich das Zwitschern der Vögel zu hören. Insekten tanzten in den Strahlen der Sonne, die sich durch die Äste zahlreicher Obstbäume brachen.

„Irgendwie muss man die Leiche hergebracht haben", sprach Sophie Reimers mehr zu sich selbst, dann fügte sie etwas lauter an: „Gibt es irgendwelche Hinweise darauf, mit welchem Fahrzeug?"

„Nein. Nichts. Es kann alles gewesen sein. Vielleicht kam er zu Fuß und trug das Mädchen auf den Schultern. Vielleicht brachte er sie in einer Schubkarre oder in einem Fahrradanhänger. Nur eines wissen wir mit ziemlicher Sicherheit, nämlich dass hier niemand mit dem Auto vorgefahren ist. Zumindest haben weder die Nachbarn noch die Bewohner Motorengeräusche gehört oder Lichter gesehen."

„Na ja, es war ja auch noch nicht ganz dunkel, als die Leiche gefunden wurde", gab Sophie zu bedenken. „Ob hier jemand Licht gesehen hat oder nicht, dürfte daher relativ unbedeutend sein. Und außerdem: Achtest du immer bewusst darauf, ob du Motorengeräusche hörst oder nicht?"

„Hier gibt es spätabends nicht viel Autoverkehr."

„Trotzdem kann man sich auf solche Aussagen nicht verlassen", beharrte Sophie auf ihrem Standpunkt. „Und selbst, wenn es tatsächlich kein Motorengeräusch gab, könnte es immer noch ein Elektroauto gewesen sein."

„Moderne Zeiten", grinste Arie.

„Ich will nur nichts ausschließen." Sophies Blick fiel auf den Kanal, dessen Wasser durch die Zweige der am Ufer stehenden Büsche fiel. „Und was ist mit einem Boot?", fragte sie.

„Du meinst, er hat sie mit einem Boot gebracht?" Arie zog die Stirn in Falten. Offensichtlich hatte er diese Möglichkeit noch nicht in Betracht gezogen, obwohl sie naheliegend war. „Es war noch nicht dunkel", sagte er. „Jemand hätte es sehen müssen."

Sophie seufzte. „Wenn du mich fragst, hätte sowieso jemand den Täter sehen müssen. Ganz egal, mit welchem Transportmittel er hier angekommen ist." Sie deutete einmal in die Runde. „Gestern Abend war das schönste Wetter. Schau dir all die Terrassen und Gärten an. Wir können davon ausgehen, dass unzählige Menschen den Abend draußen verbracht haben. Außerdem war hier ja wohl noch ein Umzugsunternehmen damit beschäftigt, Möbel und Habseligkeiten aus dem Haus zu schaffen. Ich kann mir nicht vorstellen, dass dann jemand unbehelligt eine Leiche hier ablegt."

„Dann können wir wohl auch annehmen, dass der Täter ..."

„... oder die Täterin."

„Dass er die Leiche erst spät, also erst kurz vor ihrem Auffinden gebracht hat."

„Und genau das wundert mich. Warum hat er sie nicht erst gebracht, als es dunkel war?", grübelte Sophie. „Schließlich ist die Gefahr, hier nachts um drei oder vier Uhr gesehen zu werden, deutlich geringer als abends um zehn."

„Dann wären auch die Bewohner des Hofes nicht mehr hier gewesen", nickte Arie.

„Eben. Hm." Sophie legte ihren Finger an die Nase und senkte den Kopf. „Fast scheint mir, als wollte er – oder sie –, dass man Karla noch vor dem Morgen findet. Aber warum?"

„Das weiß nur er selbst. Wir können nur hoffen, dass an der Leiche irgendwelche Spuren gefunden werden, die auf den Täter hindeuten."

„Moi, ales goud?", wurden sie von einer Stimme unterbrochen. „Darf ich wissen, was Sie hier machen?", fragte ein Mann im Groninger Dialekt, der dem ostfriesischen Plattdeutsch recht ähnlich war. Insofern hatte Sophie keine Mühe, ihn zu verstehen.

„Hallo", erwiderte Sophie. Sie sah sich einem attraktiven, dunkelhaarigen Mann gegenüber, der etwa in ihrem und Aries Alter sein mochte. Sie zog ihren Dienstausweis aus der Tasche, während Arie sie und sich vorstellte.

„Und Sie sind?", fragte Arie nun ebenfalls im Groninger Dialekt. „Ihnen ist sicherlich bewusst, dass Sie sich hier nicht aufhalten dürfen? Das Haus ist versiegelt, das Grundstück polizeilich gesperrt."

„Ja, sicher." Der Mann lächelte freundlich. „Nur hat meine Mutter hier gestern etwas sehr Wichtiges vergessen."

Er hielt ein gerahmtes Familienfoto in die Höhe. „Es hing noch im Flur. Meine Mutter hat die ganze Nacht nicht schlafen können deswegen. Da verstehen Sie sicherlich, dass ich es trotz der Absperrung holen musste."

Zu Sophies Überraschung nickte Arie. Also entschloss auch sie sich, es einfach mal so stehen zu lassen, obwohl ihr das nicht behagte. Wozu Absperrungen, wenn sich keiner dran hielt? Oder dachte sie zu deutsch?

Arie fragte ihn erneut nach seinem Namen.

„Menko Brandsma", bekam er zur Antwort.

„Sie haben auch hier gewohnt?", fragte Arie.

„Früher, ja. Aber seit fast zwanzig Jahren schon nicht mehr. Meine Eltern lebten hier alleine."

„Es wird sie sehr mitgenommen haben, dass sie das Haus verlassen mussten", sagte Sophie auf Plattdeutsch, und tatsächlich verstand der Mann sie ohne Probleme.

Seine Stirn umwölkte sich, und er musterte den verwaisten Hof mit finsterem Blick. „Ja, *natuurlijk*. Es war sehr schwer für sie. Vor allem, weil es so plötzlich kam." Er zuckte die Schultern. „Aber ich habe ihnen ja schon immer gesagt, dass dieses Gas uns irgendwann ins Unglück stürzen wird. Sie wollten damals nichts davon wissen. Das haben sie nun davon."

„Das klingt sehr hart", sagte Sophie. Sie musterte ihn aus schmalen Augen und stellte fest, dass er ihr trotz dieser für seine Eltern nicht gerade schmeichelhaften Analyse sympathisch war. Was womöglich an seinen großen, dunklen und von Lachfältchen umrahmten Augen lag. Sie mochte dunkle Augen.

„Nein. Meine Eltern tun mir wirklich leid", entgegnete Menko Brandsma. „Es ist verdammt schwer für sie, nicht mehr hier sein zu können. Aber manchmal ist es eben so, dass man die Konsequenzen seines Handelns tragen muss."

„Sind Sie persönlich von den Erdbebenschäden betroffen?", fragte Arie, nachdem sie alle für einen längeren Augenblick geschwiegen hatten.

Der Mann lachte, seine dunklen Augen funkelten. Es war so ansteckend, dass sich auch Sophie ein Lächeln nicht verkneifen konnte. „Nein", sagte er. „Ich hab mir ja schon gedacht, dass es eines Tages soweit kommen würde. Also bin ich auf ein Hausboot gezogen."

„Hier in Onderdendam?"

„Nein." Der Mann deutete in südliche Richtung. „In Groningen. Im *Woonschepenhaven*."

„Nicht die schlechteste Lösung, um von den Erdbeben verschont zu bleiben."

„Es sei denn, das Erdbeben löst einen Tsunami aus." Menko Brandsma grinste. Dann jedoch wurde er wieder ernst und deutete auf das Schlammloch. „Gibt es etwas Neues? Furchtbare Geschichte. Meine Eltern sind völlig fertig. Wer macht denn nur so was?"

„Tja, das wüssten wir auch gerne", erwiderte Sophie. „Sie waren gestern Abend nicht zufällig hier bei Ihren Eltern?"

„Nein. Sie wollten alleine sein und Abschied nehmen. Aber wenn ich gewusst hätte, was die beiden in ihren letzten Minuten erwartet …" Der Mann stieß scharf die Luft aus. „Aber so was stellt man sich ja nicht in seinen schlimmsten Träumen vor." Er schaute auf die Uhr. „So, ich müsste dann mal wieder. Meine Mutter wartet auf das Foto. Anscheinend hat sie befürchtet, dass das Haus inzwischen mitsamt dem Bild zusammengestürzt ist, sie war ganz aufgeregt." Er machte eine grüßende Handbewegung und sagte: „Viel Erfolg bei den Ermittlungen. Ich hoffe, Sie finden das Schwein bald." Dann lief er in Richtung des Ufers davon, wo er in ein kleines Boot stieg und den Außenborder anschmiss.

„Er ist mit dem Boot gekommen", stellte Sophie erstaunt fest. „Ich hab ihn gar nicht gehört."

Arie lachte. „Das ist hier nun wirklich keine Seltenheit. Viele bevorzugen das Wasser gegenüber der Straße. Aber dennoch", er deutete auf einen Geländewagen, der nicht weit von ihnen entfernt stand. „Er kam mit dem Auto."

„Und warum fährt er dann mit dem Boot davon und lässt das Auto hier stehen?"

„Das musst du ihn fragen."

„Hm. Wäre es möglich, dass er damit bis nach Groningen fährt?"

„Ja, sicher. Er müsste jedoch eine Schleuse, die Oostersluis, passieren, was mit ein wenig Aufwand verbunden wäre. Undenkbar ist es natürlich nicht." Er zwinkerte ihr zu. „Außer für euch Deutsche vielleicht. Im Land der Autobauer liebt ihr es schließlich, möglichst oft und lange im Stau zu stehen."

„Na ja, die Staus wären ohne eure Wohnwagen nicht halb so lang", stichelte Sophie zurück.

„Ich würde jetzt gerne ins Kommissariat zurückfahren", verkündete Arie. „Mal sehen, ob schon irgendwelche Ergebnisse von der Kriminaltechnik vorliegen. Die Spurensicherung hat sich in Aukjes und Karlas Wohnung umgesehen."

Sophie nickte zustimmend und sie machten sie sich auf den Weg zum Auto.

8

Wortlos, den Kopf zur Seite geneigt, betrachtete er das großformatige Foto an der ansonsten kahlen Wand. Es zeigte fünf in die Kamera lachende junge Menschen. Über einem von ihnen prangte ein mit schwarzem Filzstift gezeichnetes Kreuz. Das winzig kleine Loch in der Stirn dieser Person war hingegen nur zu erkennen, wenn man gezielt darauf achtete.

Da waren es nur noch vier. Karla würde nie wieder lachen. Nie. Wieder. Dafür hatte er gesorgt. Und das war auch gut so.

Zufrieden nahm er einen tiefen Zug seiner Zigarette. Ein Fünftel war nicht viel. Aber schließlich war ja noch nicht aller Tage Abend. Seine Zeit würde kommen. Sehr bald schon. Jetzt musste nur noch die Entscheidung fallen.

Er drückte seine Zigarette im Aschenbecher aus, dann nahm er einen Dartpfeil zur Hand und ließ ihn, ohne lange zu zögern, nach vorne schnellen. Die Pfeilspitze durchstach ein Auge. Das von Aukje.

Nun, es sollte ihm recht sein.

9

„Marius. Ich bin ganz sicher, dass es Marius war."

Gerade erst waren die vier jungen Leute in der Wohnung von Mina zusammengekommen, es war noch kaum ein Wort gesprochen worden. Zu tief saß der Schock, dass am gestrigen Abend eine von ihnen auf brutale Art ermordet worden war. Mina selbst nahm ihr Leben seither nur noch wie durch einen Nebel wahr. Alles, womit sie sich in den letzten Stunden konfrontiert gesehen hatte, war so unfassbar, dass es schwerfiel, überhaupt einen klaren Gedanken zu fassen, oder gar in die Uni zu gehen.

Seit dem Anruf von Aukje hatte sie einfach nur dagesessen und ins Nirgendwo gestarrt. Sie hatte gehofft, aus diesem bösen Traum zu erwachen, doch es wurde immer schlimmer. In den folgenden Stunden hatten auch die sozialen Medien begonnen, ihr auf allen Kanälen die unabänderliche Wahrheit entgegenzuschreien: „Karla ist tot! Karla ist tot! Karla ist tot!" Jeder einzelne Post oder Tweet war wie ein Schlag in die Magengrube gewesen, der ihr für einen Moment die Luftzufuhr abschnürte. Dennoch hatte sie es nicht fertiggebracht, ihr Smartphone einfach beiseitezulegen, sondern sie hatte wie gebannt auf jede neu aufploppende Meldung gestarrt. „Karla ist tot! Karla ist tot! Karla ist tot!" Dazu immer wieder das lachende Gesicht ihrer Freundin. Es war wie eine Selbstkasteiung gewesen, der sich Mina nur schwer hatte entziehen können.

„Was? Was hast du gesagt?" Mina schreckte auf, als ihre Freundin Aukje ihr nun über den Oberarm strich.

„Es war bestimmt Marius", wiederholte Aukje, ohne zu zögern. Sie streckte ihr einen Kaffeebecher entgegen, den Mina wie fremdgesteuert in die Hand nahm. Es hätte ebenso gut eine entsicherte Handgranate sein können, sie hätte es vermutlich nicht registriert. Auch hatte sie Schwierigkeiten, den Sinn von Aukjes Worten zu erfassen. „Marius?", fragte sie daher nur verdattert, während ihre Hand mit dem Kaffeebecher stocksteif in der Luft verharrte. „Sagtest du Marius? Was ist mit ihm?"

„Er war es, der Karla umgebracht hat."

„Was?" Mina riss entsetzt die Augen auf. „Woher weißt du das?"

Aukje deutete auf ihr Smartphone. „Jelle hat mir vorhin eine Nachricht geschickt. Er kam gerade aus Marius' Wohnung. Er schreibt, dass Marius damit prahlt, Karla ermordet zu haben."

Aukjes Freund Derk, der den jungen Frauen am Tisch gegenübersaß, stieß ein unwilliges Schnauben aus. „Das glaubst du doch wohl selbst nicht, Aukje. Marius will sich nur wichtigmachen. Der hat noch nie in seinem Leben irgendwas auf die Reihe gekriegt. War aber klar, dass er darauf anspringt, und wenn es noch so krank ist. Hauptsache, er kann mal wieder im Mittelpunkt stehen. Ein Vollpfosten ist das, sonst nichts."

„Und Jelle ist nicht besser", murmelte Jan, der vierte in der Runde. Er rührte ohne Unterlass mit einem Löffel in seinem Kaffee herum. „Frag mich nur, was du an diesem

Typen findest. Er ist total asozial. Alle, die mit Marius abhängen, sind asozial."

„Ich finde gar nichts an Jelle, klar?", brauste Aukje auf. „Aber er macht sich echt Gedanken und fragte mich, ob er der Polizei davon erzählen soll."

„Und was hast du geantwortet?"

„Ich hab gesagt, dass er das selbst entscheiden soll. Bin doch nicht sein Kindermädchen." Trotzig verschränkte Aukje die Arme vor dem Körper. „Außerdem: Woher soll denn ich wissen, was richtig ist? So gut kenne ich Jelle ja nun auch nicht. Und Marius schon gar nicht."

„Weiß gar nicht, warum du überhaupt mit Jelle sprichst", meinte Jan und sah sie aus schmalen Augen prüfend an. „Eigentlich waren wir uns doch einig, dass wir mit dem Pack nichts mehr zu tun haben wollen, oder? Selbst Karla hatte die Schnauze voll von denen, nachdem sie ständig auf ihrem Vater rumgehackt haben." Sein Tonfall wurde abfällig, als er hinzufügte: „Und sie war ja nun wirklich das Sozialchen in Person. Immer ein Herz für die Versager dieser Welt."

„Karla ist tot", wies Derk ihn zurecht. „Sprich nicht so über sie."

„Sorry", sagte Jan zerknirscht. „Aber ich bleib dabei: Marius und Jelle wollen sich nur wichtigmachen. Haben ja sonst nichts im Leben, was irgendwie vorzeigbar wäre."

„Ach ja? Und ein Mord wäre vorzeigbar, oder was?" Aukje sah ihn finster an.

Derk hob beschwichtigend die Hände. „Jetzt kommt mal wieder runter, okay? Es ist schlimm genug, was passiert ist, da müssen wir uns nicht auch noch gegenseitig zerfleischen."

„Marius hat Karla gedroht", beharrte Aukje auf ihrer Feststellung, nachdem alle für eine Weile geschwiegen hatten. „Und das nicht nur einmal."

Derk lachte rau auf. „Ja, weil sie angeblich schuld ist, dass das Haus von Marius' Großeltern nicht mehr bewohnbar ist. Hallo? Wie bekloppt muss man sein? Karla soll daran schuld sein, nur weil ihr Vater zu diesen Gasmafiosi gehört? Moderne Sippenhaft nennt man das wohl. Das ist doch Bullshit!" Das letzte Wort spuckte er geradezu aus.

Als die Sprache auf Marius' Großmutter kam, war Mina mit einem Schlag hellwach. „Wohnt Marius' Oma nicht in Onderdendam?", fragte sie und sah von einem zum anderen. Sie stellte ihren Kaffee ab, von dem sie noch nicht einen Schluck getrunken hatte. „Ich meine, das hätte Karla erzählt. Oder krieg ich da jetzt was durcheinander?" Bislang hatte sie Karlas Klagen über Marius nie sonderlich viel Beachtung geschenkt. Vielmehr war sie immer der gleichen Ansicht gewesen wie Derk, nämlich dass es sich bei Karlas ehemaligen Schulkameraden um einen totalen Vollhonk handelte. Sie selbst hatte ihn höchstens dreimal gesehen, und seine aufschneiderische Art war ihr jedes Mal zutiefst zuwider gewesen. Als ihr keiner antwortete, sondern sich alle nur fragend ansahen, sagte sie: „Karlas Leiche ist in Onderdendam gefunden worden, schon vergessen? Gut möglich also, dass es da einen Zusammenhang gibt."

Auf diese Worte folgte betretenes Schweigen.

„Es wäre ja nicht ausgeschlossen, dass ...", Aukje schnippte mit den Fingern, „genau, dass er ihr gefolgt ist."

„Hat jemand eine Ahnung, wo genau man Karla gefunden hat?", fragte Mina nach kurzem Nachdenken. Parallel daddelte sie bereits mit schnellen Fingern auf ihrem Smartphone herum, in der Hoffnung, dass die Polizei zum Fundort inzwischen detailliertere Angaben gemacht hatte oder diese Info wenigstens auf inoffizielle Weise ins Internet geraten war.

„Keine Ahnung", murmelte Aukje. „Gut möglich, dass die Polizei eine Informationssperre verhängt hat."

„Quatsch Informationssperre", wischte Jan ihre Bemerkung mit einer Handbewegung beiseite. „Oder glaubst du vielleicht, dass nicht längst einer der Nachbarn – oder wer auch immer – Fotos ins Netz gestellt hat? Wo lebst du denn?" Er stutzte, bevor er fragte: „Sag mal, arbeitet dein Bruder nicht bei der Polizei?"

Alle Blicke wandten sich nun Aukje zu, und Mina sagte mit einem forschen Nicken: „Genau. Der ist doch sogar bei der Mordkommission, oder? Der weiß es doch bestimmt."

„Ja, klar." Aukje zog eine Grimasse, als alle sie nun erwartungsvoll ansahen. „Und ganz bestimmt ist er ganz wild darauf, seiner kleinen Schwester von den Ermittlungsdetails zu erzählen. Ich warte schon die ganze Zeit auf seinen Anruf." Sie verdrehte die Augen. „Nee, echt jetzt, ist nicht euer Ernst, oder?"

„Immerhin handelt es sich beim Opfer um deine Mitbewohnerin", gab Mina zu bedenken. „Da bist du doch eigentlich Aries erste Ansprechpartnerin, wenn …"

„Vergiss es!", fuhr Aukje sie scharf an. Schon im nächsten Moment aber füllten sich ihre Augen mit Tränen. „Ich weiß gar nicht, was ihr wollt", rief sie mit bebender Stimme aus. „Schämt ihr euch denn nicht? Karla ist erst seit ein paar Stunden tot. Sie wird nie wieder nach Hause kommen. Versteht ihr? Nie wieder! Und ihr redet nur davon, dass …

dass …" Sie brachte den Satz nicht zu Ende, sondern schlug die Hände vors Gesicht und begann zu schluchzen.

„Sorry." Mina senkte mit zerknirschtem Gesichtsausdruck den Kopf. „Du hast ja recht." Sie strich ihrer Freundin beruhigend über den Rücken. „Aber wir wollen doch auch nur verstehen, was passiert ist."

„Ja, Aukje hat recht", stimmte Jan ihr zu, doch schränkte er sofort ein: „Dennoch würde es mich interessieren, wo genau man Karla gefunden hat. Schon allein, weil …" Nun senkte auch er den Kopf und sah die anderen von unten herauf an. „Irgendwie habe ich das Gefühl, in Karlas Nähe sein zu müssen. Ihr zu sagen, dass wir sie nicht vergessen. Und wenn es nur ein blöder Blumenstrauß ist, den ich am Tatort ablege. Irgendwas. Nur nicht einfach tatenlos rumsitzen und nichts tun. Geht es euch nicht auch so?"

Bis auf Aukje nickten alle.

„Der Bauernhof, auf dem Karla gefunden wurde, gehört einer gewissen Familie Brandsma", wusste Derk wenig später zu berichten. Er nickte zufrieden. „Er liegt mitten in Onderdendam. Ich sag doch, im Netz bleibt nichts geheim."

„*Verdomme!*", rief Aukje. Sie wischte sich mit dem Unterarm die Tränen aus dem Gesicht und näselte: „Marius' Großeltern heißen Brandsma mit Nachnamen."

„Echt jetzt?" Jan sah sie aus großen Augen an.

„Ganz sicher."

„Hm." Derk runzelte die Stirn. „Ich dachte immer, dass Marius' Opa längst tot ist. Hier ist aber von einem älteren Ehepaar die Rede."

„Das passt schon", meinte Aukje. „Karla hat erzählt, dass Marius seinen Großvater nie leiden konnte, weil er ihn immer als Versager beschimpft hat."

„Was für Opas Menschenkenntnis spricht", warf Jan ein.

Aukje ließ sich nicht beirren. „Seine Oma hat ihn aber wohl immer gegen ihren Mann in Schutz genommen. Deshalb hat Marius immer nur von ihr gesprochen. Sein Opa ist für ihn gestorben."

„Mann, Mann, Mann, was für eine Lusche." Derk schüttelte den Kopf. „Kann nicht mal die Wahrheit vertragen, der Kerl. Muss ja eine sehr geduldige Oma sein, die er da hat."

„Fragt sich nur, warum er Karla umbringt und ihre Leiche dann ausgerechnet im Garten seiner Großeltern ablegt", überlegte Mina. „Ich meine, damit hat er seiner Oma doch bestimmt den Schrecken ihres Lebens beschert. Da passt doch was nicht zusammen."

„Und wenn Marius mit alldem gar nichts zu tun hat? Das wäre ja schließlich auch noch möglich", gab Aukje zu bedenken. „Gut möglich, dass ich mich getäuscht habe."

„Ein bisschen viel Zufall, dass Karla dann ausgerechnet auf dem Grundstück von Marius' Großeltern liegt, findest du nicht?" Jan sah sie beinahe mitleidig an. „Vergiss nicht, dass er es vor Jelle selbst zugegeben hat."

„Gerade hast du noch gesagt, Marius und Jelle wollen sich nur wichtigmachen."

„Ja. Aber nun spricht doch alles dafür, dass es Marius war."

Aukje zeigte sich nicht überzeugt. „Und genau das macht mich stutzig. So blöd kann doch nicht mal Marius sein, dass er Karla umbringt und dann auch noch damit prahlt."

Derk schnaubte verächtlich. „Wenn du mich fragst, dann ist Marius sogar zum Leben zu blöd."

„Was hast du vor?", fragte Mina alarmiert, als Derk nun einen entschlossenen Gesichtsausdruck aufsetzte und aufstand.

„Kommt mit mir zu Marius, dann werdet ihr schon sehen", lautete die vage Antwort.

Aukje holte tief Luft, bevor sie vorschlug: „Wir sollten nun wirklich nichts übereilen. Ich könnte doch zunächst meinem Bruder von unserem Verdacht erzählen und dann …"

„… machen uns die Bullen alles kaputt", beendete Derk ihren Satz. Er winkte ab.

Mit diesen Worten nickte er Jan zu. „Kommst du mit?"

„Klar. Es kann nicht schaden, wenn wir ihm ein bisschen Angst machen."

Als kurz darauf die Tür hinter den beiden ins Schloss fiel, sahen sich die Frauen ratlos an. „Und nun?", fragte Mina.

Aukje zuckte die Schultern. „Keine Ahnung. Ich fühle mich gerade ein wenig überfordert." Sie seufzte. „Es ist alles ein Albtraum, Mina, ein fürchterlicher Albtraum."

Dem hatte Mina nichts hinzuzufügen.

10

„Fährst du jetzt über Schleichwege nach Groningen zurück?" Sophie Reimers saß neben Arie van Dijk auf dem
Beifahrersitz. Gerade war ihr Kollege außerhalb von Onderdendam in einen schmalen Weg abgebogen, der zu
einem abgelegenen, lediglich von Wiesen und Feldern um-
gebenen Gehöft führte.

„Nur ein kurzer Abstecher", sagte Arie. „Meine Großmutter würde mir nie verzeihen, wenn sie erfährt, dass ich
in Onderdendam war, ohne ihr einen Besuch abzustatten."

„Oh." Sophie schluckte. Er machte also wirklich ernst.
Sie war sich nicht sicher, ob sie sich darüber freute, die alte
Dame kennenzulernen, oder ob es ihr nicht lieber gewesen
wäre, Privates und Dienstliches zu trennen.

„Spricht irgendetwas dagegen, dass wir kurz bei meiner
Oma vorbeischauen?", fragte Arie, der ihren skeptischen
Blick anscheinend richtig gedeutet hatte. Sie waren inzwischen an dem Bauernhof angekommen, und Arie hatte
den Wagen auf einer mit Beton versiegelten Fläche ab-
gestellt.

„Nein", beeilte sich Sophie zu sagen. „Nein, ganz und gar
nicht, natürlich nicht. Ich war nur … Ich dachte nur …
Ach, ist ja auch egal." Bevor sie sich noch um Kopf und
Kragen redete, öffnete sie rasch die Tür und stieg aus. Sofort verfing sich der merklich aufgefrischte, aber sommer-

lich warme Wind in ihrem blonden Haar, und der Pferdeschwanz, den sie sich gerade erst gebunden hatte, löste sich in Wohlgefallen auf. Mechanisch griff sie nach dem Haargummi, steckte ihn zwischen die Lippen, raffte ihr Haar und band es schließlich wieder zusammen. „Hier entlang?", fragte sie und deutete auf einen schmalen gepflasterten Weg, der anscheinend zum Wohnhaus des Gehöfts führte.

Arie war inzwischen auch ausgestiegen, machte jedoch keinerlei Anstalten, sich in eine bestimmte Richtung zu bewegen. Stattdessen starrte er sie lediglich mit unergründlichem Blick an.

„Arie?"

Ihr Partner schreckte zusammen. „Was? Hast du was gesagt?"

„Ich fragte nur, ob es hier lang geht." Sophie grinste. „Aber anscheinend bist du in Gedanken woanders."

Arie räusperte sich, dann sagte er: „Ach so, nein, meine Großmutter wohnt nicht hier, sondern dort drüben." Er zeigte auf ein von mehreren Bäumen umsäumtes, vielleicht hundertfünfzig Meter entferntes Haus, das über einen weiteren, nicht besonders gut ausgebauten Feldweg zu erreichen war.

„Was treibt denn deine Oma in diese Abgeschiedenheit?", fragte Sophie verdutzt. Sie folgte Arie, der nun zu Fuß den Weg zu dem alleinstehenden Haus eingeschlagen hatte. „Ich meine, bis sie mal in Onderdendam ist, muss sie doch eine ordentliche Strecke zurücklegen. Ist das nicht ein wenig mühsam in ihrem Alter?" Sie überschlug schnell, wie alt die Dame mindestens sein musste, wenn sie einen Enkel von Ende dreißig hatte. Zumindest schätzte sie Arie auf dieses Alter. Im Ergebnis kam sie auf achtzig Lebensjahre für die Oma. Minimum. Vermutlich älter.

„Meine Oma ist sechsundachtzig Jahre alt", erklärte Arie, als hätte er ihre Gedanken erraten. „Seit mindestens zehn Jahren versuchen wir, sie davon zu überzeugen, dass sie in einer altengerechten Wohnung in Onderdendam besser aufgehoben wäre. Aber ganz egal, welches Argument wir auch vorbringen, sie bleibt stur."

„Kümmert sich denn jemand um sie oder macht sie noch alles alleine?"

„Das meiste schafft sie alleine. Meine Schwester fährt ab und zu mal für sie einkaufen, meistens aber macht Oma auch das mit ihrem *fiets*[11]."

„Bemerkenswert", stellte Sophie fest.

„Sie meint, das hält sie jung", erwiderte Arie. „Und vermutlich hat sie damit sogar recht. Sie war schon immer sehr ... wie sagt man ... *agiel*?"

„Agil, ja", bestätigte Sophie, auch wenn sie das G nicht, so wie Arie, mit Kehllaut aussprach.

„Ja. Kurz gesagt: Wenn Oma nichts zu tun hätte, würde sie vermutlich sterben."

„Und deine Eltern? Leben die auch in der Nähe?"

Eigentlich hatte Sophie diese Frage als harmlos empfunden, doch plötzlich verschloss sich Aries Gesicht und seine Lippen verengten sich zu einem schmalen Strich. „Sie leben schon lange nicht mehr", presste er hervor. „Meine Schwestern und ich haben bei meiner Oma gewohnt."

„Oh." Sophie schaute ihn betreten an. „Das tut mir leid." Sie hätte gerne gewusst, woran seine Eltern so jung ge-

---

[11] Fahrrad

storben waren, doch als Arie jetzt nur nickte, traute sie sich nicht zu fragen.

„Da sind wir", sagte er, und die ihm eigene Fröhlichkeit kehrte in seine Stimme zurück.

Sophie sah sich interessiert um. Das von Birken eingerahmte Haus war kleiner, als sie aus der Entfernung gedacht hatte. Eigentlich war es das, was man gemeinhin als Häuschen bezeichnen würde. Aus rotem Klinker erbaut, prägten die Giebelseite zwei große und zwei kleinere Fenster. Sie waren dunkelgrün und weiß gerahmt. Linksseitig führte, vom Giebel um vielleicht einen Meter zurückgesetzt, eine dunkelgrüne Eingangstür in eine Art Hinterhaus. Gut möglich, dachte Sophie, dass in diesem Teil des Gebäudes früher einmal Tiere untergebracht gewesen waren. Heute aber gehörte er offensichtlich zum Wohntrakt. Insgesamt sah das mit braunen Ziegeln eingedeckte Häuschen aus wie ein zu klein geratenes Bauernhaus. Zu heiß gewaschen, schoss es Sophie in den Sinn und sie schmunzelte.

Arie drückte auf die Klingel, zog jedoch gleichzeitig einen Schlüssel aus der Hosentasche und steckte ihn ins Schloss. Die Tür sprang mit einem Knarren auf, auf halber Strecke ertönte ein Quietschen. „Hm, müsste mal wieder geölt werden", murmelte Arie und befingerte die Scharniere.

„*O, ben jij het*", erklang eine kratzige Stimme von einer sich öffnenden Zimmertür her. Gleich darauf erschien eine korpulente ältere Dame mit rotwangigem Gesicht. Ihre grauen Haare hatte sie zu einem Dutt gesteckt, um die Schultern trug sie trotz des milden Wetters einen in gedeckten Farben gehaltenen Schal. Als sich beim Anblick der Ankömmlinge auf ihrem Gesicht auch noch ein warmes Lächeln abzeichnete, war sich Sophie sicher, dass Aries Großmutter einem Bilderbuch entsprungen war.

Nachdem Arie seine Oma dreimal auf die Wange geküsst und sie Sophie als Frouwke van Dijk vorgestellt hatte, streckte Sophie ihr die Hand entgegen und sagte: „Guten Tag, Frau van Dijk, mein Name ist Sophie Reimers. Ich bin eine Kollegin von Arie."

Mit der Reaktion, die sich jetzt in der Mimik der Großmutter abzeichnete, hatte sie allerdings nicht gerechnet. Kaum dass Sophie die ersten Worte gesprochen hatte, umwölkte sich die Stirn der alten Dame und die Temperatur im Raum schien um etliche Grade zu sinken.

Als sich Frouwke van Dijk nun wortlos umdrehte und sie ihr in die Küche folgten, sah Sophie Arie verdattert an. „Was hat sie denn?", fragte sie flüsternd. „Hab ich was falsch gemacht?"

„Nein. Deine Großeltern", lautete Aries Antwort.

„Was?"

„Der Zweite Weltkrieg."

„Oh."

„Ich klär das gleich." Arie bedeutete ihr, auf einem der mit rotkarierten Kissen belegten Stühle Platz zu nehmen. Dann sagte er zu seiner Oma, die sich an einem altmodischen, gusseisernen Herd zu schaffen machte: „Sophie kommt aus Ostfriesland."

Diese vier Worte schienen auszureichen, um in der Frau etwas zu bewegen. Jedenfalls drehte sie sich nun zu ihnen um, und zu Sophies Erstaunen umspielte erneut ein Lächeln ihren Mund. *„Welkom hier"*, begrüßte sie ihren Gast erneut.

Nun verstand Sophie gar nichts mehr. Sie sah Arie hilfesuchend an, doch hob der nur abwiegelnd die Hand. „Ich erkläre es dir später."

Sophie nickte, und als sie nun sah, wie sich die alte Frau auf Zehenspitzen stehend zu einem Hängeschrank hochreckte, sprang sie auf und sagte: „Warten Sie, das kann ich doch für Sie tun!" Mit einem großen Schritt stand sie neben ihr, und Aries Oma ließ es mit versteinerter Miene geschehen, dass Sophie drei Tassen aus dem Schrank nahm und sie auf den Tisch stellte. Dabei wäre ihr fast noch ein Missgeschick passiert, denn nur um ein Haar verfehlte sie mit ihrem Ellenbogen eine Vase, die auf einer Anrichte stand.

Arie lachte. „Hier in der Küche kann immer nur eine Person arbeiten", stellte er fest. „Es ist ein wenig eng hier. Lass meine Oma mal machen. Sie kann es sowieso nicht leiden, wenn man ihr Arbeit abnehmen will. Oder was meinst du, warum ich mich nicht von meinem Stuhl traue?"

Also setzte sich Sophie wieder. Arie hatte recht. Diese Küche war so winzig, dass zwei Menschen kaum Platz hatten, sich aneinander vorbeizubewegen. Ansonsten jedoch war sie mit ihren weißen, abgenutzten Schränken, den mit Delfter Kacheln auf halbe Höhe gefliesten Wänden und den antiquierten Küchengeräten ein wahres Schmuckstück und hätte zweifelsohne jedem Heimatmuseum zur Ehre gereicht.

„Bist du wegen der ermordeten Frau hier in Onderdendam?", fragte Frouwke van Dijk unvermittelt, während sie heißes Wasser über die Teeblätter in einer Kanne aus blauer Emaille goss. „Deine Schwester Aukje hat mich angerufen und gesagt, dass das Mädchen ihre Mitbewohnerin war. Wie schrecklich für das Kind. Sie war ganz aufgelöst. Ich hab mein Bestes getan, sie zu trösten."

„Ja, deswegen sind wir hier", bestätigte Arie. „Ich hab schon mit Aukje gesprochen. Das Opfer kommt aus Deutschland. Deswegen ermitteln Sophie und ich gemeinsam."

Die Frau hob den Blick und sah Sophie direkt in die Augen. „Es ist so grausam, wenn Menschen Menschen umbringen", sagte sie im Groninger Dialekt. „Überall werden Kriege geführt. Überall. Dabei haben Kriege noch nie irgendwelche Lösungen herbeigeführt, sondern immer nur noch mehr Probleme. Und noch mehr Hass. Möchte mal wissen, wann die Menschheit endlich zu Verstand kommt." Sie seufzte schwer. „Nun, ich werde es wohl nicht mehr erleben."

Sophie verschluckte sich fast an einem Plätzchen, das ihr angeboten worden war, als Arie erwiderte: „Ein erster Schritt könnte sein, dass du dich mit Sophie anfreundest. Nach mehr als siebzig Jahren ist es auch für dich Zeit, endlich mal Frieden zu schließen."

Hatte Sophie angenommen, dass Arie von seiner Großmutter nun wenigstens symbolisch ein paar hinter die Löffel bekommen würde, so sah sie sich getäuscht. Ohne eine Miene zu verziehen, sagte die betagte Frau: „Du hast ja recht, *mien jong*, du hast ja recht. Aber ich bin eine alte Frau, ich lerne es wohl nicht mehr." Sie hob ihren krummen Finger und zeigte von einem zum anderen. „Aber ihr jungen Leute, ihr habt es in der Hand. Ihr könnt dafür sorgen, dass die Welt eine friedlichere wird. Wer soll es denn sonst machen, wenn nicht ihr?" Sie nahm die Kanne mit dem Tee vom Schrank und schenkte ein. Dann setzte sie sich, wobei sie ihre Hand an den offenbar schmerzenden Rücken presste. „Wer hat das arme Mädchen denn umgebracht?", kam sie wieder auf den aktuellen Mord zu sprechen. „Hemke und Edo stehen unter Schock, wie man hört. Es muss für sie ganz entsetzlich gewesen sein, die Tote zu finden. Und das, nachdem sie ihren Hof verlassen mussten."

„Sie kennen die Brandsmas?", fragte Sophie.

Für diese Frage erntete Sophie ein Stirnrunzeln. „Natürlich kenne ich die Brandsmas. Jeder kennt hier jeden. So ist das in einem so kleinen Ort wie diesem."

„Ja, klar." Sophie biss sich auf die Lippen.

„Und was erzählt man sich sonst so in Onderdendam?", fragte Arie, und plötzlich wurde auch Sophie klar, dass sie seiner Oma nicht nur aus reiner Anhänglichkeit einen Besuch abstatteten. Aries Großmutter kannte die Bewohner dieses Ortes vermutlich wie kaum eine andere. Da war es zumindest nicht ausgeschlossen, dass sie etwas zur Aufklärung des Falls beitragen konnte. Manchmal waren es die Details, die zählten, und die einem Ortsfremden womöglich verborgen blieben. Etwas, das anders gewesen war als sonst. Eine auffällige Person, die nicht hierhergehörte, oder ein Streit zum Beispiel. Vielleicht auch nur eine zunächst unbedeutend erscheinende Abweichung vom Alltag.

„Man sagt, das Mädchen sei schon öfter mal hier gewesen", sagte Frouwke van Dijk.

„Ach ja?" Arie horchte auf. „Weiß man auch, was sie hier wollte?"

„Sie hatte immer einen Block und einen Stift dabei. Hat irgendwelche Aufzeichnungen gemacht."

„Aufzeichnungen? Was für Aufzeichnungen?", hakte Sophie nach.

„Keine Ahnung."

„Und woher weißt du das?", fragte Arie.

„Elsie hat es mir erzählt. Erst heute Morgen."

„Elsie hilft meiner Oma beim Saubermachen", erklärte Arie, als Sophie ihn fragend ansah. „Und was genau hat Elsie erzählt?", wandte er sich wieder an seine Großmutter.

„Das fragst du sie am besten selbst." Die alte Frau griff sich seufzend an die Stirn. „Mein Gedächtnis ist nicht mehr so gut. Ich bring nur immer alles durcheinander, und das hilft dir doch auch nicht weiter."

Arie beugte sich vor und drückte seiner Oma einen Kuss auf die faltige Wange. „Das mache ich. Danke für den Tipp." Als Dank für diese Geste der Zuneigung tätschelte die Frau ihrem Enkel die Wange. „Du bist ein guter Junge", sagte sie. „Du wirst den Mörder schon finden. Bisher hast du sie doch alle gekriegt."

Sophie vermochte nicht zu sagen, was an dieser angeblichen hundert Prozent-Quote dran war, schließlich hatte sie bisher keinerlei Einblick in Aries Ermittlungsstatistiken gehabt. Aber so, wie sie ihn und seine Arbeitsweise bislang kennengelernt hatte, konnte sie sich gut vorstellen, dass er nicht lockerließ, wenn er sich erst einmal in einen Fall verbissen hatte. Auch damals auf dem Schiff, als sie in ihrem ersten gemeinsamen Mordfall ermittelten, hatte er bei ihr den Eindruck eines Machers hinterlassen. Eines sympathischen noch dazu. Sie hätte es wahrlich schlechter treffen können, bei der deutsch-niederländischen Kooperation, befand sie.

Sie blieben noch eine Viertelstunde sitzen und plauderten über dies und das, wobei sich Frouwke van Dijk als aufgeschlossener herausstellte, als Sophie aufgrund der unterkühlten Begrüßung zunächst gedacht hatte.

Als sie sich von der alten Frau verabschiedet hatten und

zum Auto zurückliefen, fragte Sophie: „Und was genau hat deine Großmutter nun gegen mich?"

„Gegen dich persönlich hat sie gar nichts", erklärte Arie. „Sie hat nach wie vor ein Problem mit den Deutschen. Sie war zwölf Jahre alt, als ein betrunkener SS-Mann ihre Mutter auf der Straße erschoss. Einfach so, ohne ersichtlichen Grund. Ihr Vater fiel im Krieg, sie war dann mit ihren jüngeren drei Geschwistern auf sich alleine gestellt."

„Oh mein Gott, das ist ja furchtbar." Sophie schluckte schwer. Nun wunderte es sie nicht mehr, dass Frouwke van Dijk den Deutschen gegenüber eine gewisse Skepsis an den Tag legte. „Aber dass ich aus Ostfriesland komme, schien sie mit mir zu versöhnen", sagte sie mit dünner Stimme. „Warum?"

Arie lächelte. „Oma hatte noch einen Bruder. Er war als Widerstandskämpfer aktiv und wurde von den Deutschen geschnappt. Er konnte jedoch fliehen. Mehrere Tage und Nächte hindurch irrte er, geplagt von Hunger und Kälte, durch Ostfriesland. Bis er eines Abends völlig entkräftet vor einem Bauernhof zusammenbrach. Die Bauersleute nahmen ihn mit ins Haus und päppelten ihn so lange auf, bis er wieder kräftig genug war, um weiterzuziehen. Sie gaben ihm Lebensmittel und auch etwas Geld mit auf den Weg. So kam er unbeschadet wieder zu Hause an und konnte sich um seine Geschwister kümmern. Seither stehen die Ostfriesen ganz hoch in der Gunst meiner Oma."

„Na, wenigstens haben sich nicht alle Deutschen als Bestien präsentiert", sagte Sophie erleichtert. „Fahren wir jetzt ins Kommissariat zurück?"

Arie schüttelte den Kopf. „Nein. Zuerst gucken wir mal, ob Elsie zu Hause ist. Sie ist womöglich eine wichtige Zeu-

gin. Wir sollten nicht zu lange damit warten, sie zu befragen."

„Einverstanden." Auch Sophie fragte sich schon die
ganze Zeit, was diese Elsie der alten Frau wohl erzählt
haben mochte. Worauf also noch warten?

11

Marius hatte gehofft, dass seine Großmutter alleine sein würde, wenn er sie in ihrem neuen Zuhause besuchte. Doch kaum, dass er an der Tür geklopft hatte, hörte er die dunkle, wenn auch ungewohnt zittrige Stimme seines Opas rufen: *„Kom maar binnen!"*

Kurz überlegte Marius, einfach wieder zu gehen. Andererseits hatte er seiner Oma versprochen, heute bei ihr vorbeizuschauen. Und er wollte sie nicht enttäuschen. Also drückte er die Klinke hinunter und trat ein.

„Marius." Das Gesicht der alten Hemke Brandsma erstrahlte, als sie ihren Enkel sah. „Das ist aber schön, dass du kommst." Sie streckte ihm ihre gekrümmten Hände entgegen. „Wir … wir sind … Es ist noch immer … Ach, es ist alles so schrecklich."

Mit Entsetzen sah Marius, dass sich ihre Augen mit Tränen füllten. Natürlich hatte er damit gerechnet, dass sie traurig sein würde, aber sie derart aufgelöst zu sehen, bereitete ihm beinahe körperliche Schmerzen. „Alles wird gut", murmelte er, als er ihre Hände ergriff, immer darauf bedacht, sie nicht allzu fest zu drücken. Dennoch verzog sie das Gesicht, als er sie berührte. Der Schmerz schien sie fest in seinen Klauen zu halten. Auch erschien ihm ihr Körper noch zusammengefallener als vor einer Woche, als er sie zum letzten Mal gesehen hatte. Aber wie sollte es auch anders sein? Ganz bestimmt hatten die jüngsten Ereignisse nicht dazu beigetragen, dass es ihr besser ging. Vielmehr war anzunehmen, dass ihr der erzwungene Wegzug von ihrem Hof auch noch das letzte bisschen Lebensmut geraubt hatte.

„Kommst du, weil du Geld haben willst?", bellte sein Großvater, der in der anderen Ecke des Zimmers in einem Lehnstuhl saß und seinen Enkel aus schmalen Augen abschätzig musterte. Seine Stimme hatte an Sicherheit gewonnen. Anscheinend hatte der Anblick seines ungeliebten Enkels eine motivierende Wirkung auf ihn.

„Lass den Jungen doch!", reagierte Hemke prompt. „Er kommt uns besuchen, darüber solltest du dich freuen, Edo."

„Er sollte lieber arbeiten gehen, anstatt sein Leben zu vergammeln." Edo Brandsma schnaubte ungehalten. „Sieh ihn dir doch an, wie abgerissen er rumläuft. Wie der letzte Penner. Schämen muss man sich für ihn. Ich hoffe nur, dass niemand hier im Heim mitkriegt, dass dieser Nichtsnutz unser Enkel ist. Mir war ja klar, dass aus dem nichts werden kann, als sich unsere Tochter von einem Deutschen schwängern ließ." Auch Edo sah ungewöhnlich blass und ausgezehrt aus, doch interessierte Marius das herzlich wenig. Seit er denken konnte, hatte sein Opa ihn behandelt wie den letzten Abschaum. Warum also sollte er, Marius, nun auch nur ansatzweise Mitleid mit ihm empfinden?

„Du sollst ihn in Ruhe lassen!", schimpfte Hemke erneut. Sie tätschelte Marius die Hand, die er ihr nach wie vor hinhielt. „Dein Opa meint es nicht so, *jongetje*. Er ist nur sehr aufgeregt, wegen all der Veränderungen der letzten Zeit. Und dann auch noch das tote Mädchen ..." Sie seufzte so schwer, als würde sie die Last der ganzen Welt auf ihren Schultern tragen.

Marius nickte, obwohl er ganz genau wusste, dass sein Opa jedes einzelne gesagte Wort genauso meinte. Am liebsten hätte er ihm dafür sofort die Retourkutsche verpasst, aber seiner Oma zuliebe schluckte er den aufkeimenden Ärger hinunter. Es war einfach nicht die Zeit für Auseinandersetzungen. „Habt ihr alles, was ihr braucht?", fragte er deshalb nur.

„Ja. Ja, sicher." Seine Oma nickte, als müsse sie sich von ihren Worten selbst überzeugen. „Andere hat es viel schlimmer getroffen, wir können wirklich nicht klagen", fügte sie hinzu. „Sieh dich ruhig ein wenig um, damit du weißt, dass wir es hier gut haben."

Wieder nickte Marius, rührte sich jedoch nicht von der Stelle. Irgendwie schien ihm das alles hier nicht richtig zu sein. Die Möbel, die seine Großeltern aus ihrem alten Zuhause mitgenommen hatten, gaben dem vielleicht zwanzig Quadratmeter großen Zimmer etwas Vertrautes. Und dennoch wirkten sie gleichzeitig wie Fremdkörper. So sehr sich Marius auch bemühte, so brachte er seine Großeltern, die immer so glücklich auf ihrem Bauernhof gewesen waren, nicht mit diesen Räumlichkeiten in Einklang. *Life is a bitch*, schoss es ihm durch den Kopf. Ja, das Leben war wirklich nicht fair. Und das traf ganz sicher nicht nur auf das seiner Großeltern zu.

„Ich weiß genau, dass du das tote Mädchen gekannt hast", sagte Edo Brandsma so unvermittelt, dass Marius erschrocken zusammenzuckte. Bei seiner Oma schien der Sinn dieser Worte nur zeitverzögert anzukommen, denn sie zog irritiert die Augenbrauen zusammen. Dann aber sagte sie mit belegter Stimme: „Was redest du denn da für einen Blödsinn, Edo? Was sollte unser Marius wohl mit ihr zu tun haben?"

„Ich hab sie zusammen gesehen. In Leer. Stimmt doch, oder, *jong*?" Der Großvater fixierte Marius aus so stechenden Augen, dass der sich fühlte wie von Pfeilen durchbohrt.

„Ich hab Karla, gekannt, ja", gab Marius zu, weil er wusste, dass sein Opa ansonsten nicht lockerlassen würde.

„Bestimmt warst du in sie verliebt. Sie war ein hübsches Ding." Edo Brandsma grinste.

Marius zuckte lediglich gleichmütig die Schultern. Doch fiel es ihm nicht leicht, ruhig zu bleiben. Genau genommen stand er sogar kurz vor der Explosion. Ein Blick auf seine Oma aber, die ihn nun aus großen, sorgenvoll aufgerissenen Augen ansah, zwang ihn, ruhig zu bleiben.

„Sollte mich nicht wundern, wenn du was mit dem Mord zu tun hast", trieb es sein Großvater auf die Spitze, doch diesmal reagierte seine Frau: „Jetzt halt aber mal den Mund, Edo!", rief sie empört aus. „Wir wissen alle, dass du ein Problem mit deinem Enkel hast, aber das führt zu weit! Noch ein Wort, und du kannst sehen, wo du bleibst! Ich jedenfalls will mit einem solch bösen Menschen wie dir nichts zu tun haben!"

Wow! Das saß! Marius war es gewohnt, dass seine Oma ihn in Schutz nahm, aber dass sie ihren Mann derart in den Senkel stellte, war neu. Allerdings hatten die Vorwürfe seines Großvaters nun eine neue Qualität angenommen. Dass er seinen Enkel als Versager oder als Taugenichts beschimpfte – geschenkt! Gegen diese Begriffe war Marius seit Langem immun. Seine bevorzugte Bezeichnung für seine Art zu leben war *cool*. Oder *lässig*. Vielleicht auch *ge-*

chillt. Ja, er war Marius, der coole Macker, und er verdiente Respekt – nach allem, was man ihm angetan hatte. Karla aber hatte ihn, genau wie sein Großvater, verachtet. Nun gab es sie nicht mehr. Und das war auch gut so.

„Kom, mijn jongetje", hörte er in seine Gedanken hinein seine Großmutter sagen. „Wir gehen jetzt im Ort einen Kaffee trinken. Vielleicht kommt dein Großvater ja zwischenzeitlich wieder zu Verstand."

Marius seufzte innerlich, als er den bitterbösen, beinahe hasserfüllten Blick seines Opas sah. Nun war er, Marius, auch noch dafür verantwortlich, dass sich seine Großeltern gestritten hatten. Er wusste, dass sie sich eigentlich von Herzen liebten, auch wenn er nie verstanden hatte, wie es seine so liebenswürdige Oma mit dem grantigen Knochen aushielt. Aber aus irgendeinem Grund war es so. Umso schlimmer, dass er nun dafür gesorgt hatte, dass es in dieser ohnehin schon so schwierigen Situation, in der sie sich gegenseitig so sehr brauchten, zum Streit kam. Er hätte seinem Instinkt folgen und gar nicht kommen sollen.

„Stimmt es, dass du die junge Frau gekannt hast?", fragte Hemke Brandsma, als sie vor ihrem neuen Zuhause auf der Straße standen. Ihre Stimme klang plötzlich müde, anscheinend hatte sie die Auseinandersetzung mit ihrem Mann viel Kraft gekostet.

Marius schob ihren Rollstuhl. Sie gingen zu einem kleinen Café am Kanal, von dem er wusste, dass sie den Schokoladenkuchen dort besonders mochte. Irgendwo hatte er mal gehört, dass Schokolade glücklich machte, und das konnte sie ja nun weiß Gott gebrauchen.

„Ja", sagte er, „ich habe Karla gekannt. Aber nicht besonders gut. Mehr von früher. Sie ist dann nach Groningen gegangen zum Studieren. Wir haben uns aus den Augen verloren."

„So."

Was dieses *So* bedeutete, wusste Marius nicht zu sagen. Aber er würde auch nicht nachfragen. „Ist ja 'ne Menge los hier", lenkte er ab. „Viel mehr als sonst in Onderdendam. Wollen die jetzt alle gucken, wo der Mord passiert ist, oder was?"

Er selbst kannte Onderdendam als ein völlig verschlafenes Nest. Als Kind hatte er es geliebt, mit seiner Mutter hierher zu kommen. Da sie zeitlebens immer nur Niederländisch mit ihm gesprochen hatte, war ihm die Verständigung mit den Menschen hier nie schwergefallen. Als Teenager aber waren ihm die Schulferien, die sie zumeist bei den Großeltern verbrachten, mehr und mehr zur Last geworden. Er hatte sich immer einen Vater gewünscht, der mit ihm campen oder angeln ging oder so. Der aber hatte sich aus dem Staub gemacht, als Marius fünf Jahre alt war, und seitdem kein Interesse mehr an seinem Sohn gezeigt, sondern irgendwo anders eine neue Familie gegründet. Also hatte Marius damit begonnen, sich in den Ferien aus lauter Langeweile herumzutreiben. Häufig war er per Anhalter nach Groningen gefahren, so wie er es auch heute noch tat. Nächtelang hatte er sich in Kneipen, Bars und Coffie-Shops amüsiert und war sich dabei sehr erwachsen vorgekommen. Seiner Mutter war er in dieser Zeit entglitten. Es war der Anfang vom Ende gewesen.

Im Café angekommen, suchten sie sich einen schattigen Platz auf der zum Kanal hin gelegenen Terrasse. „Bestell dir, was immer du möchtest", sagte Hemke Brandsma. „Du siehst ganz ausgehungert aus. Mir scheint, dass sich so richtig keiner um dich kümmert."

„Ich komm schon zurecht", murmelte Marius. Zu gerne hätte er jetzt eine Zigarette geraucht, aber er wusste, dass seine Oma es hasste. Irgendwann hatte er ihr mal erzählt, dass er mit dem Rauchen aufgehört habe, nur um sich ihren diesbezüglichen Ermahnungen zu entziehen. Denn wer wollte schon ständig zu hören kriegen, dass er eines nicht allzu fernen Tages an Lungenkrebs krepieren würde?

Marius bestellte sich einen Kaffee und ein Stück Apfelkuchen, seine Oma bekam einen Tee und ihren geliebten Schokokuchen.

„Dein Opa meint es nicht so", sagte sie nach langem Schweigen.

„Doch", widersprach Marius, „er meint es so, und das weißt du auch. Aber es ist nicht schlimm, ich habe mich daran gewöhnt."

Hemke seufzte. „Es macht ihm sehr zu schaffen, dass wir den Hof so plötzlich verlassen mussten. Ich glaube, dass er sich nie daran gewöhnen wird, jetzt in einer kleinen Wohnung zu leben."

„Und du? Wie geht es dir damit?", fragte Marius.

Wieder ein tiefer Seufzer. „Ach, *jongetje*, wie soll es einer Frau schon gehen, die man auf ihre alten Tage noch verpflanzt? Ich versuche, nicht darüber nachzudenken, welches Unrecht uns geschehen ist. Aber das ist gar nicht so leicht. Vor allem nachts komme ich nicht zur Ruhe. Es ist alles so ... so endgültig." Das letzte Wort hatte sie kaum hörbar geflüstert.

Während seine Oma gedankenverloren in ihrem Tee rührte und ihre Situation beklagte, wurde Marius von zwei Gestalten abgelenkt, die er am anderen Ufer des Kanals ausmachte. Waren das nicht die beiden Bullen, die ihn am Vormittag in Leer genervt hatten? Er kniff die Augen zusammen, um sie zu fokussieren. Ja, klar, dachte er, das waren die zwei! Dieser Holländer und die blonde Schnitte, die viel zu geil aussah, als dass sie einen solch bescheuerten Job machen sollte. Offensichtlich wühlten sie jetzt hier in Onderdendam im Dreck anderer Leute. Ihm wurde ganz mulmig bei dem Gedanken, dass sie womöglich schon herausgefunden hatten, in welchem Verhältnis er zu den Menschen stand, auf deren Hof das Mordopfer gefunden worden war. Bestimmt würden sie ihre Schlüsse daraus ziehen und sich ihm an die Fersen heften. Blieb zu hoffen, dass es noch ein wenig dauern würde, bis sie einen entsprechenden Hinweis bekamen.

„Ich würde gerne noch mal bei unserem Hof vorbeigehen", verkündete seine Oma, nachdem sie den letzten Bissen ihres Schokokuchens genossen hatte. Marius verzog schmerzhaft das Gesicht, als sie sich nun, mit ihren verkrüppelten Fingern eine Serviette haltend, den Mund abwischte. Die Arthritis in ihren Gelenken schritt so unfassbar schnell voran, und jeder ihrer Bewegungen war anzumerken, wie sehr sie litt. Das mit anzusehen, war nur schwer zu ertragen.

„Bist du sicher, dass es eine gute Idee ist?", erwiderte Marius. „Ich meine, der Abschied war so schwer für dich und …"

„Es geht nicht um mich", unterbrach sie ihn unwirsch. Von ihrer Müdigkeit war plötzlich nichts mehr zu spüren. „Ich möchte einen Blumenstrauß ablegen, dort, wo wir das Mädchen gefunden haben. Vielleicht auch eine Kerze anzünden, wenn wir eine finden. Es ist das Mindeste, was man noch für das arme Ding tun kann."

„Ja, okay, wenn du es gerne möchtest." Marius war alles andere als begeistert von dieser Idee, aber wenn er sich weigerte, würde seine Oma wieder Fragen stellen. Und nichts wäre ihm unangenehmer, als diese beantworten zu müssen. Also würde er gute Miene zu bösem Spiel machen und mit ihr den Trauernden geben. „Wo kann man hier denn Blumen kaufen?", fragte er.

„Wir holen welche aus Elsies Garten", antwortete seine Großmutter. „Elsie hat bestimmt nichts dagegen. Sie meint immer, es wäre gut, wenn das Gestrüpp bei ihr mal ein wenig ausgedünnt würde. Bei ihr wachsen die Pflanzen wie verrückt. Vielleicht hat sie ja auch eine Kerze für uns."

Marius nickte, doch hörte er ihr gar nicht mehr richtig zu. Viel zu sehr wurde er von zwei Männern abgelenkt, die ihn vom anderen Kanalufer her anstarrten. Derk und Jan. Was wollten die denn hier? Und vor allem: Was wollten sie von ihm?

12

Elsie lebte in einem entzückenden einstöckigen Haus direkt am Kanal. Erbaut aus hellrotem Klinker, verfügte es über eine Reihe großer, zweigeteilter und weißgestrichener Holzfenster sowie eine jener klassischen grüngestrichenen Haustüren, wie man sie in den Niederlanden so oft sah. Das Dach war mit roten Ziegeln gedeckt, am linken und am rechten Giebel stach jeweils ein Schornstein hervor. Das Bemerkenswerteste jedoch war der das Haus umgebende Garten. Sophie konnte sich nicht erinnern, jemals eine solche Blütenpracht auf so kleinem Raum gesehen zu haben. Und ganz offensichtlich hatte sich die Gärtnerin um bienen- und insektenfreundliche Bepflanzung bemüht, denn überall summte und zirpte es. Zudem tanzten so viele Schmetterlinge in der Luft, dass es eine Freude war.

Mittendrin in diesem Paradies stand Elsie.

Arie van Dijk hatte gar nicht erst versucht, an der Tür zu klingeln, sondern war schnurstracks in den Garten marschiert und dort fündig geworden. Als Elsie ihn entdeckte, ging ein Strahlen über ihr Gesicht. Sie ließ die Gartenschere, mit der sie gerade irgendwelche Büsche traktierte, fallen und lief schnellen Schrittes auf ihn zu.

„Arie, das ist ja eine Freude!", strahlte sie. „Wir haben uns ja so lange nicht gesehen. Wie schön, dass du mal vorbeischaust." Es folgten Küsschen links und Küsschen rechts und noch mal Küsschen links.

Arie lachte. „Wie ich sehe, hat sich bei dir nichts geändert. Deine Leidenschaft scheint nach wie vor der Garten zu sein." Er sah sich anerkennend um. „Alle Achtung, er wird von Jahr zu Jahr schöner."

„Die Welt wäre so trist ohne Blumen, findest du nicht?", erwiderte Elsie, das Strahlen nach wie vor auf dem Gesicht. „Gibt es einen besonderen Grund, warum du hier bist?", fragte sie, schlug sich dann jedoch sogleich mit dem Handballen gegen die Stirn. Das Strahlen verschwand. „Natürlich gibt es den. Die ermordete Frau, nicht wahr? Ich habe vorhin noch mit Oma über sie gesprochen."

Sophie Reimers hatte geduldig abgewartet, bis die zwei ihr Begrüßungsritual beendet hatten. Elsie war ihr in ihrer natürlichen Art sofort sympathisch. So, wie sie dastand, in ihrer mintgrünen Latzhose und mit dem Strohhut auf dem Kopf, schien die schlanke Frau, die ungefähr in ihrem Alter sein mochte, mit ihrem Umfeld wie verwachsen. Das mit Sommersprossen übersäte, schmale Gesicht, aus dem zwei lagunenblaue Augen hervorleuchteten, war sonnengebräunt. Ihre strohblonden Haare hatte sie zu zwei Zöpfen geflochten, die ihr bis knapp über die Schultern hingen.

„Und wer ist das?" Elsie kam nun mit einem Lächeln auf Sophie zu und schüttelte ihr die Hand.

„Ich bin Sophie, eine Kollegin von Arie."

„Ah, aus Deutschland", stellte Elsie treffend fest.

„Das Opfer war Deutsche", erklärte Arie. „Deshalb die Zusammenarbeit."

„Ja, *precies*", nickte Elsie. „Das weiß ich, ich habe ein paarmal mit ihr gesprochen."

„Ach ja?" Arie schaute sie interessiert an. „Oma sagte schon, dass du ein bisschen was über Karla weißt."

„Wollt ihr was trinken?", fragte Elsie. „Ein Wasser vielleicht oder einen Tee?" Sie deutete auf eine kleine Sitzgruppe, die etwas erhöht auf einer von Büschen und Blumen umrankten Holzterrasse stand und von der aus man eine schöne Aussicht über den Kanal hatte. „Setzt euch doch!"

„Wasser wäre toll", sagte Arie und Sophie nickte. Es war inzwischen recht warm geworden, da konnte etwas zu trinken nur guttun.

„Ich bin gleich wieder da." Während sich Arie und Sophie setzten, lief Elsie in Richtung Haus davon.

„Sie ist nett", stellte Sophie fest. „Kennt ihr euch schon lange?"

„Ja. Schon ewig." Nach kurzer Pause fügte er hinzu: „Außerdem waren wir verheiratet."

„Oh." Damit hatte Sophie jetzt nicht gerechnet. „Das ist ja …" Sie räusperte sich. „Also, wie gesagt, ich finde sie sehr sympathisch."

Arie grinste. „Nun frag schon."

„Was?"

„Warum wir uns noch immer so gut verstehen, obwohl wir uns haben scheiden lassen."

„Ähm …"

„Das ist normalerweise das, was die Leute am meisten interessiert, wenn sie uns zusammen sehen."

Sophie nickte. Das war genau die Frage, die auch sie sich gerade gestellt hatte. In ihrem Umfeld machten sich die Paare, die sich hatten scheiden lassen, in der Regel das Leben zur Hölle. Im besten Fall ignorierten sie sich.

Aber dass sie sich weiterhin so gut verstanden, wie offensichtlich Arie und Elsie es taten, kam äußerst selten vor. Sie selbst bildete da keine Ausnahme. Es war noch nicht lange her, dass sie sich von ihrem Lebensgefährten Simon getrennt hatte. Seither sprachen sie kaum noch ein Wort miteinander. „Und warum versteht ihr euch so gut?"

„Weil wir uns nie wirklich gestritten haben. Wir hatten uns einfach auseinandergelebt. Also haben wir uns die Freiheit zurückgegeben. Keine große Sache. Es hat sich so ergeben."

„Keine Kinder?", fragte Sophie.

„Nein. Wir fanden uns damals beide noch zu jung dafür. Eine kluge Entscheidung, wie sich später herausstellte."

„Und jetzt?", fragte Sophie. „Bist du wieder verheiratet?"

„Nein. Inzwischen bin ich überzeugter Single. Ich kann mir nicht vorstellen, dass sich das noch mal ändert." Er runzelte nachdenklich die Stirn. „Aber wer weiß das schon. *Zeg nooit nooit.*[12]"

„Oh." Sophie fühlte sich auf seltsame Art erleichtert. Offenbar war sie nicht die Einzige, die sich alleine durchs Leben kämpfte. Im Gegensatz zu Arie aber hätte sie es gerne anders gehabt.

„Und du?"

„Was?" Sophie schaute auf. Sie bemerkte, dass Arie sie mit einem etwas seltsamen Blick ansah.

„Bist du verheiratet?"

„Ach so. Nein. Frisch getrennt."

„Oh. Das tut mir leid."

Sophie hob abwehrend die Hand. „Dafür gibt es keinen

---

[12] Sag niemals nie

Grund", sagte sie ein wenig zu harsch. „Es ... es ist gut so, wie es ist." Sie war froh, als jetzt Elsie wieder auf sie zusteuerte. In der einen Hand hielt sie eine Karaffe mit Wasser und darin schwimmenden Zitronenscheiben, in der anderen drei Gläser.

„*Alsjeblieft*", sagte sie und schenkte ein. Aus der Hosentasche zauberte sie ein paar in Alufolie eingepackte Stücke Honigkuchen hervor. Dann setzte sie sich und nahm den Sonnenhut ab. „Ihr wollt also wissen, was Karla hier in Onderdendam gemacht hat", kam sie gleich wieder aufs Thema zu sprechen. Sie wandte sich an Sophie: „Bitte entschuldige, dass ich *gronings* spreche. Aber mein Deutsch ist sehr schlecht." Sie lächelte Arie an. „Arie hat versucht, es mir beizubringen, aber ich bin da wenig – wie sagt man – *getalenteerd*. Dafür verstehe ich es ganz gut."

„Kein Ding", beschwichtigte Sophie. „Schließlich befinden wir uns in den Niederlanden. Da muss höchstens ich mich entschuldigen, eure Sprache nicht zu sprechen."

„Wenn wir dann mal zur Sache kommen könnten", sagte Arie ungeduldig. „Die Höflichkeiten können wir ja später austauschen. Also, was hat Karla in Onderdendam gewollt? Und das ja wohl gleich mehrmals?"

„Ihr wisst, dass sie Sozialgeografie und Raumplanung studiert hat?", fragte Elsie.

„Aukje hat so was erwähnt, ja", bestätigte Arie. „Was hat das mit ihrem Tod zu tun?"

„Das weiß ich nicht. Es ist deine Aufgabe, das herauszufinden", antwortete Elsie. „Ich weiß nur, dass sie sich für die Erdbebenschäden interessiert hat."

„Schon wieder diese Erdbeben", murmelte Sophie. Sollte hier tatsächlich das Motiv für den Mord an Karla liegen?

„Inwiefern hatte sie Interesse daran?", fragte Arie. „Hat es damit zu tun, dass ihr Vater einen Vorstandsposten in dem zuständigen Unternehmen hat? Hat er sie mit irgendetwas beauftragt?"

Elsie schüttelte den Kopf. „Ganz im Gegenteil. Karla hat mir ihre Aufzeichnungen gezeigt. Sie war oft hier vor Ort und hat die Hausbewohner nach Schäden an ihren Häusern befragt. Sie hat alles aufgezeichnet. Jeden kleinen Riss im Mauerwerk."

Sophie sah sie verblüfft an. „Aber wofür sollte das gut sein? Es gibt doch auch von offizieller Seite Stellen, die diese Erhebungen machen. Und es gab ja nach dem letzten Erdbeben wohl die Vorgabe, dass die Schadensermittlung innerhalb weniger Tage zu erfolgen hat." Die Infos hatte sie aus dem Internet, allerdings wusste sie nicht, inwieweit auf sie Verlass war.

„Ja", nickte Elsie. „Aber Karla hat, wie viele andere auch, den offiziellen Stellen nicht vertraut. Sie hatte sich vorgenommen, alles genau zu dokumentieren, um den Behörden hinterher beweisen zu können, dass sie geschlampt und Fakten vertuscht haben. So zumindest hat sie es mir erzählt, als ich sie darauf ansprach."

„Wann genau war das?", fragte Sophie. „Ich meine, wann hat sie dir das alles erzählt?"

Elsie schob die Unterlippe vor und wiegte den Kopf hin und her. „Das wird ungefähr zehn Tage her sein, *geloof ik.*"

Aries Blick war mit jedem Wort, das Elsie sprach, ungläubiger geworden. „Du willst doch nicht behaupten, dass sie in der Provinz Groningen jedes einzelne Haus abgegangen ist und mit den Bewohnern gesprochen hat, um dann auch noch alles in Aufzeichnungen festzuhalten?"

„Nicht sie alleine", erklärte Elsie. „Sie sagte, sie seien eine Gruppe Studenten, und jeder von ihnen habe eine bestimmte Anzahl von Gebäuden zu überprüfen."

„Und wie viele Studenten sind es insgesamt?", fragte Sophie.

„Das hat sie nicht gesagt. Sie war hier in Onderdendam unterwegs, aber ich habe auch andere in den Nachbarorten mit Laptop, Schreibblock und Fotoapparaten herumlaufen sehen."

„Dennoch fällt es mir schwer, daraus ein Mordmotiv zu stricken", meinte Sophie.

„Mir auch", sagte Arie. „Aber wenn es eins ist, dann ist nicht auszuschließen, dass auch andere an dieser Aktion Beteiligte gefährdet sind. Oder hatte Karla so etwas wie eine leitende Position bei der Sache?"

„Das weiß ich nicht. Fragt doch einfach mal Aukje. Sie gehört auch zu dem Team. Sie war mal gemeinsam mit Karla hier. Sie müsste dann doch …" Elsie stockte, und auch Arie war bei ihren Worten blass geworden. Sophie wusste genau, was sie jetzt dachten, denn auch ihr war dieser ungeheuerliche Gedanke gekommen: Sollten sich die Aktivitäten der jungen Leute tatsächlich als das Mordmotiv herausstellen, dann konnte Aries Schwester eine der nächsten sein, die ins Visier des Mörders gerieten.

„*Hé, Arie*", rief Elsie aus, als Arie jetzt aufsprang, „*rustig nou [13]!* Noch ist doch gar nicht klar, ob …"

„Ich hab auch nicht vor zu warten, bis es klar ist", fegte Arie ihren Einwand beiseite. Noch nie hatte Sophie ihn so angespannt gesehen. Seine ganze Körperhaltung drückte puren Stress aus.

---

[13] Sinngemäß: bleib locker!

„Arie, Elsie hat recht. Wir sollten jetzt nichts über-stürzen", versuchte auch sie ihn wieder runterzuholen, doch schlug ihr Versuch genauso fehl wie der von seiner Exfrau.

„Wir fahren sofort nach Groningen", sagte er gehetzt, während er schon mit ausladenden Schritten dem Garten-tor zustrebte. Noch im Gehen zog er sein Smartphone aus der Tasche, tippte hektisch darauf herum und drückte es dann ans Ohr. „Aukje?", rief er im nächsten Moment. „Ich muss mit dir sprechen. Es ist dringend. Wo bist du jetzt? … Okay, ich komme dahin. Rühr dich nicht von der Stelle, *hoor!* Bleib, wo du bist! … Nein, keine Diskussion! Dein Seminar kann warten." Er legte auf.

„Aber, Arie, nun warte doch!" Sophie hechtete hinter ihm her. „Nun lass uns doch mal in aller Ruhe darüber reden, was genau …"

„Wir können im Auto reden", rief er ihr über die Schulter zu. Er war so aufgeregt, dass er sogar vergaß, Deutsch zu sprechen. „Ich gehe kein Risiko ein. Nicht, wenn es um meine Schwester geht." Er riss das Gartentor auf und lief in die Richtung, aus der sie gekommen waren.

„Arie, ich …" Sophie stoppte abrupt, als sie nun ebenfalls aus dem Gartentor treten wollte, ihr jedoch im selben Mo-ment ein Rollstuhl den Weg versperrte. „Entschuldigung", murmelte sie und trat beiseite, um ihn passieren zu lassen. Arie schien nichts mitbekommen zu haben, denn er lief un-beirrt weiter.

„Kann ich helfen?", fragte Sophie, als sie bemerkte, dass es offensichtlich Schwierigkeiten gab, den Rollstuhl über eine nicht sehr hohe Schwelle zu wuchten.

„Nee, geht schon", sagte der junge Mann, der den Roll-stuhl mit einer alten Frau darin schob. Sophie brauchte einen Moment, bis sie das ihr nicht unbekannte Gesicht einem Namen zugeordnet hatte, dann jedoch sagte sie verdutzt: „Herr Bruhns, was machen Sie denn hier?"

Allerdings blieb ihr keine Zeit mehr, die Antwort abzuwarten, denn Arie trieb sie zur Eile an. Also beschloss sie, den Umständen dieser unerwarteten Begegnung zu einem späteren Zeitpunkt nachzugehen.

13

Um sein Hausboot im Groninger *Woonschepenhaven* beneidete Jelle seinen Kumpel Menko, seit er zum ersten Mal hier gewesen war. Schon als kleiner Junge hatte er davon geträumt, einmal auf dem Wasser zu leben. Ganz einfach deswegen, weil Wasser für ihn immer etwas Beruhigendes hatte. Er bildete sich ein, dass sein Leben ein ganz anderes wäre, wenn er nicht in Leer in einer dieser miefigen Sozialwohnungen hausen müsste, sondern das Gefühl hätte, jederzeit mobil sein zu können. Es war diese Sehnsucht nach Freiheit, die ihn antrieb, doch war er auf der Suche nach ihr stets an sich selbst gescheitert.

Menko war in schallendes Gelächter ausgebrochen, als Jelle ihm unlängst diesen Wunsch geschildert hatte, denn natürlich war kaum eines der Boote des *Woonschepenhavens* jemals auf dem Wasser unterwegs. Jedes der Hausboote hatte seinen festen Liegeplatz an einem der Stege und verließ diesen nicht. Im Laufe der Jahrzehnte hatte sich hier eine eingeschworene Gemeinschaft aus fast zweihundert Personen herausgebildet, der Jelle nur allzu gerne angehören würde. Doch standen die Chancen dafür wohl nicht sehr gut. Überhaupt standen für Menschen wie Jelle die Chancen nie sehr gut, ganz egal, was er auch anfasste. Er war ein Versager und würde es immer bleiben, daran führte wohl kein Weg vorbei. Dabei wünschte er sich nichts sehnlicher, als dass dies endlich anders wäre. Er wünschte sich einen Job, ein wenig Anerkennung, eine Familie. Aber das konnte er unter diesen Umständen wohl vergessen.

Umso erstaunter war er gewesen, als plötzlich Menko in seinem Leben aufgetaucht war. In einer Leeraner Kneipe hatte der große und anscheinend erfolgreiche Mann ihn an der Bar angesprochen, einfach so. Stundenlang hatten sie miteinander gequatscht und sich sofort gut verstanden. Kurz vorm Zapfenstreich dann die Frage von Menko, ob Jelle vielleicht einen Job suche, denn er habe zufällig gerade einen zu vergeben. Jelle hatte sein Glück kaum fassen können und sofort zugesagt, ohne zu wissen, um welche Art von Job es sich handelte. Schließlich konnte man nicht wählerisch sein, wenn man bis zu diesem Zeitpunkt noch nichts in seinem Leben zustande gebracht hatte.

Seither arbeitete Jelle für Menko als Kurier. Was genau es zu transportieren und an unterschiedlichen Stellen abzuliefern gab, interessierte Jelle nicht. Stets war es nur ein nicht besonders schwerer Rucksack, den er auf dem Fahrrad durch Groningen kutschierte und an der vorgegebenen Adresse abgab. Keine große Sache, aber die mit diesem Job verdiente Kohle reichte, neben den Sozialleistungen, die er kassierte, für so manches Extra. Jelle besaß heute Dinge, von denen er noch vor wenigen Monaten allenfalls geträumt hatte. Wenn es weiterhin so gut lief, konnte er sich demnächst sogar mal einen kleinen Urlaub gönnen. Am Mittelmeer vielleicht. Auf jeden Fall irgendwo am Wasser und wo es warm war. Das wäre echt der Hammer!

Heute aber war Jelle aus einem anderen Grund nach Groningen gefahren. Da war diese Sache mit Karla, die ihm nicht aus dem Kopf ging. Ob Marius sie wirklich umgebracht hatte? So richtig glaubte Jelle ja nicht daran. Marius spielte sich immer auf, um überall wie der King dazustehen, aber man konnte ihn nicht wirklich ernst nehmen. Viel zu oft schon hatte sich das, was er angeblich Großes geleistet hatte, als Luftnummer herausgestellt.

Aber man wusste ja nie. Bei Marius musste man auf der Hut sein. Schon seit Längerem hatte er davon gesprochen, Karla mal so richtig eins auswischen zu wollen, weil er meinte, sie würde ihn herablassend behandeln. Was stimmte. Jelle war dabei gewesen, als Marius in nicht mehr ganz nüchternem Zustand versucht hatte, bei Karla zu landen, und sie ihn als asoziales Opfer beschimpfte. Und Schlimmeres. Regelrecht niedergemacht hatte sie ihn. Und das vor versammelter Mannschaft, mitten in einer gut besuchten Kneipe. Die Gäste hatten gegrölt vor Vergnügen und Karla angefeuert. Marius hatte Rache geschworen und ihr anschließend immer wieder aufgelauert, um ihr Drohungen mit auf den Weg zu geben. Und nun war Karla tot. Aber würde Marius wirklich so weit gehen, sie brutal zu ermorden?

Jelle kettete sein Fahrrad, das er immer am Groninger Bahnhof stehen hatte, am Geländer der Gangway fest, die zu Menkos in Grautönen gestrichenem Hausboot führte. Er reckte sich und sog tief den Geruch des Wassers in die Nase. Unter seinen Füßen schwankte es leicht, denn der starke Wind sorgte hier, wo sich die Wasserläufe von Winschoterdiep und Eemskanaal kreuzten, für einen ganz ordentlichen Seegang. Jelle lächelte, als es auf dem Nachbarboot vernehmlich gackerte. Hier wurden in einem Käfig ein paar Hühner gehalten, die munter in der extra für sie aufgeschütteten Erde kratzten. Auf dem Dach des

Hausbootes hatte es sich eine Katze gemütlich gemacht und reckte gerade verschlafen alle vier Pfoten der wärmenden Sonne entgegen. Hach, wie sehr Jelle Menko um das Glück beneidete, hier an diesem herrlichen Ort wohnen zu dürfen!

„Moi, ales goud?", wurde Jelle im nächsten Moment aus seinen Gedanken gerissen. „Was machst du hier? Ich hab nicht mit dir gerechnet." Es klang nicht unfreundlich. Menko hatte es einfach nur gefragt und legte ihm nun freundschaftlich die Hand auf die Schulter.

„Ich … ich muss mit dir sprechen", erwiderte Jelle. „Es … es geht um einen Kumpel." Bis zu diesem Zeitpunkt war er sich nicht ganz sicher gewesen, ob er nicht vielleicht doch lieber nach einer anderen Ausrede suchen sollte, warum er hier so mir nichts, dir nichts aufkreuzte. Andererseits war Menko der einzige wirkliche Freund, den er hatte und dem er vertraute.

„Kein Problem, komm rein." Menko lächelte und machte eine einladende Geste. Sofort fühlte sich Jelle seiner Sache schon viel sicherer. Er folgte seinem Freund auf die Terrasse des Hausbootes, über deren Reling diverse bunt bepflanzte Blumenkästen hingen. *„Een biertje?"*, fragte Menko, und Jelle nickte dankbar. Nach der Fahrt von Leer bis hierher war er ziemlich durstig.

„Was gibt es denn so Dringendes, dass du extra herkommst?", fragte Menko, als er wenig später mit zwei Flaschen Bier zurückkam und Jelle eine von ihnen in die Hand drückte.

„Ich brauche deinen Rat", erwiderte Jelle.

„Und deshalb kommst du den weiten Weg hierher?" Ein amüsiertes Lächeln schlich sich auf Menkos Lippen. Er deutete auf sein Smartphone. „Du hättest anrufen können. Oder eine E-Mail schreiben."

Jelle schüttelte den Kopf. „Nee, das … das bespreche ich lieber mit dir persönlich. Man weiß ja schließlich nie …" Er ließ den Rest des Satzes in der Luft hängen, setzte die Flasche an den Mund und ließ das kühle Bier seine Kehle hinunterrinnen. Das tat gut!

„Also?" Menko zwinkerte ihm aufmunternd zu.

Jelle senkte seinen Blick und wischte mit dem Daumen gedankenverloren über die Tropfen, die sich ihren Weg über die eisgekühlte Bierflasche bahnten. Sollte er wirklich …? „Es geht um … um einen Freund", hörte er sich im nächsten Moment sagen. Dieser Begriff kam ihm nur schwer über die Lippen. Konnte er jemanden, der von sich selbst behauptete, ein Mörder zu sein, wirklich als Freund bezeichnen?

Menko beugte sich vor, indem er die Ellenbogen auf seinen Knien abstützte. „Und was ist mit ihm?"

„Er … nun ja … er behauptet …" Jelle stockte. Was tat er hier? Machte er sich nicht gerade vollkommen lächerlich? Jetzt, wo er drauf und dran war, diese Vermutung einem Dritten gegenüber auszusprechen, kam ihm das alles plötzlich albern vor.

Menko seufzte. „Ich will dich ja nicht drängen, etwas zu sagen, was du nicht sagen willst. Aber es scheint dich zu bedrücken. Also raus damit! So schlimm wird es schon nicht sein. Oder geht es vielleicht gar nicht um deinen Freund? Hat es mit deinem Job zu tun? Willst du mehr Geld?"

Jelle schreckte auf und wedelte mit der Hand abwehrend in der Luft herum. „Nein", rief er aus, „nein, natürlich nicht! Mit dem Job ist alles okay. Alles prima, ehrlich! Nein, es geht um … um meinen Freund."

Menko seufzte. „Soweit waren wir schon."

„Ja. Entschuldige." Jelle holte tief Luft, bevor er hervorstieß: „Mein Freund sagt, dass er jemanden umgebracht hat. Und nun weiß ich nicht … ich weiß nicht, was ich machen soll. Ich meine, er ist mein Freund, und da will ich doch nicht …" Wieder beendete er den Satz nicht, sondern stieß nur scharf die Luft aus.

„Er hat jemanden umgebracht?" Menkos Lächeln war verschwunden. Er sah plötzlich besorgt aus und musterte Jelle aus schmalen Augen. „Und da zögerst du, zur Polizei zu gehen? Hältst du das für … verantwortungsvoll?"

„Ich … ich weiß es doch nicht."

„Wen hat er denn umgebracht?"

Jelle wand sich auf seinem Stuhl. Er fühlte sich gar nicht wohl in seiner Haut, als er nun sagte: „Eine Frau. Karla. Sie war … Wir kannten sie schon lange. Er war sauer auf sie. Und nun sagt er, dass er sie …"

„Sagtest du Karla?", unterbrach Menko ihn. Er hatte sich im Stuhl aufgerichtet, als müsse er auf der Hut sein.

„Ja, sie heißt Karla. Man hat ihre Leiche …"

„In Onderdendam gefunden." Menkos Atem ging jetzt stoßweise.

„Ja." Jelle sah ihn erstaunt an. „Du weißt davon?"

„Jeder weiß davon", erklärte Menko. „Oder glaubst du, so was bleibt in einer Region wie dieser geheim? Und außerdem …"

„Ja?"

Menko machte eine wegwerfende Handbewegung. „Ach, nichts."

„Du wolltest doch noch was sagen."

„Ist nicht wichtig." Menkos Augen verdunkelten sich und er sah Jelle fast wütend an.

„Hab ich was Falsches gesagt?"

„Nein." Menko zog die Brauen zusammen. „Und dein Freund behauptet, er habe sie umgebracht? Einfach so?"

Jelle nickte.

„Dann solltest du damit zur Polizei gehen. Unglaublich, dass du überhaupt darüber nachdenkst. Schließlich kann man nicht wissen, ob er es nicht wieder tut."

Jelle riss die Augen auf. „Du meinst, er könnte noch jemanden ermorden?"

„Wer sagt dir, dass er es nicht tut?"

„Aber bei Karla ging es doch nur darum …" Er schüttelte den Kopf. „Vielleicht … ja, vielleicht war es ja auch nur ein Witz."

„Nicht dein Ernst." Menkos Stimme bebte vor Empörung. „Über so was macht man keine Witze. Und du willst doch nicht wirklich einen Mörder decken, oder? Nur, weil er dein Freund ist? Ein bisschen viel Loyalität, findest du nicht?"

Jelle biss sich auf die Lippen. Er schaute Menko von unten herauf an. „Aber die Polizei ist ihm sowieso schon auf der Spur."

„Ach ja?" Menko hob erstaunt die Brauen. „Warum denn das?"

„Na ja, ich nehme an, dass Karlas Eltern etwas gesagt haben. Er hat Karla in den letzten Wochen öfter mal bedroht, weißt du? Jedenfalls standen die Bullen heute plötzlich bei ihm in der Wohnung und wollten ihn sprechen."

„Und was hat er gesagt?"

„Ich war nicht dabei. Aber ein Geständnis wird es wohl kaum gewesen sein, sonst hätten sie ihn ja gleich mitgenommen."

„Und woher weißt du dann, dass sie bei ihm waren, wenn du nicht da warst?", hakte Menko nach.

„Ich ... ich weiß es eben."

Menko seufzte und schlug sich auf die Oberschenkel. „Okay, ist ja auch egal. Auf jeden Fall gebe ich dir einen Rat: Geh zur Polizei und sag ihnen, was du weißt. Am besten jetzt gleich und hier in Groningen. Die ermitteln nämlich in diesem Fall." Als Jelle nichts darauf erwiderte, sondern nur den Kopf senkte, fügte er hinzu: „Wenn du willst, kann ich auch mitgehen. Als Dolmetscher."

Jelle nickte. Auch wenn Menko recht hatte, so war er sich seiner Sache doch nicht sicher. Auf Marius würde eine Menge Ärger zukommen, wenn er ihn bei den Bullen anschwärzte. Und auf ihn selbst auch, wenn an der Sache nichts dran war. Denn das würde Marius ihm ganz sicher nicht verzeihen. Doch hatte er wirklich noch eine Wahl, jetzt, nachdem er Menko davon erzählt hatte? Er überlegte noch einen längeren Augenblick, dann sagte er mit leiser Stimme: „Na gut, ich mach's. Es wäre toll, wenn du mitkämst."

14

Eigentlich hatte er damit gerechnet, dass Aukje um diese Zeit aus dem Haus kam und zur Uni ging. Wo blieb sie? Oder war sie längst gegangen?

Er liebte dieses Katz-und-Maus-Spiel. Mit einem Grinsen öffnete er die Bilder der winzigen Überwachungskamera, die er im dritten Stockwerk des Treppenhauses angebracht hatte, um das Kommen und Gehen zu beobachten. Sobald die Kamera eine Bewegung an Karlas Wohnungstür registrierte, schaltete sie sich automatisch ein und sendete ein Signal auf sein Smartphone. Auf diese Weise war er immer darüber informiert gewesen, wann Karla das Haus betreten oder verlassen hatte. Wie praktisch, dass die Wahl seines Dartpfeils als nächstes auf ihre Mitbewohnerin Aukje gefallen war, so musste er sich zunächst um keine weiteren Installationen in anderen Häusern kümmern. Das kam dann später.

Er starrte auf das Display, das tatsächlich keinerlei Bewegung mehr angezeigt hatte, nachdem Aukje nach dem Besuch bei ihrer Freundin Mina zurückgekommen war. Das konnte nur heißen ... Da! Jetzt tat sich etwas!

In der Erwartung, Aukjes schlanke Gestalt auf dem Display zu entdecken, verzog sich sein Mund erneut zu einem Grinsen – das jedoch gleich wieder erstarb. Verdammt! Was machten denn die beiden Gestalten dort? Wenn er sich nicht täuschte, dann handelte es sich um die beiden Ermittler von der Mordkommission. Schöner Mist! Mussten sie ausgerechnet jetzt dort aufschlagen? Ein weiterer Blick auf sein Smartphone zeigte ihm, wie Aukje die Tür öffnete und ihre Besucher eintreten ließ. Nun herrschte wieder Ruhe im Treppenhaus und das Display wurde schwarz.

Sein Grinsen vertiefte sich. Die Bullen jagten einem Phantom hinterher, denn der Plan, Aukje zu töten, existierte lediglich in seinem Kopf. Wenn sie später doch noch ihre Wohnung verließ, würde er zur Stelle sein. Wenn nicht ... nun ja. Es war ihm noch nie schwergefallen, sich Zugang zu einem Haus zu verschaffen.

15

Arie van Dijk nahm zwei Stufen auf einmal, als er die knarrende Holztreppe zur Wohnung seiner Schwester am zentralen Groninger *Vismarkt* hinaufsprang. Sophie Reimers hatte versucht, Aries Nervosität mit beruhigenden Worten beizukommen, doch war sie mit keinem Argument zu ihm durchgedrungen. Als es ihm auf der Fahrt hierher nicht schnell genug voranging, hatte er sogar das Blaulicht auf dem Dach befestigt und eingeschaltet. In diesem Moment hatte Sophie alle Versuche aufgegeben, ihn in seiner Hast zu stoppen, und den Rest der Fahrt schweigend verbracht.

Nun sprang sie hinter ihm die Treppe hoch. Und auch wenn ihr der Spurt in den dritten Stock keinerlei Mühe bereitete, hätte sie das alles gerne ein wenig besonnener angehen lassen.

Als Aukje nach dem ersten Klingeln die Tür öffnete, atmete Arie hörbar aus. Fast konnte man den Eindruck gewinnen, er habe von Onderdendam bis hierher die Luft angehalten.

„*Ales goed, Arie?*", fragte Aukje mit hochgezogenen Brauen. „Du siehst aus, als hättest du einen Geist gesehen." Sie warf einen Blick auf ihr Smartphone, das sie in der Hand hielt. „Ich müsste seit zehn Minuten im Seminar sein. Ich hoffe also, du hast einen guten Grund, mich hier festzuhalten."

Sophie grinste. Nach all dem Aufheben, das Arie gemacht hatte, hatte sie angenommen, hier womöglich eine völlig unselbstständige oder gar verängstigte junge Frau anzutreffen, doch schien das Gegenteil der Fall zu sein. Die hochgewachsene, schlanke Frau mit rotblondem Haar und zahlreichen Sommersprossen auf der Stupsnase machte einen äußerst selbstbewussten Eindruck. Sie hatte die Hände in die Hüften gestemmt und sah ihren Bruder herausfordernd an. Der aber drückte ihr nur einen schnellen Kuss auf die Wange und trat dann an ihr vorbei in den kleinen Flur. „Wir müssen reden", sagte er.

„Hallo, ich bin Sophie. Er hat wohl vergessen, mich vorzustellen." Sophie streckte Aukje ihre Hand entgegen. Aukjes Händedruck war angenehm fest. Nein, dachte Sophie, mit einer schwächlichen jungen Frau hatten sie es hier ganz bestimmt nicht zu tun.

„Du bist aus Deutschland", stellte Aukje fest, als sie ihr in die Wohnküche vorausging. „Ihr seid wegen Karla hier?" Mit einem skeptischen Blick auf ihren Bruder fügte sie hinzu: „Oder ist schon wieder was passiert? *Arie is helemaal van slag.*[14]"

Sophie seufzte. „Nein, es ist nichts passiert. Nun setzen wir uns erst einmal hin und dann sehen wir weiter." Sie ließ sich neben Arie auf einen Stuhl am Küchentisch sinken und sah sich um. Der Raum war nicht besonders groß, die Einrichtung bunt durcheinandergewürfelt. Inklusive der Küchengeräte sah alles ein wenig so aus wie auf dem Flohmarkt zusammengeklaubt. Am besten gefiel Sophie das altmodische, etwas abgeschabte und knallrote Sofa, das sie an

---

[14] Arie ist völlig durch den Wind.

die Couch ihrer Großmutter erinnerte. Entweder hatte es tatsächlich schon zwei Generationen überlebt, oder aber es gehörte zu den aktuell so beliebten Retrostücken.

Aukje schien ihren interessierten Blick bemerkt zu haben, denn sie sagte nun: „Das Sofa ist wirklich so alt, wie es aussieht. Es wird von Studentengeneration zu Studentengeneration mit dieser Wohnung weitervererbt. Schade, dass es nicht reden kann, es hätte sicherlich einiges zu erzählen."

„Nun, das hast du ja wohl auch, *naar verluidt* [15]", brachte sich Arie ins Gespräch.

„Hä? Wie meinst du das?"

„Wir kommen gerade von Elsie."

„Ja, und?" Aukje schien sich keiner Schuld bewusst zu sein.

„Ich wüsste jetzt gerne ausführlich von dir, was es mit der Dokumentation der Erdbebenschäden auf sich hat. Warum mischt ihr euch da ein?"

„Warum wir uns da einmischen?" Aukje sah ihren Bruder aus großen Augen an. „Es ist ein Projekt, das wir an der Uni machen, *hoor*!"

„An der Uni?" Arie blickte ein wenig verwirrt aus der Wäsche. „*Zeker?* [16] Wenn ich Elsie richtig verstanden habe, dann wollt ihr damit beweisen, dass die öffentlich beauftragten Stellen bei der Begutachtung nicht sauber arbeiten."

Aukje zog eine Grimasse. „Ja, das wollen wir. Aber mit dem Segen der Uni. Wir haben es als Projekt angemeldet. Es ist also eine ganz offizielle Geschichte." Sie zog ihr in

---

[15] wie man hört
[16] Sicher?

kurzen Hosen steckendes rechtes Bein nach oben und legte es angewinkelt auf den Stuhl. Dann griff sie nach einer in einer Schale auf dem Tisch liegenden Weintraube und schob sie sich in den Mund. „Wo ist dein Problem, Arie?", fragte sie.

„Könnte es sein, dass ihr mit diesem Projekt jemandem auf den Schlips tretet?", fragte stattdessen Sophie. „Ich meine, kommt ihr zu Ergebnissen, die von den offiziellen Studien abweichen?"

„*Natuurlijk.*" Aukje zuckte mit den Schultern. „Ist doch normal. Schließlich weiß doch jeder, dass da getrickst wird. Deswegen machen wir die Sache doch. Wo sollte sonst der Sinn liegen?"

Arie stieß scharf die Luft aus. „Es ist dir aber schon klar, dass ihr damit womöglich in ein Wespennest gestochen habt?"

Aukje schob diese Bemerkung mit einer Geste beiseite und nahm sich eine weitere Traube. „Ich weiß nicht, worauf du hinauswillst."

„Karla ist tot", erwiderte Arie knapp, woraufhin sich Aukje ganz fürchterlich verschluckte.

„Du glaubst", krächzte sie zwischen zwei Hustenattacken, „du meinst doch nicht wirklich, dass das der Grund für den Mord ist?"

„Es wäre ein mögliches Motiv. Je nachdem, was ihr herausgefunden habt, sogar ein sehr stichhaltiges", sprang Sophie Arie beiseite. „Auf dem Immobilienmarkt wird mit harten Bandagen gekämpft. Wer sich dem entgegenstellt, muss sich auf einiges gefasst machen."

„Aber das ist doch Blödsinn!", rief Aukje aus. „Wegen so einer Sache wird doch niemand umgebracht! Wenn ihr euch in diese Geschichte verrennt, dann ... dann findet ihr den Mörder nie, das ist euch doch wohl klar?!" Sie klang jetzt beinahe wütend und sah mit funkelnden Augen von einem zum anderen.

Sophie hob interessiert die Brauen. „Das klingt fast, als hättest du einen anderen Verdacht."

Aukje wand sich auf ihrem Stuhl, stellte ihr Bein wieder ab. „Nein, nicht so richtig", sagte sie, klang jedoch wenig überzeugend.

„Was heißt hier, nicht so richtig?" Arie beugte sich vor und sah sie beschwörend an. „Aukje, ich habe dir schon heute Morgen gesagt, dass du nichts verheimlichen sollst, *hoor*! Nicht mal das, was dir unwichtig erscheint. Hier geht es um eine Mordermittlung. Deine Mitbewohnerin ist tot. Glaub mir, das ist kein Spiel. Und schon gar kein Abenteuer, falls du es so sehen solltest." Er schlug so fest mit der flachen Hand auf den Tisch, dass seine Schwester zusammenzuckte. „Also, Aukje, ich will alles hören. Alles, *begrijp je dat*[17]?! Ich hab nämlich keine Lust, als Nächstes *dich* in einem Schlammloch zu finden!"

„Na, na." Das fand Sophie nun ein wenig zu hart formuliert. „Es gibt keinen Grund, Aukje Angst zu machen. Vielleicht hören wir uns erst einmal an, was sie zu sagen hat. Schließlich ist diese Erdbebengeschichte nur eine von vielen Möglichkeiten, die wir berücksichtigen sollten."

„Ich hab trotzdem keine Lust ...!", brauste Arie auf, wurde jedoch sogleich von Sophie gestoppt, die mit ruhiger Stimme sagte: „Nun lass deine Schwester doch erst mal reden, bevor du dich auf diese Sache einschießt."

---

[17] verstehst du?

Sophie war irritiert. Eigentlich hatte sie immer geglaubt, mit Arie einen besonnenen Ermittler an ihrer Seite zu haben. In diesem Fall aber schien ihm jedes objektive Urteilsvermögen abhandengekommen zu sein. Warum nur versteifte er sich so sehr auf seine Einschätzung, dass Aukje in Gefahr sei? Wenn es so weiterging, dann würde man ihn womöglich wegen Befangenheit vom Fall abziehen. Sophie konnte nicht behaupten, dass ihr dieser Gedanke gefiel. Wer wusste schon zu sagen, wen die Groninger Polizei als Ersatz auffahren würde?

Arie stand auf und begann, den Kopf gesenkt und die Hand ans Kinn gelegt, in der Küche auf und ab zu laufen, wobei er jeweils nur drei Schritte vor und zurück machte, denn viel Platz blieb ihm für seine Parade nicht. „Okay", sagte er schließlich, „dann sag uns alles, was du weißt." Er klang wenig überzeugt, doch war es immerhin ein Anfang.

Bevor Aukje zu reden begann, ging sie zum Kühlschrank und holte eine Flasche Cola hervor. Sie hielt sie hoch. „Wer will?"

„Lieber ein Wasser. Leitungswasser reicht", erwiderte Sophie. Arie sagte nichts und setzte sich wieder hin, zur Erleichterung von Sophie. Dieses fast stakkatohafte Auf und Ab hatte sie ganz kirre gemacht.

Nachdem sich Aukje Cola und ihren Besuchern Wasser eingeschenkt hatte, fiel sie gleich mit der Tür ins Haus. „Ich glaube, dass es Marius war, der Karla umgebracht hat. Und die anderen glauben es auch."

Schon wieder dieser Marius! Prompt fiel Sophie wieder ein, dass sie ihn vorhin bei Elsie gesehen hatte. Also fragte sie als Erstes: „Wir haben Marius bei Elsie getroffen. Was hatte er da zu tun?"

„Bei Elsie?" Aukje zuckte erneut die Achseln. „Keine Ahnung. Was fragst du mich? Ich wundere mich nur, dass er sich überhaupt noch in Onderdendam blicken lässt, nach allem, was er getan hat. Ihr hättet ihn gleich verhaften sollen."

„Er schob eine alte Frau im Rollstuhl vor sich her", sagte Arie.

„Sicher seine Oma. Die wohnt in Onderdendam", erklärte Aukje.

„Wie heißt diese Oma?"

„Brandsma."

„Was?", schallte es im Duett zurück, dann fragte Arie: „Sind es dieselben Brandsmas, auf deren Hof Karlas Leiche gefunden wurde?"

Aukje nickte stumm.

„Und das sagst du erst jetzt?"

Seine Schwester sah ihn finster an. „Du hast mir doch bisher gar keine Gelegenheit gelassen, es zu sagen. Schließlich reitest du die ganze Zeit auf diesen blöden Erdbebenschäden herum. Aber nun weißt du es ja und kannst deine Schlüsse daraus ziehen."

Für eine Weile herrschte Schweigen im Raum. Arie und Aukje funkelten sich böse an, waren dann beide jedoch sichtlich bemüht, ihre Emotionen wieder runterzufahren, denn sie wandten jeweils den Blick vom anderen ab und schlossen tief durchatmend die Augen. Eine gewisse Familienähnlichkeit war unverkennbar.

Nach einer Weile räusperte sich Sophie und sagte dann an Aukje gewandt: „Du scheinst dich gar nicht zu wundern, dass wir bei Marius waren. Darf man fragen, wer es dir verraten hat?"

Aukje errötete. „Ähm … ich weiß es nicht mehr." Das letzte Wort versah sie hörbar mit einem Fragezeichen.

„Nun sag schon", forderte Sophie sie auf. „Wie dein Bruder schon sagte, das hier ist kein Spiel."

Aukje zögerte noch einen Moment, dann sagte sie: „Jelle hat es mir erzählt."

„Wer ist Jelle?"

„Ein Freund von Marius. Er hat gesehen, dass ihr bei Marius wart. Und weil Jelle noch nie irgendetwas für sich behalten konnte, hat er mir gleich 'ne Textnachricht geschickt."

„Hat dieser Jelle auch einen Nachnamen?", fragte Arie, der einen kleinen Notizblock aus der Tasche gezogen hatte und darauf herumkritzelte.

„Anzunehmen. Ich kenne ihn aber nicht."

„Dann noch mal zurück", meldete sich Sophie wieder zu Wort. „Warum glaubst du, dass Marius Karla ermordet hat?" Sie überlegte, Aukje zu verraten, dass Karlas Eltern den gleichen Verdacht geäußert hatten, behielt es dann aber doch lieber für sich. Ihr bisheriger Ermittlungsstand ging auch die Schwester eines Kollegen nichts an.

„Weil er sie schon die ganze Zeit bedroht hat", antwortete Aukje. „Immer wieder hat er ihr gesagt, dass er sich rächen würde."

„Wofür rächen?", fragte Arie. „Was hat sie ihm getan?"

„Sie hat ihn in der Kneipe angeschrien und ihn ein asoziales Opfer genannt und so. Die Kneipe war voll und alle haben gegrölt. Das hat ihm natürlich nicht gefallen, dem ollen Macho."

„Aber deswegen bringt man doch nicht gleich jemanden um", wandte Sophie ein. „Dann müsste es von Mördern nur so wimmeln."

„Mich würde interessieren, warum Karla ihn derart beschimpft hat", meinte Arie, der aus unerfindlichen Gründen plötzlich einen viel gelasseneren Eindruck machte, als noch vor wenigen Minuten. „Was ist dem Streit vorausgegangen?"

„Er hat sie angebaggert. Wie immer."

„Wie immer?"

„Ja. Sobald Marius besoffen war, hat er sich an Karla rangemacht. Obwohl sie ihm jedes Mal wieder gesagt hat, dass er sich verpissen soll. Er hat nicht gerafft, dass er nicht bei ihr landen kann. Na ja, und da ist Karla eben eines Tages der Kragen geplatzt, als er sie mal wieder so eklig vollsülzte und begann, sie anzugrabschen." Aukje zog die Nase kraus. „Hat mich ja gewundert, dass sie ihn nicht schon viel früher in den Senkel gestellt hat, so eklig, wie der ist. Der muss ja nicht mal besoffen sein, um einen anzuekeln. Ich glaub, der hat noch nie 'ne Dusche gesehen. Echt widerlich, der Typ."

„Erscheint mir trotzdem ziemlich schwach als Motiv", meinte Arie.

„Ja, weil du dich auf diese blöde Erdbebengeschichte eingeschossen hast", maulte Aukje. *Hé, man*, das ist kein so wichtiges Projekt, dass man dafür jemanden umbringt, okay?"

„Karla hat Elsie davon erzählt", klärte Arie sie auf.

„Ja, und? Warum sollte sie es nicht tun?"

Arie funkelte sie mahnend an. „Ein bisschen ausführlicher könntest du schon antworten, Aukje. Ich kann mir nicht helfen, aber ich glaube, dass du uns etwas verschweigst."

„Glaub doch, was du willst", maulte Aukje.

Sophie befürchtete einen erneuten emotionalen Ausbruch Aries, aber der blieb ruhig. Also stand sie auf und sagte: „Es ist wohl besser, wenn wir jetzt gehen. Dann kannst du noch mal in Ruhe über alles nachdenken, Aukje. Aber glaub mir, es ist immer besser, mit uns zusammenzuarbeiten als gegen uns. Karla ist tot, vergiss das nicht. Und wir möchten nicht, dass es womöglich zu weiteren Opfern kommt."

„Auch wer etwas verschweigt, macht sich schuldig", stimmte Arie in die Warnung mit ein. „Und die Richter kennen da kein Pardon." Er baute sich vor seiner Schwester auf, die immer noch auf ihrem Stuhl saß.

„Ich weiß nichts", blieb Aukje stur, wich seinem Blick aber aus. Sie zog einen Schmollmund. „Kümmert euch lieber um Marius. Manchmal liegen die Dinge einfacher, als man denkt."

„Vielen Dank für deine Belehrungen", erwiderte Arie spöttisch. „Aber erzähl du mir nicht, wie ich meinen Job zu machen habe. So, und jetzt gibst du mir noch die Namen von all deinen Kommilitonen, die an dem Projekt mitarbeiten." Er hielt ihr Notizblock und Stift hin.

Sophie fragte nach Karlas Zimmer. Bevor sie gingen, wollte sie sich dort noch ein wenig umsehen, auch wenn die Spurensicherung bereits alles durchkämmt hatte. Sie entdeckte nichts Auffälliges. Rund eine Viertelstunde später verabschiedeten sie sich von Aukje.

16

Als Sophie Reimers und Arie van Dijk ins Groninger Kommissariat zurückkehrten, lag bereits der Bericht der kriminaltechnischen Untersuchung auf Aries Schreibtisch. Auch hatte sich die Rechtsmedizin zu den Umständen geäußert, die zu Karlas Tod führten.

„Und? Gibt es etwas Interessantes?", fragte Sophie, als Arie sich für ein paar Minuten auf die Unterlagen konzentriert und sie dann beiseitegelegt hatte. Sie selber verzichtete auf das Studieren der Akten, denn sie traute sich nicht zu, die in holländischer Sprache verfassten Analysen bis ins Detail zu erfassen. Lieber verließ sie sich darauf, dass Arie in der Lage sein würde, ihr die wichtigsten Erkenntnisse zu übersetzen.

„Es ist *eigenaardig*", antwortete Arie. Er schob die Analysen über den Schreibtisch zu Sophie, doch würdigte sie diese keines Blickes, sondern hielt ihre Augen erwartungsvoll auf ihren Kollegen gerichtet. Der ließ sich in seinen Schreibtischstuhl zurücksinken, begann in kurzen Abständen das Ende eines Bleistifts gegen seine Unterlippe zu tippen und dabei den Stuhl in knappen Bewegungen von rechts nach links und wieder zurück zu bewegen. All das machte Sophie furchtbar nervös, aber womöglich erleichterten ihm diese unaufhörlichen Bewegungen das Denken. Hatte nicht jeder so seine Macken?

„Was ist eigenartig?", fragte Sophie, als Arie sich nicht weiter äußerte, sondern seinen Blick starr auf die Fotos von Karlas Leiche geheftet hielt, die seine Kollegen während seiner Abwesenheit ans Blackboard gepinnt hatten, das seinem Schreibtisch gegenüber hing.

„Man sollte doch meinen, dass ein Mörder möglichst darauf bedacht ist, keine Spuren zu hinterlassen", dachte Arie laut nach, ohne seine Kollegin anzusehen. „Also hat es womöglich etwas zu bedeuten, dass es in Karlas Fall anders ist."

„Es gibt Spuren von ihrem Mörder?"

Endlich hörte Arie auf, sich mit seinem Stuhl hin und her zu drehen. Auch legte er den Bleistift auf den Schreibtisch und richtete seinen Blick auf Sophie. „Ja. Er hat Fingerspuren und DNA hinterlassen. Und das nicht zu knapp."

„Also eine Tat im Affekt", vermutete Sophie.

„*Mogelijk*. Oder ein Mörder, der einfach nur unvorsichtig ist. Ein Laie, *om zo te zeggen*.[18] "

„Hat der Abgleich der Spuren mit eurer Kartei einen Treffer ergeben?", stellte Sophie die eigentlich interessante Frage.

„Leider nicht. Die Spuren nützen uns derzeit also herzlich wenig, solange wir nicht deren Gegenpart haben."

„Wir könnten sie bei uns in Deutschland mit der Kartei abgleichen", schlug Sophie vor. „Immerhin können wir nicht ausschließen, dass unser Mörder Deutscher ist."

„Du meinst Marius Bruhns?"

„Ja. Zum Beispiel. Er scheint ja der Lieblingsverdächtige von Karlas Freunden und auch von ihren Eltern zu sein."

---

[18] sozusagen

Arie schnalzte mit der Zunge. „Aukje hat ihn auch gleich ins Spiel gebracht. Vielleicht ein bisschen zu schnell, *naar mijn smaak*[19]. So ganz will ich nicht an seine Schuld glauben, auch wenn ich nicht sagen kann, warum."

Sophie nickte. „Da bin ich aber froh. Mir geht es genauso."

„Mag ja sein", fuhr Arie fort, „dass Marius Karla öfter mal bedroht hat. Das passt zu ihm, wenn du mich fragst. Er ist genau der Typ, der anderen zeigen muss, wo die Axt hängt …"

Sophie räusperte sich. „Du meinst, wo der Hammer hängt."

„*Precies*. Machtspiele, um sich selbst groß zu fühlen. Das sieht man bei Menschen, die im Leben nichts erreicht haben, immer wieder. Aber von solch einer Drohung bis hin zum Mord ist es ein großer Schritt. Ob Marius ihn gehen würde? Kann sein. Ich glaube aber nicht daran."

„Wenn wir aber davon ausgehen, dass es kein geplanter Mord war, sondern eine Tat im Affekt, dann wäre es möglich", gab Sophie zu bedenken. „Was sagt denn die Rechtsmedizin?"

„Dass Karla erdrosselt wurde. Vermutlich mit einer Wäscheleine. Nachdem man sie brutal gefoltert hatte."

„Hm. Sieht nicht nach Affekt aus. Ich meine, wer trägt schon eine Wäscheleine mit sich herum?"

„Ja", bestätigte Arie. „Wäscheleine klingt nach Absicht. Und nun?"

Sophie deutete auf die Akte. „Gibt es noch interessante Ergebnisse, von der KTU zum Beispiel?"

---

[19] nach meinem Geschmack

„Hauptsächlich das, was wir uns schon gedacht haben. Fundort ist nicht gleich Tatort. Aufgrund der Trockenheit ist nicht eindeutig zu sagen, wie Karlas Leiche zum Schlammloch transportiert wurde."

„Keine Spuren an der Leiche, die auf einen Transport in einem Auto hinweisen würden?", hakte Sophie nach. „Fasern zum Beispiel?"

„Nein." Arie blätterte scheinbar ziellos in der Akte und schloss sie dann wieder. „Allerdings wurden Staubanhaftungen an Karlas Kleidung gefunden. Sie werden noch analysiert. Gut möglich, dass wir damit dem Tatort näherkommen."

„Irgendwelche Hämatome oder Hautabschürfungen?"

„Ja, am ganzen Körper. Genauso wie zahlreiche, durch ein Messer verursachte Verletzungen am ganzen Körper. Einige Abschürfungen wohl post mortem."

„Klingt, als hätte der Täter sie über den Boden geschleift", schlussfolgerte Sophie. „Und die Hämatome?"

„Hauptsächlich an den Hand- und Fußgelenken. Hier gibt es auch offene Wunden. Er hatte sie straff gefesselt, davon konnten wir uns ja überzeugen. Sie hat vermutlich mit aller Macht versucht, die Fesseln zu lösen. *Geen Kans* [20]. Aber auch an den Oberarmen und am Oberbauch finden sich Hämatome. Der Rechtsmediziner geht davon aus, dass man sie von hinten gepackt und ihr dann einen Schlag in den Solarplexus verpasst hat, um sie für eine Weile außer Gefecht zu setzen."

„Alles zusammengenommen klingt es nun ganz und gar nicht mehr nach einer Tat im Affekt", stellte Sophie fest.

---

[20] Keine Chance

„Wir müssen wohl tatsächlich davon ausgehen, dass wir es mit einem Mord zu tun haben."

Arie verzog sorgenvoll das Gesicht, als er sagte: „Und wenn wir beide annehmen, dass Marius es nicht gewesen ist, dann rückt die Geschichte mit den Erdbebenschäden wieder in den Fokus und damit das Projekt, an dem auch Aukje arbeitet."

„Du machst dir wirklich Sorgen um sie." Es war keine Frage, sondern eine Feststellung. Um Arie nicht noch mehr zu beunruhigen, verzichtete Sophie darauf, ihm zu sagen, dass auch sie, was seine Schwester betraf, ein komisches Gefühl hatte. Sie hoffte inständig, dass sie sich täuschte. Dennoch hätte sie Aukje am liebsten Tag und Nacht überwachen lassen. Was natürlich nicht ging, denn schließlich gab es keinen stichhaltigen Hinweis darauf, dass sie in Gefahr war. Und bei der Äußerung, es handele sich um ein Bauchgefühl, würde sich jeder Richter allenfalls ein mildes Lächeln abringen.

Sophie schrak zusammen, als Arie jetzt mit beiden Händen auf den Schreibtisch schlug. „Es bringt uns nicht weiter, hier spekulierend herumzusitzen", verkündete er. „Ich würde vorschlagen, dass wir jetzt versuchen, Marius Bruhns aufzutreiben, denn ich würde mich ganz gerne noch einmal mit ihm unterhalten. Das Gleiche gilt für seinen Freund Jelle, den Aukje erwähnte. Ich möchte wissen, was er für ein Typ ist."

„Sollen wir eine Fahndung nach ihnen veranlassen?", fragte Sophie, wusste jedoch im selben Moment, dass sie auch dafür keinerlei Grundlage hatten. Außerdem würden die beiden dann womöglich erst recht abtauchen.

„Dafür gibt es keine …", begann Arie seinen Einwand

auszusprechen, doch Sophie winkte ab. „Schon gut", sagte sie. „War eine blöde Idee."

Arie zwinkerte ihr über die Schulter hinweg zu. „Stimmt. Vielleicht kommt dir ja aber noch eine bessere." Ohne Sophies Reaktion abzuwarten, marschierte er mit großen Schritten zur Tür hinaus.

Sophie blieb nichts anderes übrig, als ihm zu folgen. Sie hoffte inständig, dass sie Marius und Jelle zeitnah finden würden. Irgendwie signalisierte ihre innere Stimme, dass ihnen nicht viel Zeit blieb.

Als sie jedoch im nächsten Moment hinter Arie zur Tür hinaustrat, kollidierte sie beinahe mit einem Mann. Er kam ihr irgendwie bekannt vor, doch noch ehe sie darüber nachgedacht hatte, wo sie ihm schon einmal begegnet war, sagte er: „*Hopla! Pardon!*" Sogleich fügte er hinzu: „Wir waren auf dem Weg zu Ihnen. Ich hoffe, wir stören nicht."

„*Meneer* Brandsma?" Arie hatte abrupt im Gehen innegehalten und sich zu ihnen umgedreht. „Sie wollen zu uns?"

Sophie nickte innerlich. Nun wusste auch sie wieder, woher sie den Mann kannte. Es war Menko Brandsma, der gutaussehende Sohn der Bauern, die ihren Hof hatten verlassen müssen und auf deren Grundstück man Karlas Leiche gefunden hatte. Sie blickte an ihm vorbei. Im Schlepptau hatte er einen jungen Mann, dessen dünnes blondes Haar sich bereits lichtete und der nervös auf einem seiner Finger herumkaute. Als sie ihn direkt ansah, senkte er sofort den Blick.

„Was führt Sie zu uns?", fragte Arie.

„Der junge Mann hier", Menko deutete auf seinen Begleiter, dessen Gesicht nun rot anlief, „möchte Ihnen etwas sagen. Es geht um den Mord an der Frau … ähm …" Er senkte den Kopf und schnippte mit den Fingern.

„Karla Becker?"

„Ja, genau. Ich habe angeboten, ihn hierher zu begleiten, falls es Sprachprobleme gibt." Er lächelte Sophie an. „Aber da Sie ja hier sind, gehe ich davon aus, dass ich überflüssig bin."

„Sie sind Deutscher?", wandte sich Sophie an den jungen Mann. „Darf ich fragen, wie Sie heißen?"

„Jelle. Jelle Holtinga."

„Ach was", entfuhr es Sophie. Sie überspielte diese Reaktion jedoch, indem Sie sogleich auf die Bürotür deutete und sagte: „Bitte, kommen Sie rein."

Während Jelle sich in Bewegung setzte, blieb Menko Brandsma stehen und schaute unschlüssig von einem zu anderen. „Ich gehe mal davon aus, dass ich jetzt wieder gehen darf?"

„Nein!", widersprach Jelle mit zitternder Stimme. „Ähm … ich hätte gerne, dass Menko dabei ist", sagte er dann etwas gedämpfter, während er mit seinen Händen unablässig an den Hosenbeinen seiner Jeans auf und ab strich. „Er ist mein Freund und …" Er verzichtete auf eine nähere Begründung und zuckte mit den Schultern.

„Es ist Ihnen aber bewusst, dass Herr Brandsma dann jedes Detail Ihrer Aussage mitbekommt?", gab Arie zu bedenken.

„Er weiß doch sowieso schon alles", erwiderte Jelle.

„Nun gut, wenn Sie meinen." Arie machte eine einladende Geste, und sie gingen durch das Vorzimmer ins Büro zurück. Arie bedeutete den beiden Männern, sich hinzusetzen. Anschließend betätigte er einen Knopf am

Telefon und bat seine Sekretärin, ebenfalls ins Büro zu kommen. Sie sollte die Aussage des Zeugen protokollieren.

„Wie war noch gleich Ihr Name?", begann er das Gespräch mit Jelle, als schließlich alle saßen.

„Jelle Holtinga."

„Wohnhaft in …"

„Leer." Jelle nannte Straße und Hausnummer und machte noch ein paar mehr Angaben zu seiner Person, als Arie diese abfragte.

„Und Sie wollen eine Aussage zum Mordfall Karla Becker machen?"

„Ja. Es geht … es geht um einen Freund."

„Nur weiter, Herr Holtinga", sagte Sophie Reimers, als Jelle nun auf seiner Unterlippe zu kauen begann. Mit seinen abgetretenen Turnschuhen schabte er unablässig über den Boden. Er schien wirklich sehr nervös zu sein. „Wie heißt denn Ihr Freund, um den es geht?"

„Marius."

Fast wäre Sophie ein überraschtes *Oh!* herausgerutscht, doch konnte sie es gerade noch verschlucken. Auch Arie hatte für einen kurzen Moment überrascht die Brauen gehoben, doch setzte er sofort wieder seine unergründliche Miene auf.

„Und was genau wissen Sie über diesen Marius zu berichten?"

Jelle richtete einen hilfesuchenden Blick auf Menko, der aber schien plötzlich gedanklich abwesend. Sophie fragte sich, was die beiden miteinander zu schaffen haben mochten. Es erschien ihr seltsam, dass sich in diesem Fall alles irgendwie um die Familie Brandsma zu drehen schien. Konnte es wirklich Zufall sein, dass sich ausgerechnet Jelle und Menko kannten? Wenn man dann noch in Betracht zog, dass Marius Bruhns der Enkel der Brandsmas war ... Sophie stutzte. Wenn Menko der Sohn der Brandsmas und Marius deren Enkel war, dann standen die beiden Männer doch zwangsläufig in einer verwandtschaftlichen Beziehung zueinander, oder? Am liebsten hätte sie Menko sofort darauf angesprochen, doch war es sicherlich besser, sich erst einmal anzuhören, was Jelle in Bezug auf Marius zu sagen hatte. Gerade noch hatte sie nach dem Nachnamen von Marius fragen wollen, um ganz sicher zu gehen, dass sie von demselben Mann redeten. Das hob sie sich nun jedoch lieber für später auf.

„Herr Holtinga?", fragte sie deshalb nur, als Jelle immer noch keine Anstalten machte, auf ihre Frage zu antworten. „Darf ich Sie daran erinnern, dass Sie uns etwas erzählen wollten? Wenn Sie es sich anders überlegt haben, dann müsste ich Sie bitten, zu gehen. Wir können unsere Zeit auch ganz gut anders verbringen, wie Sie sich sicherlich vorstellen können."

Auf diese Ansage hin konnte Arie sich offensichtlich ein Grinsen nicht verkneifen.

Sophie selbst wusste nicht zu sagen, warum sie auf einmal so hitzig reagierte. Vielleicht lag es daran, dass sie das Gefühl hatte, in diesem Fall keinen Schritt voranzukommen. Im Gegenteil, schien er mit jedem Zeugen, der auftrat, noch ein wenig verworrener zu werden.

„Marius behauptet, er hätte Karla umgebracht."

„Was?" Sophie war so auf ihre eigenen Gedanken konzentriert gewesen, dass sie nun glaubte, sich verhört zu haben. Hatte Jelle, der bisher kaum einen geraden Satz zustande gebracht hatte, diese schwerwiegende Aussage tatsächlich einfach so in den Raum gestellt?

„Marius. Er sagt, dass er es war, der Karla ermordet hat", wiederholte er seine Aussage in anderen Worten. Was deren Inhalt nicht unbedingt die Schärfe nahm.

Sophie war für einen Augenblick sprachlos, Arie schien sich besser im Griff zu haben und fragte: „Wem gegenüber soll Marius das geäußert haben?"

„Na, mir gegenüber. Also, er hat es zu mir gesagt. Gleich heute Vormittag als bekannt wurde, dass Karla tot ist, hat er es gesagt."

„Und glauben Sie, dass es tatsächlich so ist?"

Jelle zuckte die Schultern. „Keine Ahnung. Nee, eigentlich nicht. Aber ich wollte ... Ich dachte ..." Er zog den Kopf zwischen die Schultern. „Na ja, ich dachte, wenn er es wirklich war, dann ... Aber, ich will auch kein Verräter sein oder so was."

„Einen solchen Verdacht zu äußern, ist kein Verrat, sondern das einzig Richtige", erwiderte Sophie. „Alles andere wäre falsch verstandene Freundschaft und könnte für Sie als Mitwisser übel enden, wenn es herauskommt. Ich denke, das ist Ihnen auch klar, denn ansonsten wären Sie ja nicht hier."

Jelle nickte und senkte den Blick.

„Gut, dann wäre das ja erledigt", meldete sich Menko Brandsma wieder zu Wort. „Dann können wir ja jetzt sicherlich wieder gehen." Er schien es plötzlich furchtbar eilig zu haben.

Arie hob die Hand. „Nicht so schnell. Zuerst muss Herr Holtinga seine Aussage noch unterschreiben." Er nickte seiner Sekretärin zu, gleich darauf war das Summen des Druckers zu hören.

Als Menko nun aufstand, sagte Sophie: „Sorry, aber ich

war noch nicht fertig. Eine Frage hätte ich noch an Sie, Herr Brandsma."

„Ja, bitte?" Er lächelte sie an, und ihr fiel zum wiederholten Male auf, was für ein attraktiver Mann er war. Rasch wandte sie den Blick ab. Die Sekretärin tippte bereits wieder auf der Tastatur ihres Laptops herum.

„Sind Sie der Vater von Marius oder sein Onkel?", fragte sie im nächsten Moment.

So schnell hatte Sophie noch bei kaum jemandem die Gesichtszüge entgleiten sehen. „Was?" Menko Brandsma war sichtlich konsterniert. Sein Blick blieb auf Jelle hängen, doch schien der nur Bahnhof zu verstehen.

„Marius Bruhns. Ist er Ihr Sohn oder Ihr Neffe? Uns jedenfalls ist bekannt, dass er der Enkel Ihrer Eltern ist. Um welches Verwandtschaftsverhältnis handelt es sich also bei Ihnen beiden?"

Dieser Zusammenhang war Arie anscheinend noch gar nicht aufgegangen, denn auch er schaute nun völlig perplex aus der Wäsche.

„Wir ... wir sprechen von Marius? Von meinem Neffen Marius?" Menko ließ sich auf seinen Stuhl zurücksinken. Er schien ehrlich entsetzt zu sein.

„Sie wussten nicht, dass Herr Holtinga von Ihrem Neffen spricht?" Nun war auch Sophie baff. Ob das stimmte? Sie musste an sich halten, um nicht in nervöses Gekicher auszubrechen. Sie konnte sich nicht erinnern, in ihrer beruflichen Laufbahn jemals eine so absurde Situation erlebt zu haben.

„N-nein. Ich ... ich hatte keine Ahnung." Menko schluckte schwer. „Ich meine, Jelle und ich kennen uns noch nicht so lange. Seine anderen Freunde habe ich bisher nicht kennengelernt. Es ist … puh!" Er strich sich durch die dunklen Locken. „Es ist … *helemaal onzinnig.*"

Menko Brandsma war so durch den Wind, dass er Sophie beinahe leidtat. Offensichtlich hatte Menko seinen Neffen nicht absichtlich bei ihnen verpfiffen. Vielmehr schien ihm diese Tatsache gerade schwer zu schaffen zu machen. Was für seltsame Wege das Leben manchmal ging!

Ihr Blick fiel auf Jelle, der nun zusammengekauert auf seinem Stuhl saß und starr den Boden fixierte. Vermutlich wünschte er sich, es möge sich ein Loch auftun, in das er versinken konnte.

„Haben Sie von der Verwandtschaft gewusst?", fragte sie. Jelle schüttelte stumm den Kopf.

„Gut, dann wär's das fürs Erste", sagte Arie nach einem vernehmlichen Räuspern. „Ich würde sagen, diese anscheinend unerwarteten Erkenntnisse verdauen Sie jetzt erst einmal, halten sich aber bitte weiterhin zu unserer Verfügung."

„Kann … kann ich meine Aussage auch widerrufen?", fragte ein furchtbar bleicher Jelle, als er wie ferngesteuert das Protokoll entgegennahm, das ihm die Sekretärin hinhielt.

„Selbst wenn Sie es täten, müssten wir der Sache nachgehen", behauptete Sophie. „Das Protokoll nicht zu unterschreiben, würde also nichts ändern." Sie zögerte kurz, bevor sie hinzufügte: „Aber vielleicht beruhigt es Sie zu hören, dass wir Marius sowieso schon im Visier hatten."

„Warum denn das?"

„Wir sind von der Polizei", antwortete Arie. „Es ist unser Job, möglichst schnell möglichst viel herauszubekommen."

„Können wir jetzt gehen?", fragte Jelle, auch wenn er

nicht so aussah, als würde er besonders viel Wert darauf legen, mit Menko, der noch immer wie vor den Kopf geschlagen dastand, wieder alleine zu sein.

„Natürlich, Herr Holtinga, kein Problem", meinte Arie. „Wie gesagt, wir kommen wieder auf Sie zu, wenn wir noch Fragen haben. Vielen Dank, dass Sie hier waren."

„Das ist ja 'n Ding!", sagte Sophie, als die beiden Männer die Tür hinter sich ins Schloss gezogen hatten.

„*Ja, ongelofelijk.*"

„Und weißt du was?"

„Was?"

„Ich brauche jetzt erst mal einen starken Kaffee, um das zu verdauen."

Arie grinste. „Da schließe ich mich gerne an. Und dann statten wir Marius noch einmal einen Besuch ab. Der dürfte sich spannender gestalten als bisher angenommen."

17

„Es … es tut mir leid", sagte Jelle, als sie ihre Fahrräder an der Gangway des Hausbootes anschlossen. Menko hatte kein Wort mehr mit ihm gesprochen, seit sie das Büro des *inspecteurs* van Dijk verlassen hatten. Natürlich war Menko sauer, wie sollte es auch anders sein. Jelle hatte seinen Neffen an die Polizei verraten, das war unverzeihlich, auch wenn es keine Absicht gewesen war. Zumal es ja auch nur einen vagen Verdacht gegen Marius gab. Einen verdammt vagen noch dazu. Und für den hatte Jelle seine Freundschaft zu Menko aufs Spiel gesetzt. Na prima. Es stimmte schon: Er, Jelle Holtinga, war ein Versager. Endlich mal, nur ein einziges Mal in seinem Leben hatte er etwas richtig machen wollen; stattdessen hatte er mal wieder alles verschlimmert. Seine Freundschaft zu Menko konnte er damit wohl vergessen, genauso wie seinen Job, von dem er sich so viel versprochen hatte. Adieu Urlaub, adieu Hausboot, adieu besseres Leben! Aber wer so danebengriff wie er, der hatte es auch nicht anders verdient.

„Ich wollte es nicht", trat Jelle erneut die Flucht nach vorne an, als Menko noch immer schwieg. „Wirklich nicht. Ich konnte ja nicht wissen, dass Marius dein Neffe ist. Ich hatte keine Ahnung. Wenn ich es gewusst hätte, dann …"

„*Het ist goed*", unterbrach Menko ihn und machte eine einladende Bewegung. „Komm, lass uns ein Bier trinken.

Das müssen wir beide erst einmal verdauen, oder?" Er zwinkerte Jelle mit einem Lächeln zu. „Manchmal laufen die Dinge total verrückt, *toch*?"

Ja, das fand Jelle allerdings auch. Zum Beispiel jetzt. Er verstand die Welt nicht mehr. War Menko denn gar nicht sauer auf ihn? Konnte das sein?

Jelle zeigte nun ebenfalls ein vorsichtiges Lächeln. Noch traute er dem Frieden nicht so recht. Denn auch mit falscher Freundlichkeit hatte er so seine Erfahrung.

Doch Menko schien tatsächlich nicht wütend zu sein, denn während sie die Terrasse des Hausbootes ansteuerten und auf dem Weg zwei Flaschen Bier aus dem Kühlschrank nahmen, plauderte er plötzlich munter drauf los. „Du musst wissen, Jelle", sagte er in leutseligem Tonfall, „dass es mit Marius immer nur Schwierigkeiten gab. Und wenn ich sage, immer, dann meine ich auch immer. Für seine Mutter, also meine Schwester, ist er ein echtes Kreuz, sie tut mir aufrichtig leid. Sie hat mit ihm schon so viel durchgemacht, immer gab es Ärger. Und nun auch noch das. Ein Mord. Ich weiß gar nicht, wie sie das verkraften soll." Nach dieser Ansprache setzte Menko seine Bierflasche an den Mund und nahm einen großen Schluck, bevor er fortfuhr: „Es ist unfassbar, wozu dieser Junge alles fähig ist. Ich hatte ihm ja vieles zugetraut, aber einen Mord ... *onbegrijpelijk*!" Er steckte sich eine Zigarette an und zog hastig daran. Sein Blick bewegte sich sorgenvoll übers Wasser.

„Aber vielleicht war er es ja gar nicht", wandte Jelle ein, als sein Freund eine Redepause einlegte. „Ich meine, es gibt keinen Beweis oder so, dass er es war. Vielleicht hat er ja wirklich nur rumgesponnen, weil er sich mal wieder wichtigmachen wollte." Er nickte entschieden. „Ja, ich glaube sogar, dass es so war. Ein Mörder ist Marius ganz sicher nicht." Er fügte kleinlaut hinzu: „Ich hätte nicht zur Polizei gehen sollen. Es war ein Fehler."

„War es nicht. Du hast alles richtiggemacht, Jelle." Menko prostete ihm zu. „Nun mach dir keine Gedanken mehr darum, der Rest ist Sache der Polizei."

Jelle sah ihn zweifelnd an. „Ich sollte es Marius sagen", meinte er. „Bestimmt ist er dann sauer, aber er hat wenigstens eine Chance, sich auf den Besuch der Polizei vorzubereiten."

„Lass es, Jelle. Das muss er schon alleine ausbaden", widersprach Menko. Er zog die Augenbrauen zusammen, dass sie nur noch einen durchgehenden Strich bildeten. „Seine Mutter hat ihn viel zu oft in Schutz genommen. Noch schlimmer aber war seine Oma, also meine Mutter. Ganz egal, was Marius auch angestellt hat, sie hat sich immer schützend vor ihn gestellt. Aus irgendeinem Grund ist sie auch heute, nach allem, was er verbrochen hat, noch immer der Meinung, aus Marius könne irgendwann ein guter Mensch werden. Hm." Er zog an seiner Zigarette. „Mal sehen, was sie sagt, wenn sie erfährt, dass er die junge Frau umgebracht hat, die man auf ihrem Grundstück gefunden hat."

Jelle riss erschrocken die Augen auf. „Aber du willst es ihr doch nicht etwa sagen?", krächzte er mit plötzlich zittriger Stimme. „Ich meine, es ist doch gar nicht klar, dass er es war. Es ist nur ein Verdacht."

„Ich?" Menko tippte sich an die Brust. „Nein, ich werde ganz sicher nicht derjenige sein, der Mama derart in Aufregung versetzt. Sie ist ziemlich krank, *weet je wel*?" Er strich mit dem Finger einen Krümel Tabak von der Zunge und schnippte ihn weg. „Doch natürlich wird sie es erfahren müssen, wenn es soweit ist. Mir graut heute schon vor diesem Tag. *Verschrikkelijk*[21]!"

„Du glaubst wirklich, dass er es war?"

„Ja. Zugegeben, als sein Name fiel, hatte ich zunächst auch Zweifel. Der Gedanke, mein eigener Neffe könnte jemanden ermordet haben, war einfach unfassbar. Aber je länger ich darüber nachdenke, desto wahrscheinlicher erscheint es mir, dass er es war. Es ist die logische Konsequenz aus allem, was er ..." Menko stockte. „Wie lange kennst du Marius?", fragte er.

Jelle musste kurz überlegen. „Noch nicht so lange. Ein gutes Jahr vielleicht. Wir haben uns auf dem Arbeitsamt getroffen. Man muss da immer so lange warten, und da hat er mich angequatscht."

„Du hättest lieber die Flucht ergreifen sollen."

„So schlimm ist Marius gar nicht", sagte Jelle reflexartig, obwohl es gar keinen Grund gab, ihn zu verteidigen. Eigentlich behandelte Marius ihn schon immer wie einen Trottel. Ständig hatte er etwas an ihm herumzumäkeln, hielt ihn für einen Schwächling und sagte es ihm auch. Marius war ganz sicher nicht der, den man sich zum Freund wünschte. Aber damals, als Marius ihn angesprochen hatte, war Jelle einfach nur froh gewesen, von einem so coolen Typen überhaupt wahrgenommen zu werden.

„Halt dich von ihm fern", riet Menko ihm nun. „Er wird es nicht einfach so hinnehmen, wenn er erfährt, dass du ihn verpfiffen hast."

---

[21] schrecklich

Jelle sog scharf die Luft ein. „Du meinst, die Polizei wird ihm sagen, dass ich es war?"

„Nein. Aber er wird es herausbekommen. Er hat da so seine Quellen."

„Quellen? Was für Quellen?" Jelle spürte, wie sich ihm die Nackenhaare aufstellten. Es war ein Fehler gewesen, Mann, ein verdammter Fehler!

„Glaub's mir einfach. Geh ihm aus dem Weg, bis sie ihn festgesetzt haben." Menko sah ihn eindringlich an. „Er hat einen Menschen umgebracht, Jelle, vergiss das nicht. Und wer einmal gemordet hat, hat nichts mehr zu verlieren. Warum sollte er also nicht den wichtigsten Zeugen ausschalten?"

„Georg hat es auch gehört", sagte Jelle schnell, wusste jedoch im selben Moment, wie hohl diese Bemerkung klang. Als würde das irgendetwas an seiner Situation ändern.

„Georg, wer auch immer das ist, hat ihn aber nicht verpfiffen", sagte Menko dann auch. Er nahm einen letzten Zug und drückte seine Zigarette im Aschenbecher aus. „Es wird ja nicht lange dauern, bis sie ihn verhaften, *hopelijk*. Obwohl …" Er runzelte die Stirn. „Deine Aussage alleine wird dafür nicht reichen. Also noch mal", er hob den Zeigefinger in Jelles Richtung, „halt dich von ihm fern, *hoor*! Am besten versteckst du dich irgendwo, bis dir von ihm keine Gefahr mehr droht."

Jelle schluckte schwer. Das waren ja tolle Aussichten! Dann jedoch kam ihm ein Gedanke. Aufgeregt ließ er seinen Blick über das in der Sonne glitzernde Wasser und die Hausboote schweifen, doch traute er sich kaum, seine Frage zu formulieren. Er schluckte einen Frosch hinunter, der sich in seiner Kehle breitgemacht hatte, und nahm allen Mut zusammen: „Meinst du, es wäre vielleicht …

hm ... Könnte ich vielleicht so lange hier bei dir wohnen? Auf dem Boot?"

„Nein", kam die prompte Antwort. Ein wenig zu prompt, für Jelles Geschmack. Menko musterte ihn aus schmalen Augen. „Natürlich wäre das grundsätzlich gar kein Problem, denn schließlich bist du mein Freund. Aber du glaubst doch nicht wirklich, dass Marius nicht erfährt, wer mit ihm bei der Polizei war."

„Von wem soll er es denn erfahren?"

„Ich sagte doch, er hat seine Quellen."

„Bei der Polizei?"

„Auch dort, ja."

„Aber es weiß doch keiner, dass du mit mir ..."

Menko schnitt Jelle mit einer harschen Geste das Wort ab, und sein Tonfall war plötzlich alles andere als freundlich. „Es geht nicht, Jelle, glaub's mir einfach, *hoor*?!" Als Jelle angesichts dieser Reaktion zusammenfuhr und sich eine tiefe Enttäuschung auf seinem Gesicht breitmachte, fügte er besänftigend hinzu: „Aber ich hab da trotzdem eine Idee."

„Was für eine Idee?"

„Ich weiß, wo du bleiben könntest."

„Und wo?"

Menko deutete in nördlicher Richtung. „Ich kenne da ein Haus, direkt am Dollart, hinterm Deich. Es gehört Freunden, die aber in Urlaub sind. Ich habe den Schlüssel. Sie haben bestimmt nichts dagegen, wenn du für eine Weile dort bleibst."

Jelle atmete erleichtert aus. „Klingt gut", sagte er und schenkte Menko ein Strahlen. Es tat einfach gut, einen Freund zu haben.

18

Marius hatte gerade das Hausboot seines Onkels Menko betreten wollen, als er Stimmen auf der Terrasse hörte. Eigentlich hatte er gehofft, Menko alleine anzutreffen, denn er wollte etwas Wichtiges mit ihm besprechen. Irgendwelche fremden Leute konnte er dafür wirklich nicht gebrauchen. Leider konnte er von seinem Standort aus nicht erkennen, wer sich bei seinem Onkel aufhielt. Also schlich er sich, von großen Blumenkübeln verdeckt, ein wenig näher heran, linste schließlich durch ein struppiges Buschwerk hindurch – und entdeckte Jelle. Verdutzt hielt er in der Bewegung inne. Was wollte denn der hier? Und was, um alles in der Welt, hatte Jelle mit Menko zu tun? Bislang hatte Marius noch nicht einmal gewusst, dass die beiden sich kannten, und nun tranken sie ein Bier miteinander, als wären sie alte Freunde. Seltsam.

„Ich kenne da ein Haus, direkt am Dollart, hinterm Deich. Es gehört Freunden, die aber in Urlaub sind. Ich habe den Schlüssel. Sie haben bestimmt nichts dagegen, wenn du für eine Weile dort bleibst", sagte Menko gerade.

Was? Marius verstand nur Bahnhof. Warum bot Menko seinem Kumpel Jelle seine Unterkunft an? Dass es das Haus von Freunden war, war nur die offizielle Version. Marius wusste, dass es anders war. Und nun sollte Jelle es nutzen? Was genau lief hier?

Als Menko nun in seine Richtung sah, ohne ihn jedoch zu entdecken, trat Marius lieber den Rückzug an. Er lief auf leisen Sohlen den Steg hinab bis zu den Parkplätzen und versteckte sich hinter einem der dort parkenden Fahrzeuge, von dem aus er Menkos Hausboot gut im Blick hatte. Er musste unbedingt wissen, was hier passierte. Da es bereits Abend war, vermutete er, dass Jelle bald gehen und seine Unterkunft am Deich beziehen würde. Wofür auch immer das gut sein sollte. Aber er würde schon noch dahinterkommen.

Verdammt! Marius fluchte, als er jetzt Jan und Derk den Weg entlangspazieren sah. Er hatte angenommen, sie längst abgeschüttelt zu haben. Selbst zum verlassenen Hof hatten sie ihn verfolgt. Nachdem er dort mit seiner Großmutter Blumen abgelegt und sie zurück in ihre Wohnung gebracht hatte, war er durch den Hintereingang geschlüpft, um den beiden endlich zu entwischen. Aus irgendeinem Grund schien das jedoch nicht geklappt zu haben. Vermutlich hatten sie ihn in Onderdendam am Straßenrand trampen und in ein Fahrzeug einsteigen sehen und waren ihm in ihrem eigenen Auto gefolgt. Nun gab es keinen Zweifel mehr, dass sie hinter ihm her waren. Doch warum? Hatte Jelle ihnen gegenüber gequatscht?

Er fluchte lautlos. Wenn er auf eines keine Lust hatte, dann war es auf eine Auseinandersetzung mit diesen Studentenfuzzis, für die es wahrscheinlich außer Frage stand, dass er die Schuld an Karlas Tod trug. Für Leute wie sie waren Leute wie er immer die Schuldigen, ganz egal, was auch passierte. Schwarz und Weiß, Weiß und Schwarz, mehr kannten sie nicht, in ihrer ach so piekfeinen Welt. Karla war genauso gewesen, arrogant und voller Vorurteile.

Nun, wohin so was führte, hatte sie ja am eigenen Leib erfahren.

Und dann waren da ja auch noch die beiden Bullen, die ausgerechnet dann aus Elsies Garten gekommen waren, als seine Großmutter und er dort eintrafen. Die Kommissarin hatte ihn erkannt, das war klar. Natürlich fragte sie sich nun, was er in Onderdendam zu suchen hatte. Womöglich hatte sie längst herausgefunden, in welcher Beziehung er zum Ehepaar Brandsma stand. Es war also nur eine Frage der Zeit, bis sie ihn wieder belästigten. Und vermutlich würden sie sich dann nicht so einfach abwimmeln lassen wie am Vormittag in seiner Wohnung.

Momentan aber interessierte sich Marius viel mehr für Jelle. Er fragte sich, ob dessen Besuch bei Menko womöglich mit dem Mord in Zusammenhang stand. Doch so sehr er auch überlegte, es fiel ihm absolut keine Erklärung ein, warum es so sein sollte. Nein, es musste einen anderen Grund geben, warum Jelle hier war. Vielleicht einen harmlosen, doch mochte Marius auch daran nicht so recht glauben. Nun, er würde es herausfinden, und wenn er es aus Jelle herausprügelte.

Derk und Jan liefen an ihm vorbei, ohne ihn hinter dem Auto zu entdecken. Sie sahen ziemlich frustriert aus. Leider konnte er nicht verstehen, was sie sagten, denn der frische Wind trug ihre Worte in die entgegengesetzte Richtung davon. Vermutlich gingen sie davon aus, ihn nun endgültig aus dem Blick verloren zu haben. Nachdem sie noch etwa einhundert Meter entlang der Hausbootsiedlung gegangen waren, drehten sie um und waren bald wieder dicht bei ihm. Alles in ihm drängte danach, brüllend auf sie loszurennen, seine Fäuste auszufahren und ihnen gründlich die

Fresse zu polieren, doch riss er sich am Riemen. Aufmerksamkeit konnte er nun weiß Gott nicht gebrauchen.

Plötzlich blieben die beiden stehen und starrten mit offenen Mündern auf Menko und Jelle, die gerade aus dem Hausboot kamen.

„Was glotzt ihr denn so?", blaffte Menko sie an, als sie keine Anstalten machten, weiterzugehen, sondern wie zur Salzsäule erstarrt dastanden. „Noch nie ein Hausboot gesehen?"

„Was macht ihr denn hier?", fragte Jelle im gleichen Moment.

„Du kennst die beiden?", fragte Menko.

„Ja. Es sind Freunde von Karla. Jan und Derk. Keine Ahnung, was sie hier wollen."

„Ach so?" Plötzlich wirkte Menkos Gesichtsausdruck nicht mehr genervt, sondern interessiert. Und auch ein bisschen – verschlagen? Seine Augen verengten sich zu schmalen Schlitzen, als er sie von oben bis unten musterte. „Und was sucht ihr hier?", fragte er. „Karlas Mörder vielleicht?" Er legte den Kopf in den Nacken und lachte. Marius verzog das Gesicht zu einem Grinsen. Er mochte den etwas seltsamen Humor seines Onkels.

„Was machst du hier?" Derk ignorierte Menkos Bemerkung und konzentrierte sich auf Jelle. „Bist du mit Marius hier? Wo ist er?"

„Mit Marius? Wieso das denn? Habt ihr ihn gesehen?" Jelle sah sich hektisch um und trat zwei Schritte zurück, als hätte sein Gehirn soeben den Fluchtinstinkt aktiviert.

„Wir müssen jetzt gehen. War nett, mit euch zu plaudern", sagte Menko und schien es plötzlich furchtbar eilig zu haben. Er legte Jelle die Hand auf den Rücken und schob ihn in Richtung der Parkplätze. Sein Geländewagen stand keine zehn Meter entfernt.

„Habt ihr Marius auf dem Hausboot versteckt, oder warum habt ihr es plötzlich so eilig?", fragte Derk. „Wisst ihr eigentlich, was darauf steht, wenn ihr einem Mörder Schutz gewährt?"

Aus einem Reflex heraus zuckte Marius genauso zusammen wie die anderen, als Menko sich jetzt auf dem Absatz umdrehte und mit einem großen Satz vorsprang. Er packte Derk am Schlafittchen und zischte ihm zu: „Wag es ja nicht, meinem Hausboot auch nur einen Schritt näher zu kommen, *hoor*?! Es geht euch einen Scheißdreck an, was Jelle und ich hier machen. Also verpisst euch und lasst euch nie wieder hier blicken! Ihr würdet es bereuen, das kann ich euch versprechen." Er stieß Derk mit solcher Wucht von sich, dass der strauchelte und sich Sekunden später im Staub sitzend wiederfand.

Perplex kauerte sich Marius noch ein bisschen weiter hinter das Auto. Was war denn in seinen Onkel gefahren? So aggressiv hatte er ihn ja noch nie erlebt! Normalerweise blieb er total cool, wenn man ihn anging. Gab es tatsächlich etwas, was er auf seinem Hausboot versteckte? Keinen Mörder vielleicht, aber … Marius stutzte. Erst jetzt ging ihm auf, dass er es war, den Derk soeben als Mörder tituliert hatte! Also doch! Karlas Freunde hatten ihn in Verdacht. Schöne Scheiße!

Marius' Blick fiel auf Jelle, der mit hängenden Schultern dastand wie ein geprügelter Hund. Ja, irgendetwas musste vorgefallen sein, wovon Marius nichts wusste. Und er hasste es, nichts zu wissen! Dass es ausgerechnet Jelle war, der offensichtlich ein Geheimnis vor ihm hatte, ärgerte ihn ganz besonders. Was nahm sich dieses Opfer eigentlich heraus?! Marius hatte angenommen, ihn sich inzwischen wunderbar zurechtgebogen zu haben. Jelle war eine Null, leicht zu manipulieren. Eigentlich hatte er ihn damit beauftragen wollen, ein wenig bei Karlas Studentenfreunden herumzuschnüffeln und herauszufinden, warum Jan und Derk hinter ihm her waren. Aber das konnte er ja nun wohl vergessen.

Ein Anfall von Eifersucht durchfuhr Marius, als er Menko und Jelle in den Geländewagen steigen und gleich darauf davonbrausen sah. Bislang hatte er immer geglaubt, dass er nicht nur Menkos Neffe, sondern auch dessen bester Kumpel sei. Aber plötzlich war da Jelle, den Menko sogar im Haus am Deich unterbrachte. Schon ein paarmal hatte Marius seinen Onkel gefragt, ob er sich mal eine Zeitlang dort aufhalten dürfe, aber der hatte das nie gewollt. Er traue ihm diesbezüglich nicht über den Weg, hatte er gesagt. Man müsse sich ja nur mal bei ihm in der Leeraner Wohnung umsehen, um zu wissen, dass es keine gute Idee sei, ihn im Haus am Deich wohnen zu lassen. Für Jelle aber, der keinen Deut ordentlicher oder gar sauberer war als Marius, schienen andere Gesetze zu gelten.

Aber nicht mehr lange. Dafür würde Marius schon sorgen.

19

Bevor er sich zu Sophie Reimers an den Tisch setzte, ging Arie van Dijk noch einmal vor die Tür, um mit seiner Schwester zu telefonieren. Seit er wusste, dass Aukje mit Karla zusammen an diesem Projekt gearbeitet hatte und es wohl auch weiterhin tat, hatte ihn eine innere Unruhe erfasst, die er sich kaum zu erklären wusste. Er hatte Angst um sie, auch wenn es bislang nur vage Vermutungen in diesem Fall gab. Ob es übertrieben wäre, sie zu bitten, diese Nacht bei Freunden zu verbringen? Sie so ganz alleine in ihrer Wohnung zu wissen, bereitete ihm ein ungutes Gefühl. Aber konnte er diese Bitte tatsächlich äußern, ohne seine Schwester in Panik zu versetzen? Andererseits wäre es unverzeihlich, sie ungeschützt in ihren eigenen vier Wänden zu lassen, wenn sie wirklich in Gefahr schwebte.

Arie stöhnte gequält auf. Es war wie verhext. Er hatte so etwas noch nie erlebt. Normalerweise war er ein sachlich und logisch agierender Ermittler. Diesmal aber schien ihm die für seinen Job nötige emotionale Distanz abhandengekommen zu sein. Was natürlich niemand wissen durfte, wollte er nicht riskieren, von diesem Fall abgezogen zu werden.

Und was, wenn er selbst bei Aukje übernachtete, setzte er seinen Gedankengang fort. Dann könnte er zumindest sicher sein, an Ort und Stelle zu sein, wenn etwas vorfallen sollte. Doch auch das würde nicht ohne Begründung gehen. Noch nie hatte er bei Aukje geschlafen, denn schließlich hatte er in Groningen seine eigene Wohnung. Auch in diesem Fall würde sie also Verdacht schöpfen, dass irgendetwas im Busch war. Hm. Aber hatte sie das bei seinem Auftritt heute Nachmittag nicht sowieso schon? Würde es also einen Unterschied machen, wenn …?

„Arie?" Sophie war neben ihn getreten und deutete auf sein Smartphone. Erst jetzt wurde ihm bewusst, dass er es ständig von einer Hand in die andere legte. „Wolltest du nicht telefonieren? Stattdessen stehst du hier herum und führst Selbstgespräche. Was ist los?"

Er hatte Selbstgespräche geführt? Auch davon hatte er nichts mitbekommen. Das war kein gutes Zeichen. „Ist schon gut", sagte er laut, wie um sich zu beruhigen, und schob das Smartphone in die Hosentasche zurück. „Es hat sich erledigt. Lass uns reingehen."

„Warum bist du so nervös?", ließ Sophie nicht locker. „Ist es wegen Marius?"

Ja, dachte Arie, es war auch wegen Marius. Es hatte ihn nicht gerade beruhigt, dass der junge Mann unauffindbar war. Weder hatten sie ihn in seiner Leeraner Wohnung angetroffen, noch hatten sich die niederländischen Kollegen gemeldet, die er gebeten hatte, sowohl in Onderdendam als auch in Groningen verstärkt nach ihm Ausschau zu halten. Was nichts heißen musste, denn schließlich konnte Marius überall und nirgends sein. „Wir gehen einfach später noch mal bei ihm vorbei. Kann ja gut sein, dass er spät nach Hause kommt", sagte er ausweichend. „Ansonsten werden wir ihn morgen finden." Er hielt Sophie die gläserne Eingangstür des Restaurants auf. „Bitte schön", sagte er und machte eine galante Geste. „Jetzt essen wir erst mal was, mein Magen ist ein großes schwarzes Loch."

Während er die Speisekarte studierte, musste sich Arie zusammenreißen, nicht ständig auf sein Smartphone zu starren, das er vor sich auf den Tisch gelegt hatte. Schließlich nahm er es mit einem stummen Fluchen hoch und ließ es in der Hosentasche verschwinden. Er ermahnte sich, die Ruhe zu wahren und sich nun ganz und gar auf seine Kollegin zu konzentrieren, die ihm über die Speisekarte hinweg immer wieder skeptische Blicke zuwarf.

Die Kellnerin kam zu ihnen an den Tisch, und sie bestellten jeder eine Pizza. Dazu orderte Arie einen guten italienischen Rotwein, der ihm hoffentlich helfen würde, innerlich ein wenig zur Ruhe zu kommen.

„Inmitten einer Ermittlung vergesse ich schnell mal das Essen", sagte Sophie und rieb sich den Bauch. „Es kam schon vor, dass ich nach der Aufklärung eines Falls zwei Kilo weniger auf die Waage brachte als vorher. Geht es dir auch so?"

Arie lächelte. Er war ihr dankbar für dieses Ablenkungsmanöver, auch wenn es durchschaubar war. Es war wirklich an der Zeit, mal an andere Dinge zu denken. Noch dazu in so reizender Gesellschaft. Erst jetzt fiel ihm auf, wie gut Sophie auch nach diesem anstrengenden Arbeitstag noch aussah. Sie war wirklich eine attraktive Frau. Es war zwar nicht so, dass ihm ihr gutes Aussehen nicht schon vorher aufgefallen war, doch nahm er es hier im Restaurant bei Dämmerlicht und Kerzenschein noch mal ganz anders wahr.

„Zwei Kilo abgenommen?", ließ er sich nun mit einem Augenzwinkern auf das Ablenkungsmanöver ein. „Ich

fürchte, dass mir das noch nie passiert ist. Eher umgekehrt. Zwar esse ich in solchen Zeiten tagsüber auch
wenig, aber dafür liebe ich es, abends auf dem Sofa all das
zu verdrücken, was dick macht. *Vreselijk* [22]. Aber nicht zu
ändern." Er hob die Hand zum Schwur. „Ich schwöre, ich
hab's versucht. Das hier zum Beispiel ist die Hölle", deutete
er nun auf den „Gruß aus der Küche", den die Kellnerin gerade auf den Tisch stellte. „Verschiedene Dips, mit viel Fett
als Geschmacksträger." Er langte nach einem Stück Baguette, tauchte es in das Aioli, schob es sich in den Mund
und verdrehte genüsslich die Augen. „Mh. *Echt lekker.*"

Noch ehe Sophie etwas erwidern konnte, begann Aries
Smartphone zu klingeln. „Sorry", sagte er und kramte
hektisch in der Hosentasche. „Normalerweise stelle ich es
beim Essen aus, aber unter diesen … Ja?", unterbrach er
sich selbst, dann lächelte er. *„Oh, ben jij het, Elsie."* Er stand
auf, warf Sophie einen entschuldigenden Blick zu und ging
erneut vor die Tür.

Als er Minuten später zurückkam, stand die Pizza bereits auf dem Tisch und Sophie hatte angefangen zu essen.
„Entschuldige", sagte sie mit vollem Mund, „aber ich hatte
jetzt wirklich Hunger." Sie hob das Weinglas, um mit ihm
anzustoßen, was er gerne erwiderte.

Nach einem weiteren Stück Baguette und einem Schluck
Wein sagte Arie: „Ich weiß, dass du jetzt ganz sicher nicht
über den Fall reden möchtest, aber …"

Sophie unterbrach ihn mit einer Geste. „Schon gut. Hat
Elsie denn etwas Interessantes gesagt?"

„Ich weiß nicht, ob es für uns interessant ist. Oh. Die

---

[22] schlimm

Pizza sieht gut aus." Er schnitt eine Ecke aus der Pizza heraus. Der Käse zog Fäden, als er es in die Hand nahm und abbiss. „Warum grinst du?"

„Weil ich nur wenige kenne, die Pizza in Gegenwart anderer mit den Fingern essen", erklärte sie. „Die meisten benutzen Messer und Gabel. Im Restaurant sowieso."

„Du kennst aber komische Menschen", sagte Arie mit vollem Mund und schob gleich einen zweiten Bissen hinterher.

Sophie wartete, bis er die ganze Ecke verputzt hatte, dann fragte sie erneut nach seinem Telefonat mit Elsie.

„Ach so, ja." Arie wischte sich die Finger an einer Serviette ab. „Sie hat sich Gedanken wegen Marius gemacht."

„Wegen Marius?"

„Ja. Du erinnerst dich, dass er mit seiner Großmutter bei Elsie war?"

„Natürlich."

„*Nou*, er hat sie gefragt, was wir von ihr wollten. Angeblich machte er dabei einen ziemlich nervösen Eindruck."

„Aha." Sophie goss sich und Arie Wasser ein. „Das wundert mich nicht, noch dazu nach unserem Besuch am Vormittag. Natürlich muss er sich fragen, was wir von Elsie wollten."

„Ja, aber Elsie wusste nicht, dass wir bei ihm gewesen waren. Sie hat mich gefragt, was es mit seiner Nervosität auf sich hat."

„Und was hast du geantwortet?"

„Ich hab ihr gesagt, dass ich über laufende Ermittlungen nicht reden darf."

„Sehr vorbildlich." Sophie schnitt eine weitere Ecke ihrer Pizza ab. „Und was hast du ihr wirklich gesagt?"

Arie war baff. Er hatte nicht gewusst, dass er so durchschaubar war. „Woran hast du erkannt, dass ich ein wenig … geklunkert habe?"

„Geflunkert, du hast geflunkert." Sophie grinste. „Nun, mein Beruf erfordert eine gewisse Menschenkenntnis."

„Ich bin beeindruckt."

„Das freut mich. Also, was hast du Elsie geantwortet?"

„Dass es einen Hinweis gegeben hat, er könne etwas zur Aufklärung des Falls beitragen."

„Diplomatisch gelöst." Sophie nickte anerkennend. „Ich nehme aber an, dass Elsie es trotzdem richtig verstanden hat."

„*Natuurlijk*. Sie war lange genug mit mir verheiratet, um diese Aussage entschlüsseln zu können. Eine Art Code, du verstehst?"

„Und? Hat sie sich gewundert?"

„Nein, nicht wirklich. Zwar kennt sie Marius nicht besonders gut, aber über ihn erzählt man sich wohl so einiges in Onderdendam. Angeblich rufen einige Mütter ihre Kinder ins Haus, sobald er auftaucht."

„Drogen?"

Arie sah sie perplex an. „Woher weißt du denn das nun schon wieder?"

Sophie tippte sich an die Stirn. „Mein messerscharfer Verstand, schon vergessen?"

„Ich werde einen Antrag stellen, dass du unverzüglich in meine Dienststelle versetzt wirst."

„Nicht so vorschnell, bitte. Warte wenigstens, bis wir diesen Fall erfolgreich abgeschlossen haben", mahnte Sophie, kam dann jedoch gleich wieder auf Marius zu sprechen. „Elsie glaubt also, dass Karlas Tod irgendetwas mit Drogenhandel zu tun haben könnte?"

„Das hat sie so direkt nicht gesagt", schränkte Arie ein. „Aber sie meinte, ich sollte wissen, dass er in Sachen Drogen einiges auf dem Kerbholz hat."

„Würde sie Marius einen Mord zutrauen?"

„Grundsätzlich traut sie ihm alles zu, sagt sie. Wie beinahe jeder in Onderdendam. Auch wenn seine Oma wohl schon immer der Ansicht war, ihr kleiner Junge könne kein Wässerchen trüben. In Bezug auf Marius scheint sie ein wenig an Realitätsverlust zu leiden."

„Dass er sich um sie kümmert und sie im Rollstuhl durch Onderdendam spazieren schiebt, spricht aber für ihn", stellte Sophie fest. „Ein durch und durch schlechter Mensch kann er also nicht sein."

„Selbst Panzerwagen haben eine verletzliche Stelle", erwiderte Arie. „Dass er seine Oma mag, macht ihn noch nicht zu einem Heiligen."

„Was wollten er und seine Großmutter denn bei Elsie? Kennen sie sich gut?"

„Wie man sich in einem kleinen Ort eben kennt. Sie wollten Blumen holen, um sie an Karlas Fundort abzulegen."

„Das heißt, am eigenen Hof", schlussfolgerte Sophie. „Das zeigt eine gewisse Größe, wenn man bedenkt, dass die Brandsmas ihn erst am Abend zuvor unfreiwillig verlassen mussten."

„Vielleicht hat Marius sie überredet, es zu tun", mutmaßte Arie.

„So nach dem Motto, der Täter kehrt immer an den Tatort zurück?"

„Wer weiß. Ich würde ihn ja gerne danach befragen, aber ..."

Sophie fiel ihm ins Wort. „Weiß Marius denn, dass du mal mit Elsie verheiratet warst?"

Arie zuckte die Schultern. „Keine Ahnung. Elsie und ich haben in Groningen gewohnt. Sie ist erst nach unserer Scheidung nach Onderdendam gezogen. Wieso fragst du?"

„Weil es doch sein kann, dass Marius gar nicht zufällig bei Elsie war. Vielleicht hat er gehofft, irgendetwas zum Stand der Ermittlungen herauszubekommen."

„Du meinst, er hat uns in Onderdendam gesehen und hat seine Großmutter deshalb die Sache mit den Blumen ins Ohr gesetzt?"

„Möglich wär's. Verbrecher sind manchmal sehr berechnend, weißt du?"

„Ich hörte davon." Arie legte sein Besteck beiseite, nachdem er das letzte Stück seiner Pizza gegessen hatte. „Wir sollten auf jeden Fall nachher noch bei ihm zu Hause vorbeigehen, meinst du nicht?"

„Ganz deiner Meinung. Und vor allem sollten wir uns noch mal genau seine Akte ansehen. Außerdem rufe ich die diensthabenden Kollegen mal an, sobald wir hier raus sind. Die Spuren, die der Täter an Karlas Leiche hinterlassen hat, werden gerade bei uns ausgewertet. Wenn wir Glück haben, konnte die KTU einen Treffer landen. Dann könnten wir Marius gleich verhaften."

Arie seufzte. Und er bräuchte sich keine Sorgen mehr um seine Schwester zu machen. Das wäre wirklich gut, fügte er in Gedanken hinzu. Er winkte der Kellnerin und forderte die Rechnung an.

20

Es war an der Zeit, sich um Aukje zu kümmern. Stunde um Stunde hatte er nun vor ihrem Haus gesessen und auf sie gewartet. Aber sie hatte ihre Wohnung nicht mehr verlassen. Dafür war ihre Freundin Mina jetzt schon seit einer ganzen Weile bei ihr. Mit viel Glück blieb sie über Nacht. Das gäbe ihm die Möglichkeit, zwei Fliegen mit einer Klappe zu schlagen. Er würde sie im Schlaf überraschen und dann ... Was für ein Fest!

Doch war es noch zu früh, sich unbemerkt an sie heranzuschleichen. Hinter den Fenstern im dritten Stock brannte Licht. Nun, er hatte Geduld. Die Nacht war noch lang.

Für Aukje aber würde sie die kürzeste ihres Lebens sein. Und die letzte.

Er grinste, während er auf seinem Smartphone das Foto betrachtete, in dem nach wie vor der Dartpfeil steckte. Schade eigentlich, dass Aukje nichts von ihrem nahen Ende wusste. Es wäre schön gewesen zu beobachten, wie sie noch einige Stunden in Todesangst verharrte.

Sein Handy fiepte. Als er die Nachricht las, runzelte er verärgert die Stirn. Eine Planänderung? Was sollte denn das?

Egal. Dann musste Aukje eben warten. Man konnte nicht alles haben. Aufgeschoben war ja bekanntlich nicht aufgehoben. Und die Alternative war alles andere als uninteressant. Also würde er sich jetzt auf sie konzentrieren.

Er freute sich drauf.

21

Menko hatte sich nicht lange aufhalten lassen, nachdem er Jelle zum Haus am Deich gebracht hatte, sondern sich nach einem anscheinend unerwarteten und wenig erfreulichen Telefonat gleich wieder auf den Rückweg nach Groningen gemacht. Worum genau es in diesem Telefonat gegangen war, hatte Jelle nicht mitbekommen. Menko war äußerst wortkarg gewesen, nur die Sorgenfalten auf seiner Stirn hatten verraten, dass die Situation ernst war. Zwischen Tür und Angel hatte Menko ihm noch schnell einen Rucksack in die Hand gedrückt, ihn in hastig dahingeworfenen Erklärungen mit einem Auftrag betraut und die Zielkoordinaten der nächsten Lieferung in Jelles Smartphone getippt.

Damit hatte Jelle hier oben am Ende der Welt ja nun ganz und gar nicht gerechnet, aber ihm sollte es recht sein. Jeder Auftrag, den er bekam, brachte ihn seinem Ziel, in einem sonnigen Land Urlaub machen zu können, ein kleines Stückchen näher. Und dieser Auftrag war sogar ganz besonders gut bezahlt. Worüber also sollte er sich beschweren?

Er saß auf einem abgenutzten Sofa und starrte auf den nicht allzu großen, olivgrünen Rucksack, der direkt neben der Zimmertür stand. Manchmal – und gerade in diesem Fall – juckte es ihn ja schon in den Fingern, einfach mal hineinzuschauen, um zu erfahren, was genau er da eigentlich immer von einem Ort zum anderen transportierte. Aber wollte er das wirklich? Schließlich hatte Menko ihm nicht nur einmal eingeschärft, dass ihn die Ware nichts angehe. Deshalb ging Jelle davon aus, dass es womöglich nicht ganz legal war, was er hier tat. Vielleicht war es daher besser, nichts zu wissen. So könnte er immer noch den Überraschten spielen, sollte er mit seiner Fracht doch einmal in eine unangenehme Situation geraten.

Ein mulmiges Gefühl hatte er trotzdem. Denn plötzlich nahm die Sache eine für ihn ganz neue Dimension an. Heute sollte er laut Menkos Anweisung den Rucksack nicht innerhalb Groningens ausliefern, sondern über die deutsch-niederländische Grenze bringen. Auch wenn das Ziel seiner Lieferung vom Grundsatz her egal war, so bekam Jelle bei dem Gedanken, etwas über die Grenze schmuggeln zu müssen, einen dicken Kloß im Hals; obwohl diese Grenze ja eigentlich schon längst nicht mehr existierte und das Risiko daher ein überschaubares war.

Auch war nicht abzustreiten, dass es aus Menkos Sicht nur logisch war, ihn damit hier und jetzt zu beauftragen. Schließlich saß Jelle direkt an der Küste des Dollart, einer Meeresbucht im Mündungsbereich der Ems. Vom Haus am Reiderwolder Polderdijk waren es keine zwei Kilometer über die Westerwoldse Aa bis ins Nachbarland, hatte Menko ihm erklärt. Ein Fahrrad für diese Mission stehe im Schuppen. Er solle mit diesem der schmalen Straße Richtung Osten folgen, dann könne nichts schiefgehen. Auf der anderen Seite der Grenze erwarte ihn in der von hier etwa zehn Kilometer entfernten Ortschaft Ditzumerverlaat ein anderer Kurier, der den Weitertransport der Ware übernehmen würde. Jelle müsse dann nur noch ins Haus am Dollart zurückkehren.

Nun, das klang weder sonderlich kompliziert noch gefährlich. Also vertrieb Jelle mit ein paar tiefen Atemzügen das mulmige Gefühl im Bauch, wandte seinen Blick vom Rucksack ab und beschloss, sich nach etwas Essbarem umzuschauen. Es konnte nicht schaden, sich satt zu essen, auch wenn die sportliche Herausforderung trotz des frischen Windes am späten Abend keine allzu große sein würde.

Menko hatte ihm gesagt, dass er in den Küchenschränken sowie im Kühlschrank genug zu essen finden würde, und tatsächlich waren diese gut gefüllt. Fast schien es, als würden hier öfter mal Gäste übernachten. Ein wenig hatte sich Jelle gewundert, dass auf dem Grundstück mehrere Schilder standen, die darauf hinwiesen, dass das Betreten des Hauses verboten sei. Die Haustür war mit Klebeband versiegelt, doch schien sich niemand darum zu scheren. Warum auch? Schließlich sah das Haus alles andere als baufällig aus. Bestimmt war es nur eine reine Vorsichtsmaßnahme, wie sie derzeit an vielen Gebäuden in der Region Groningen getroffen wurde. Irgendetwas hatte es sicherlich mit dem Erdbeben vom Januar zu tun, von dem Marius ständig sprach. Angeblich hatten auch seine Großeltern dadurch ihr Heim verloren. Aber das alles interessierte Jelle nicht sonderlich. In diesem Haus jedenfalls ließ es sich gut aushalten. Eigentlich war es genau die Art Wohnen, die er sich schon immer gewünscht hatte. Vor allem, dass es weit und breit keine Nachbarn gab, gefiel ihm. Der nächste Bauernhof sei beinahe zwei Kilometer entfernt, hatte Menko ihm gesagt, Richtung Osten sei dieses Haus das letzte in einer Reihe einsam stehender Gebäude. Außer dem einen oder anderen Traktor komme kaum einmal ein Fahrzeug vorbei.

Nachdem Jelle eine Tiefkühlpizza aus dem Gefrierschrank gefischt und in den Backofen geschoben hatte, sah er sich ein wenig in seiner neuen Bleibe um. Küche und Wohnzimmer bildeten einen Raum. Das etwas biedere Mobiliar erinnerte Jelle an das seiner Großeltern und deutete darauf hin, dass hier ältere Leute gewohnt hatten. Anscheinend hatten sie kaum etwas von ihrem Hab und Gut mitgenommen, denn bis auf eine kahle Stelle an der Wand, an der wohl mal ein Bild gehangen hatte, deutete nichts darauf hin, dass irgendetwas fehlte. Über einen winzigen, nur durch einen unter der Haustür hindurchscheinenden Lichtschimmer beleuchteten Flur erreichte man das Schlafzimmer mit einem riesigen, altmodischen Bett und altrosafarbener Tagesdecke. Auch der Kleiderschrank aus dunklem Furnier war für den kleinen Raum eigentlich viel zu wuchtig. Auf Regalbrettern an der Wand standen Bücher und wenig freundlich dreinblickende Porzellanpuppen. Jelle schauderte ein wenig bei dem Gedanken, inmitten dieses Gruselkabinetts die Nacht verbringen zu müssen, aber natürlich war es allemal besser, als zu Hause in Leer womöglich mit Marius' Wutausbrüchen konfrontiert zu sein – die der ganz bestimmt bekommen würde, wenn er, auf welchem Wege auch immer, erfuhr, wer ihn bei der Polizei verpfiffen hatte.

Vom Flur ging noch eine weitere Tür ab, die in ein winzig kleines, mit rosa Fliesen gekacheltes Bad führte. Es verfügte lediglich über eine Dusche, ein WC und ein Waschbecken, die so dicht aneinandergedrängt ihr Dasein fristeten, dass ein normal gebauter Mensch kaum Platz hatte, sich einmal um die eigene Achse zu drehen.

Alles in allem mochte dieses Haus für einen Außenstehenden wenig ansprechend sein. Für Jelle aber war es das Paradies, und er hoffte, für eine möglichst lange Zeit bleiben zu können.

Wie Menko es ihm gesagt hatte, schnappte sich Jelle gegen einundzwanzig Uhr dreißig den Rucksack, holte das Fahrrad aus dem Schuppen und machte sich auf den Weg. Draußen begann es zaghaft zu dämmern, doch würde er noch mindestens eine Stunde Zeit haben, bis es tatsächlich dunkel war. Wenn er gut vorankam, dann könnte er bis dahin schon wieder zurück sein. Das moderne Sportfahrrad mit seinen vierzehn Gängen fuhr sich ganz fantastisch, und Jelle genoss den frischen Wind aus westlicher Richtung, der sein ohnehin rasches Tempo noch einmal steigerte. So dauerte es nicht lange, bis die Brücke, die über die Schleuse der Westerwoldse Aa führte, in Sichtweite kam.

Doch was war das? Jelle glaubte seinen Augen nicht zu trauen, als er in vielleicht dreihundert Metern Entfernung zwei Polizeiwagen sah. Er bremste so scharf ab, dass seine Reifen ein gequältes Quietschen von sich gaben, dann fokussierte er die Szenerie. Diverse Personen in Uniform hielten sich auf der Straße auf. Ein Fahrzeug stand direkt vor der Brücke und wurde ganz offensichtlich kontrolliert.

„Verdammte Kacke!", entfuhr es Jelle. Ausgerechnet heute veranstaltete die Polizei hier mitten im Nirgendwo eine Kontrolle? Er musste nicht lange überlegen, um zu wissen, was es mit dieser Aktion auf sich hatte, denn es kam immer mal wieder vor, dass die Grenzübergänge gesperrt wurden. In der Regel dann, wenn es einen konkreten Hinweis auf grenzüberschreitenden Drogenschmuggel gab.

„Oh Shit, doch nicht ausgerechnet heute!" Gefangen zwischen Wut und Verzweiflung schlug Jelle auf sein Lenkrad ein. Zwar wusste er nicht, was genau er in seinem Rucksack transportierte, aber es dürfte klar sein, dass Menko es ungern in den Händen der Bullen finden würde. Ganz sicher aber würden diese einen Radfahrer mit Rucksack nicht einfach so passieren lassen, noch dazu an diesem gottverlassenen Ort. Genauso sicher war es, dass Menko stinksauer würde, wenn Jelle seinen Auftrag nicht planmäßig erledigte. Nicht nur einmal hatte Jelle zu hören bekommen, dass Zuverlässigkeit und Pünktlichkeit das absolut Wichtigste an diesem Job seien, Verzögerungen würden daher auf gar keinen Fall geduldet werden. Was also tun?

Hektisch sah sich Jelle um. Wenn er die Polizisten von hier aus erkennen konnte, dann war es nicht ausgeschlossen, dass auch sie ihn entdeckten. Es stand außer Frage, dass er das vermeiden musste. Also schob er sein Fahrrad rasch hinter einen sich einsam im Wind biegenden Busch, dann kramte er sein Smartphone hervor, um seine Position zu checken. Er fluchte, als er feststellte, dass es tatsächlich nur diesen einen befestigten Weg gab. Am Kontrollposten würde er also unmöglich vorbeihuschen können, ohne von den Polizeibeamten gesehen zu werden.

Er verkleinerte die Umgebungskarte, die ihm sein Smartphone anzeigte. Die nächste Möglichkeit, die Westerwoldse Aa in Richtung Deutschland zu überqueren, war im einige Kilometer südlich gelegenen Grenzort Nieuweschans. Was natürlich nichts half, denn erfahrungsgemäß würden auch dort Kontrollen sein. Blieb also nur ein inoffizieller Weg.

Als er auf der Karte den Dollart entdeckte, zu dem er nur einen kurzen Weg Richtung Norden zurückzulegen hätte, kam ihm eine Idee. Er rief den Gezeitenkalender auf, dann nickte er zufrieden. Es war zwar bereits auflaufend Wasser, aber ganz sicher würde es noch eine ganze Weile dauern, bis das Watt in Küstennähe wieder geflutet würde. Wenn er auf niederländischer Seite ins Watt ging, um es auf deutscher Seite wieder zu verlassen, dann hätte er keine weite Strecke zurückzulegen.

Sein Blick fiel auf sein Fahrrad. Natürlich brauchte er es auf der anderen Seite, weil er den vorgegebenen Zeitplan ansonsten unmöglich würde einhalten können. Er hob es an. Es war leichter als gedacht, was wohl an dem aus Aluminium gefertigten Rahmen lag. Vermutlich würde es keine Probleme bereiten, es zu schultern. Einen Versuch war es wert.

Also schlug er sich auf sandigem Weg querfeldein und arbeitete sich die wenigen hundert Meter bis an den Deich vor, wo ihm ein paar Schafe neugierig entgegenglotzten. Oben auf dem Deich angekommen, stellte er fest, dass die mit Queller und Strandastern überwucherten Salzwiesen des Deichvorlandes auf niederländischer wie auf deutscher Seite bis tief in den Dollart hineinreichten. Umso besser, dann hätte er einen guten Teil des Weges einigermaßen festen Boden unter den Füßen, so seine Vermutung. Zwar war er hier noch nie im Watt gewesen, aber er ging davon aus, dass es auch jenseits der Salzwiesen nicht allzu schlickig sein und er den Weg auf sichere Weise würde zurücklegen können.

Also überprüfte er noch einmal, dass an seinem Rucksack alles in Ordnung war, zog Schuhe und Socken aus, krempelte die Hosenbeine hoch und schulterte dann das Fahrrad. Langsam tastete er sich den Deich hinab, immer darauf bedacht, nicht auf den zahlreich verstreuten Schafskötteln auszurutschen. Die Tiere selbst interessierten sich nicht mehr für ihn, sondern lagen oder standen zumeist wiederkäuend einfach nur träge da. Die Sonne stand bereits tief am Horizont und tauchte den Himmel in Gelb-, Orange- und Rottönen. Es war ein atemberaubender Anblick, doch hatte Jelle für die Schönheiten der Natur keine Muße. In einer guten halben Stunde würde die Dunkelheit über diesen einsamen Landstrich hereinbrechen. Was für ihn hieß, dass er sich sputen musste.

An den Salzwiesen angekommen, ging er ein paar Schritte, um zu testen, ob der Boden ihn unter der Last des Fahrrades hielt. Es funktionierte besser als gedacht, nur hier und da gluckerte und schlotzte es ein wenig. Mit jedem Schritt aber, den er tat, fühlte er sich sicherer. Ein Blick zurück sagte ihm, dass er ganz gut vorankam. Also konzentrierte er sich wieder auf seinen immer in nordöstlicher Richtung führenden Marsch. Das gegenüberliegende Ufer schien zum Greifen nah. Die Sonne versank vor ihm glutrot im Meer, nur Sekunden später wich das farbenfrohe Licht einer etwas diesig anmutenden Dämmerung. Vom zurückkehrenden Wasser war noch nichts zu sehen.

Nach ein paar hundert Meter endeten die Salzwiesen. Jetzt galt es, ungefähr einhundert Meter durchs Watt zu laufen, um schließlich wieder auf Salzwiesen zu treffen. Wieder tat Jelle ein paar vorsichtige Schritte. Seine inzwischen von zahlreichen Muscheln zerschnittenen Füße sackten bis über die Knöchel im Schlick ein. Die Wunden brannten im Salzwasser wie Feuer, doch fühlte sich das Watt angenehm weich und warm an. Das Vorankommen war nun etwas mühsamer, denn immer wieder taten sich unvermittelt Löcher auf, doch sackte er nie wirklich tief ein. Das Einzige, was ihm ein wenig Sorgen bereitete, war die rasch zunehmende Dunkelheit. Aber zum Festland war es Gott sei Dank nicht mehr weit. Wenn es weiterhin in diesem Tempo …

Jelle durchfuhr ein Schreck, als sein linkes Bein plötzlich wegsackte, als würde es nicht mehr zu ihm gehören, und schließlich bis zur Wade im Schlick steckte. Es gelang ihm gerade noch, das Gleichgewicht zu halten, auch wenn er bedenklich ins Schwanken geriet. Der Rahmen des Fahrrades bohrte sich mit einem kräftigen Ruck in seine Schulter und er stöhnte qualvoll auf.

Mit aller Macht versuchte er, sein Bein aus dem Morast zu befreien, doch war das schwieriger als gedacht. Mit jeder Bewegung, die er tat, hatte Jelle das Gefühl, immer tiefer zu sinken. Der Schlick reichte ihm nun beinahe bis zum Knie. Verbissen versuchte er, sich mit dem rechten Knie auf dem Wattboden nach oben zu stemmen. Mit dem Ergebnis, dass auch hier der Boden unter ihm nachgab und nun auch sein zweites Bein verschwand.

Panik überrollte ihn wie eine eiskalte Welle. Was, um alles in der Welt, sollte er nun tun?

Er bemühte sich um innere Ruhe, um einen klaren Gedanken fassen zu können. Es gelang leidlich. Als Erstes beschloss er, den Ballast loszuwerden. Ganz gewiss war es das Gewicht des Fahrrades, das ihn immer weiter nach unten drückte. Ohne diese Last auf der Schulter würde es ein Leichtes sein, sich aus dieser glitschigen Falle zu befreien. Also stieß er das Fahrrad von sich, das daraufhin mit einem Scheppern auf dem Wattboden landete.

Ohne zu zögern ließ sich Jelle nach vorne sinken, um sich nun mit den Armen nach oben stemmen zu können. Doch so sehr er sich auch anstrengte, es gelang ihm nicht, seine Beine auch nur wenige Zentimeter nach oben zu ziehen. Der Schlick stand ihm nun bis zu den Oberschenkeln.

Wild um sich schlagend versuchte Jelle in den nächsten Minuten alles, um sich aus seinem nassen Gefängnis zu befreien. Mit jedem Stoß, den er sich selbst versetzte, brüllte er aus Leibeskräften, um auch die letzten Kraftreserven seines Körpers zu aktivieren. Vergeblich. Ganz egal, was er auch tat, es war zwecklos. Als er schließlich bis zur Taille eingesunken war, verließen ihn die Kräfte.

Minutenlang hing er einfach nur wimmernd in seinem Loch, noch nie hatte er eine so tiefe Verzweiflung gespürt. Noch hatte er die Hoffnung nicht aufgegeben, seinem Schicksal den Stinkefinger zeigen zu können, doch nahm seine Zuversicht mit jedem seiner keuchenden Atemzüge ein wenig mehr ab.

Gerade langte er erneut mit den Armen über den Wattboden, um sich hochzuziehen, als plötzlich etwas Nasskaltes zunächst seine Taille, dann Hüften und Beine umspülte. Entsetzt starrte er hinab in das Loch, in dem das Wasser nun knöcheltief stand. Doch noch bevor er einen erstickten Schrei ausstoßen konnte, näherte sich bereits die nächste Welle. Zunächst ganz langsam, dann aber immer schneller kam sie auf ihn zugerollt und brach sich schließlich an seinem Oberkörper. Dieses Szenario wiederholte sich im Abstand von wenigen Sekunden.

Bis in die letzte Zelle seines Körpers von Panik ergriffen, riss Jelle die durch das Salzwasser höllisch brennenden Augen auf und starrte der anwachsenden Flut voller Entsetzen entgegen. Wie ein Berserker ruderte und schlug er mit den Armen, um das eisigkalte Nass zu vertreiben. Er schrie und schrie und schrie aus Leibeskräften gegen Wellen und Wind an.

Doch war da niemand, der ihn hätte hören können.

22

Aukje erwachte schweißgebadet. Ihr Herz raste wie nach einem gerade absolvierten Marathonlauf. Aus schreckensstarren Augen warf sie einen Blick auf das in der Dunkelheit leuchtende Zifferblatt ihres Weckers. Es war kurz nach vier. Das letzte Mal war sie erst vor einer knappen Stunde aufgewacht, hatte sich aus den Decken gewühlt und ihren durchschwitzten Pyjama vom Körper gerissen. Und nun das Gleiche schon wieder.

Sie tastete nach dem T-Shirt, das sie übergezogen hatte. Es war feucht. Stöhnend schlug sie die Decke zurück, schwang ihre Beine aus dem Bett und blieb auf der Bettkante sitzen. Sie vergrub ihren Kopf in den Händen. Was war nur los mit ihr? Sie konnte sich nicht erinnern, jemals quasi in Endlosschleife den immer selben Traum gehabt zu haben. Ganz egal, wie häufig sie in dieser Nacht auch aufgewacht war, der Traum wiederholte sich, sobald sie zurück in den Schlaf sank.

Sie stand auf, zog ihr T-Shirt über den Kopf und hüllte sich in ihren Bademantel. Am besten würde es sein, sich erst einmal etwas zu trinken zu holen. Etwas Beruhigendes. Sie erinnerte sich, dass ihre Großmutter ihr früher immer eine Milch warm gemacht hatte, wenn sie nicht schlafen konnte. Also nahm sie eine Flasche Milch aus dem Kühlschrank und schüttete einen Teil davon in einen kleinen Stieltopf.

Während sie darauf wartete, dass die Milch warm wurde, dachte sie darüber nach, warum es ausgerechnet ihr eigener Tod war, der sie bis in ihre Träume verfolgte. Noch nie hatte sie von ihrem eigenen Tod geträumt. Es war zum Fürchten gewesen, das absolute Grauen. Völlig nackt hatte sie dagelegen, auf einem Tisch aus Edelstahl, als ihr Bruder Arie plötzlich vor ihr stand, das weiße Leichentuch wegriss und sie anschrie und schüttelte, um sie wieder zum Leben zu erwecken. Vergeblich. So sehr sich Aukje auch anstrengte, eine körperliche Regung zu zeigen, um ihrem Bruder zu signalisieren, dass sie noch lebte, es gelang ihr einfach nicht. Ihr Körper hatte sich angefühlt, als würde eisigkaltes Blut durch ihre Adern fließen, sodass sie meinte, von innen her erfrieren zu müssen. Während Arie an ihr rüttelte und schüttelte, war ihr mit jeder Sekunde kälter geworden, und selbst Aries Körperwärme, die sich auf sie übertrug, als er sie schließlich mit einem verzweifelten Aufschrei an sich drückte, hatte daran nichts ändern können. Irgendwann legte Arie ihren steifen Körper sanft zurück und gab ihr einen letzten Kuss auf die Stirn. Sein Gesicht war tränenüberströmt, als er sich von ihr abwandte. Aukje versuchte zu schreien, ihn zurückzuhalten, ihm zu sagen, dass er nicht ablassen sollte, dass sie ganz bestimmt bald wieder bei ihm sein würde, wenn er sie nur nicht hier alleinließ. Doch er hörte sie nicht und verschwand, den Körper von Weinkrämpfen geschüttelt, in einer Wolke aus weißem Rauch.

Dann war sie aufgewacht.

Sie fragte sich, ob dieser Albtraum womöglich gar nichts mit ihr selbst zu tun hatte, sondern sie einfach Karlas plötzlichen Tod verarbeitete. Nachdem sie das brutale Ableben ihrer Freundin nach dem ersten Schock tatsächlich realisiert hatte, stand sie unter höchster emotionaler Anspannung. Und dann war da ja auch noch Aries Auftritt am Nachmittag gewesen, als er sie vom Besuch ihres Seminars abhielt. Aus irgendeinem Grund schien er anzunehmen, dass sie in Gefahr schwebte. Was ihrer Ansicht nach völlig absurd war, denn sie war sich keiner Schuld bewusst. Es fiel ihr niemand ein, den sie dermaßen geärgert hatte, dass er ihr nach dem Leben trachten könnte. Absolut niemand. Bei Karla hingegen ... Sie zuckte zusammen, als sie hinter sich eine Stimme hörte.

„Aukje, was machst du denn hier, mitten in der Nacht? Warum schläfst du nicht?" Völlig übernächtigt, die hennarot gefärbten Haare in alle Richtungen abstehend, stand Mina an den Rahmen der Küchentür gelehnt und schaute sie aus kleinen Augen an.

Bevor Aukje antwortete, zog sie rasch den Topf vom Herd, um die jetzt hochschäumende Milch vorm Überkochen zu bewahren. „Ich hatte einen Albtraum. Mehrmals", antwortete sie dann und bemerkte selbst, dass ihre Stimme zitterte. Noch immer hatte sie sich nicht von den dicht aufeinanderfolgenden nächtlichen Horrortrips erholt. Nicht einmal im Schein des grellen Küchenlichtes betrachtet, gelang es ihr, die furchtbaren Bilder aus ihrem Kopf zu verscheuchen. Sie hatten im Gegenteil etwas schrecklich Reales.

„Was für einen Albtraum? Und wieso mehrmals? Immer denselben Traum?" Mina hatte offensichtlich beschlossen, ihrer Freundin Gesellschaft zu leisten, denn sie zog einen Küchenstuhl heran und setzte sich, die Lehne nach vorne, in lässiger Haltung darauf. Nach Aries beunruhigendem

Besuch hatte sie Mina angerufen und gefragt, ob sie etwas dagegen habe, in dieser Nacht bei ihr in der Wohnung zu schlafen. Mina hatte ohne zu zögern zugestimmt und keine halbe Stunde später mit Sack und Pack in der Tür gestanden.

„Ja, immer denselben Traum", nickte Aukje. Sie hob den Topf an. „Möchtest du auch heiße Milch?" Als Mina angewidert das Gesicht verzog, stellte sie den Topf wieder zurück und setzte sich mit einem dampfenden Becher in der Hand zu ihr an den Tisch. Sie griff nach dem Honigspender und drückte eine ordentliche Portion der klebrigen Masse in die Milch. Dann erzählte sie von ihrem Traum.

„Klingt, als hättest du gerade ganz viel zu verarbeiten", meinte Mina anschließend sachlich. „Ist ja normal, nach allem, was passiert ist. Aber ich verstehe nicht so ganz, was dein Bruder mit der Sache zu tun hat."

„Aus irgendeinem Grund glaubt er, dass ich auch in Gefahr bin. Er wollte nicht mal, dass ich am Nachmittag zur Uni gehe."

„Du? Warum das denn?"

„Er bildet sich ein, der Mord an Karla habe irgendetwas mit unseren Kartierungen zu tun. Mit den Erdbebenschäden."

„Warum das denn?", wiederholte Mina, und zwischen ihren Augen bildete sich eine steile Falte. „Das ist doch nur ein ganz normales Projekt, wie es sie an der Uni zu hunderten gibt. Daraus ein Mordmotiv zu stricken, ist ja wohl ein bisschen weit hergeholt." Ihr Gesichtsausdruck ließ erkennen, dass sie an Aries Ermittlerfähigkeiten gerade ein klein wenig zweifelte. „Kann es sein, dass sich dein Bruder in etwas verrennt?"

„Eigentlich ist er nicht so", erwiderte Aukje. „Keine Ahnung, was er sich dabei denkt. Vermutlich tickt er nur so aus, weil Karla mit mir befreundet war. Seine deutsche Kollegin jedenfalls war deutlich entspannter als er. Wenn ich es mir genau überlege, dann ..."

„Andererseits ..." Mina unterbrach ihre Freundin mitten im Satz. Sie hatte ihren Zeigefinger an die Nase gelegt und sah Aukje nachdenklich an. „Ich frage mich ja immer noch, was Karla eigentlich in dem Haus gefunden hatte."

„In welchem Haus?" Aukje stand auf dem Schlauch.

„Weißt du nicht mehr? Vor ein paar Tagen."

„Was war vor ein paar Tagen?" Aukje hob ihren Becher an den Mund und nippte an der Milch.

„Na, da hat Karla doch erzählt, dass sie bei einer ihrer Kartierungen in einem der Abbruchhäuser war. Und dabei ist ihr etwas aufgefallen, was sie noch näher untersuchen wollte."

Aukje zuckte die Schultern. „Das ist doch nichts Besonderes. Wir gucken bei jedem zweiten Haus näher hin, weil irgendetwas mit den offiziellen Berichten zu den Erdbebenschäden nicht übereinstimmt." Allerdings, so fiel ihr jetzt ein, hatte ja auch sie schon das Gefühl gehabt, bei Karla sei womöglich irgendetwas zu finden, das den Mord erklärte. Es war nur ein abstraktes Gefühl gewesen, aber jetzt ...

Mina kaute auf ihrer Unterlippe herum. „Ja, aber da war noch was", murmelte sie, als würde sie mehr zu sich selbst sprechen und ihre Gedanken nur unabsichtlich laut formulieren. „Karla hatte doch irgendetwas gefunden, oder nicht? Also, keine Risse im Mauerwerk oder so. Irgendwas, das sie mit nach Hause genommen hat. Ein Päckchen?"

Beim Wort Päckchen dämmerte es Aukje wieder. Ja, da war was gewesen. Nur ganz unscharf kamen einzelne Bilder zurück: Karla kam zu einer Projektbesprechung an die Uni. Wie nebenbei zog sie irgendwann in der Pause eine nicht allzu große Pappschachtel aus ihrer Tasche und sagte so etwas wie, sie habe einen Glückstag und in einem der Häuser ein Päckchen gefunden. Was an einer gemeinen Pappschachtel so spannend war, hatte sie allerdings auch auf Nachfrage nicht erläutert, sondern die Schachtel mit einem Augenzwinkern zurück in ihre Tasche gleiten lassen.

„Daran hatte ich gar nicht mehr gedacht", gab Aukje zu.

„Ich auch nicht. Es schien mir nur eine von Karlas Wichtigtuereien zu sein. Sie sah doch überall Gespenster, die alte Verschwörungstheoretikerin." Mina versuchte ein Lächeln, doch blieben ihre Mundwinkel auf halber Strecke stecken. Sie fragte: „Hast du deinem Bruder davon erzählt?"

Aukje schüttelte den Kopf. „Natürlich nicht. Ich sagte doch gerade, dass ich die Schachtel gar nicht mehr auf dem Schirm hatte." Sie zog die Stirn kraus. „Und irgendwie kann ich mir auch nicht vorstellen, dass so ein blödes Ding, das noch nicht einmal zwanzig Zentimeter im Quadrat misst, zum Motiv für einen Mord werden kann."

„Nicht die Schachtel, aber vielleicht der Inhalt", gab Mina zu bedenken. „Schließlich muss eine Sache nicht unbedingt astronomische Ausmaße haben, um wertvoll zu sein." Sie verzog das Gesicht. „Oder gefährlich."

„Wenn die Schachtel tatsächlich das Mordmotiv war, dann muss irgendwer mitbekommen haben, dass Karla es hat mitgehen lassen", spann Aukje den Faden weiter. „Sie wurde also beobachtet. Aber von wem?"

„Wenn wir das herausfinden, haben wir womöglich auch den Mörder", mutmaßte Mina. Sie schien plötzlich hellwach zu sein und fixierte die Küchenvitrine. „Sie hat hier gewohnt", sagte sie dann. „Also ist es nicht unwahrscheinlich, dass die Schachtel hier in der Wohnung ist."

Aukje schlug sich mit der flachen Hand vor die Stirn. „Natürlich, darauf hätten wir auch gleich kommen können! Sie wird sie ja schließlich nicht ständig mit sich herumgetragen haben."

„Und wenn sie sie bei sich hatte, als man sie ..." Mina schluckte. „Also, dann hätte die Polizei es doch gefunden und dein Bruder wüsste davon."

„Es sei denn, der Mörder hat es an sich genommen. Das wäre es ja nur logisch, wenn das der Grund für seinen ... hm ... Ausraster war", gab Aukje zu bedenken. Sie sprang auf. „Komm, spekulieren bringt uns nicht weiter. Lass uns in ihrem Zimmer nachsehen." Gefolgt von Mina lief sie zu Karlas Zimmer hinüber. Minas Isomatte mit Schlafsack lag mitten im Raum, denn in Karlas verwaistem Bett zu schlafen, hätte sie nicht nur seltsam, sondern auch ein wenig gruselig gefunden, was Aukje gut nachempfinden konnte.

Die jungen Frauen ließen ihre Blicke die Regale entlangschweifen, von denen es hier nicht gerade wenige gab. In erster Linie waren sie mit Büchern vollgestopft, doch fand sich auch allerhand anderes Zeug. Die Schachtel, wie sie sie in Erinnerung hatten, war nicht dabei.

„Vielleicht im Schreibtisch", vermutete Mina, und schon im nächsten Moment zog sie eine Schublade nach der anderen heraus. Nichts.

Aukje machte sich daraufhin am Kleiderschrank zu schaffen, in dem Karlas Klamotten kunterbunt durcheinanderlagen und -hingen. Sie schluckte schwer, als ihre Finger nun die vertrauten Kleidungsstücke entlangstrichen, die genauso zu Karla gehörten wie die zahllosen Haargummis und Spangen, von denen Karla gar nicht genug hatte besitzen können. Es war eine richtiggehende Macke von ihr gewesen, immer und überall diese Dinger einzukaufen, sie auf lange Schnüre zu fädeln und diese überall im Raum von der Decke baumeln zu lassen.

Es dauerte eine Weile, bis sie auch die hintersten Ecken des Kleiderschranks inspiziert hatte, doch auch hier war das Kästchen nicht auffindbar.

„Sieht fast so aus, als hätte sie es doch dabeigehabt", meinte Mina resigniert.

In den nächsten Minuten drehten sie auch das restliche Zimmer auf links, aber ohne Erfolg. Die Schachtel blieb verschwunden. Gerade hatten sie ohne große Hoffnung beschlossen, die Suche in der Küche fortzusetzen, als Aukjes Blick an einer Reihe Schuhe und Stiefel hängen blieb, die in einer Ecke des Zimmers standen. Einer Eingebung folgend, drehte sie einen Stiefel nach dem anderen um. „Oh, wow!", rief sie aus, als aus dem siebten tatsächlich die gesuchte Schachtel herausfiel. Na klar, dachte sie, wo denn sonst?! Wenn Karla eines genauso geliebt hatte wie ihre Haarbänder, dann waren es Stiefel in jeder Form und Höhe. Und dieser Stiefel hier war ihr absoluter Favorit gewesen.

Aufgeregt hob sie die Schachtel vom Boden auf. Bevor sie sie öffnete, schüttelte sie sie an ihrem Ohr, doch es war nichts zu hören.

„Los, nun mach's nicht so spannend!", forderte Mina sie auf und zappelte nervös von einem Bein auf das andere.

Die Enttäuschung folgte auf dem Fuß. Das Kästchen enthielt nichts als Luft.

„Das war wohl nichts", seufzte Aukje. „Und dafür mitten in der Nacht der ganze Aufwand." Sie fühlte sich plötzlich unendlich müde und ließ sich schwer auf Karlas Bett sinken. Es gelang ihr nicht, ein herzhaftes Gähnen zu unterdrücken.

„Und jetzt?", fragte Mina enttäuscht.

Aukje drehte die Schachtel in ihrer Hand hin und her, dann sagte sie: „Ich werde sie auf jeden Fall meinem Bruder geben. Vielleicht sind irgendwelche Fingerabdrücke oder so … oh!" Als hätte sie sich an ihm die Finger verbrannt, ließ sie das Kästchen aufs Bett fallen. „Nun habe ich dauernd darauf herumgegrapscht. Gott, bin ich doof! Bestimmt habe ich alle anderen Spuren verwischt."

„Vielleicht liegen wir ja auch völlig falsch mit unserer Vermutung. Karla kann das Kästchen aus tausend Gründen an sich genommen haben. Zu blöd, dass wir sie nicht mehr darauf angesprochen haben."

„Sie hätte es nicht versteckt, wenn es nicht wichtig gewesen wäre", meinte Aukje.

„Hm. Stimmt. Aber wir wissen es eben nicht." Mina stand auf und nahm ein Foto von der Magnetwand über Karlas Schreibtisch. Sie setzte sich wieder aufs Bett und strich zärtlich mit dem Finger darüber, wobei ihr plötzlich Sturzbäche von Tränen über die Wangen liefen. Das Bild zeigte Karla, Aukje und sie im Oranje-Fußballtrikot. Arm in Arm und fröhlich lachend waren sie im vergangenen Jahr zu einem Turnier marschiert, ein Fan der gegnerischen Mannschaft hatte mit seinem Handy diese Aufnahme gemacht und sie später auf Aukjes Handy geschickt. „Sie wird nie wieder mit uns lachen", heulte Mina. „Nie wieder, Aukje. Es ist so … so ungerecht!"

Nun gab es auch für Aukje kein Halten mehr, und sie ließ ihren Tränen, die sie den ganzen Tag zu unterdrücken versucht hatte, freien Lauf.

Den Rest der Nacht verbrachten Aukje und Mina, sich gegenseitig haltend, auf Karlas Bett, das so unendlich gut nach ihrer Freundin roch. Ihrer Freundin, die sie nie wieder in die Arme schließen würden.

23

Sophie Reimers erwachte mit einem dumpfen Pochen hinter der Stirn. Irgendwie musste eines der Biere, die sie gestern getrunken hatte, wohl schlecht gewesen sein. Vielleicht aber, so musste sie sich eingestehen, hatte sie es mit dem Alkoholkonsum auch einfach ein wenig übertrieben. Sie lächelte, als sie an den gestrigen Abend dachte, auch wenn der eigentlich eine einzige Enttäuschung gewesen war. In beruflicher Hinsicht zumindest. Denn sie hatten Marius auch zu später Stunde nicht zu Hause angetroffen. Gleich nach ihrem Restaurantbesuch waren Arie van Dijk und sie noch einmal zu seiner Wohnung gelaufen, etwa zwei Stunden später dann noch einmal. Als Marius auf kein Klingeln und Klopfen reagierte, hatten sie beschlossen, sich noch einen Absacker zu gönnen, bevor sie nach Hause gingen. Für Sophie kein Problem, da sie in Leer lebte. Arie aber …

Sophie stutzte. Ja, genau, was war eigentlich aus ihrem Kollegen geworden, nachdem sie leicht torkelnd aus der Kneipe gekommen waren? Sie wusste es nicht mehr. Was seltsam war, denn normalerweise ließ sie ihr Gedächtnis nicht so einfach im Stich. Nun, dachte sie, vielleicht würde eine kalte Dusche ihre umnebelten Gehirnzellen wieder auf Trab bringen. Ein Blick auf den Wecker sagte ihr, dass es sechs Uhr am Morgen war. Allzu viele Stunden hatte sie also nicht geschlafen. Was eigentlich unverantwortlich war, denn schließlich befand sie sich inmitten einer Mordermittlung. Was, um alles in der Welt, hatte sie also geritten, mit Arie einen auf Saufkumpan zu machen und die Nacht durchzuzechen?

Sophie stand auf und ging geradewegs ins angrenzende Badezimmer. Ohne lange zu fackeln, drehte sie die Dusche auf eiskalt und stellte sich drunter. Kurz zuckte sie zusammen, als das Wasser sie mit hartem Strahl traf, doch war sie gegenüber solchen Formen der Selbstkasteiung recht unerschrocken; vor allem, wenn sie den Eindruck hatte, nicht mehr die volle Denkleistung erbringen zu können, weil irgendwer ohne Unterlass in ihrem Kopf herumhämmerte.

Nach diesem Kälteschock schon deutlich wacher, zog sie ihre Sportklamotten an. Jetzt noch ein Lauf von zehn Kilometern und sie würde wieder ein Mensch sein. Erfahrungsgemäß war danach auch der Kopfschmerz wie weggeblasen.

„Oh, *goedemorgen*."

Sophie blieb auf ihrem Weg zur Wohnungstür abrupt im Wohnzimmer stehen. Was war denn das? Hörte sie nun schon Stimmen?

„Sorry, ich wollte dich nicht erschrecken, *maar* ..."

„Arie! Was machst du denn hier?" Sophie sah ihren Kollegen, der mit verwuscheltem Haar und nur in Boxershorts gekleidet auf ihrem Sofa saß, perplex an.

Arie grinste. „Anscheinend hast du vergessen, dass du mich gestern eingeladen hast, hier zu übernachten. Aber das macht nichts. Ich musste beim Aufwachen auch erst überlegen, warum ich auf einem fremden Sofa in einer fremden Wohnung liege." Er stand auf, doch noch bevor er sich zu voller Größe auseinandergefaltet hatte, griff er sich mit einem gequälten Stöhnen an den Kopf. „*Oei, verdomme!*" Er blinzelte Sophie aus einem Auge an. „Es war wohl doch ein bisschen viel Alkohol, oder? Darf ich fragen, warum du trotzdem so fit aussiehst?"

„Kalte Dusche", murmelte Sophie, die seine Anwesenheit noch immer nicht ganz verdaut hatte. Wie kam sie dazu, einen Kollegen in ihren privaten Bereich eindringen zu lassen? Hinzu kam, dass Arie halbnackt vor ihr stand und sie nicht sagen konnte, dass ihr der Anblick missfiel. Ganz im Gegenteil hatte sie das Gefühl, sofort noch einmal unter die kalte Dusche zu müssen, um den völlig unpassend aufwallenden Hormonschub in Schach zu halten. Mit einem Räuspern zwang sie sich, ihren Blick von seinem Körper abzuwenden, dann verkündete sie: „Ich gehe jetzt joggen. Ich glaube, das könnte dir auch guttun." Ihre Stimme klang seltsam belegt, sie hoffte inständig, dass Arie es in seinem desolaten Zustand nicht bemerken würde.

„In Unterhosen?", fragte er und schaute an sich herab.

„Ähm …" Das hatte Sophie gar nicht bedacht. Als ihr nun vor lauter Verlegenheit die Röte ins Gesicht schoss, ging sie kurzentschlossen ins Schlafzimmer zurück und kam gleich darauf mit einem Sportdress wieder zurück. Sie warf es Arie zu. „Das dürfte passen."

Arie sah stumm auf die Hose und das Shirt aus Microfaser, dann wieder auf Sophie. „Sieht aus, als wärst du für alle Gelegenheiten ausgestattet." In dieser Feststellung schwang ein Fragezeichen mit, das Sophie aber beschloss zu überhören. „Gehört das deinem … ähm … Freund?", ließ Arie dennoch nicht locker.

„Simon. Er wohnt nicht mehr hier." Sophie merkte selbst, dass ihre Antwort denkbar flapsig klang, aber das kam ihr ganz recht. Auf gar keinen Fall wollte sie mit Arie über ihren Ex reden. Sie wollte nun endlich raus, um dieser unangenehmen Situation nicht länger ausgeliefert zu sein.

„Beeil dich", sagte sie, „ich warte draußen."

„Wenn ich vielleicht erst einen Kaffee ..."

„Nein."

„Ah ... ähm ... okay. Ich bin gleich da", rief Arie hinter ihr her, während sie bereits aus der Wohnungstür schlüpfte.

Puh! Als sie auf der Straße stand, schnappte Sophie erst einmal nach Luft. Irgendwie fühlte sie sich von der Situation gerade restlos überfordert. Dabei konnte sie gar nicht sagen, woran genau es lag, schließlich war ein Übernachtungsbesuch auf dem Sofa nichts, was sie in Verlegenheit bringen müsste. Vermutlich war ihre komische Gefühlslage dem übermäßigen Alkoholkonsum geschuldet, schloss sie das Thema rasch für sich ab.

Ein Blick zum Himmel sagte ihr, dass sich das schöne Sommerwetter gerade verabschiedete. Es zogen jede Menge dunkle Wolken auf, auch war es deutlich kühler als in den letzten Tagen. Wenn sie Pech hatten, würden sie bei ihrem Lauf in einen heftigen Regenschauer kommen. Deshalb aber die Joggingrunde zu streichen, wäre ihr nie in den Sinn gekommen.

Arie brauchte nur wenige Minuten, bis er in voller Montur neben ihr stand. Über ein Paar passende Laufschuhe für ihn hatte Sophie auf die Schnelle gar nicht nachgedacht, dennoch hatte er welche an. „Die habe ich immer im Auto", erklärte er und deutete auf ein Fahrzeug mit niederländischem Kennzeichen, das unweit vom Haus geparkt stand.

Sophie zog die Stirn in Falten. „Sind wir gestern etwa

nach der Kneipentour in deinem Auto …?" Sie brachte den Satz nicht zu Ende.

„So sieht's wohl aus", erwiderte Arie. „Nur gut, dass uns keiner erwischt hat."

Sophie nickte. Da hatte er wohl recht. Allerdings fragte sie sich, warum Arie bei ihr auf dem Sofa gelandet war, wenn er doch ganz offensichtlich noch in der Lage gewesen war, Auto zu fahren. Sie schüttelte innerlich den Kopf. Mann, Mann, Mann, dachte sie, wie viel Bier musste man eigentlich in sich hineinschütten, um einen solchen Filmriss zu bekommen? Oder war es womöglich gar nicht beim Bier geblieben? Sie konnte sich nicht erinnern. So etwas war ihr seit Jugendtagen nicht mehr passiert.

Ohne ein weiteres Wort lief sie los und legte sogleich ein beachtliches Tempo vor. Arie hielt problemlos mit. Da Sophie in der Nähe des Leeraner Naturschutzgebietes im Westerhammrich wohnte, schlug sie den direkten Weg dorthin ein. Vermutlich würden dort um diese Zeit erst wenige Hundebesitzer unterwegs sein, sodass sie nicht fürchten mussten, dass ihnen ständig eines der Tiere vor die Füße sprang. Sophie mochte Hunde sehr gern, aber bei dem Tempo, das sie lief, wollte sie es nach Möglichkeit vermeiden, mit einem von ihnen zu kollidieren.

„Schöne Strecke", war das Einzige, was Arie während der ersten Kilometer sagte, und auch Sophie verharrte in Schweigen. Als sie noch nicht einmal ein Viertel der geplanten Strecke gelaufen waren, klingelte ihr Telefon. Sie rollte genervt mit den Augen, bevor sie stehen blieb und ihr Smartphone aus der dafür vorgesehen Tasche zog. „Ja?", meldete sie sich. Im nächsten Moment nickte sie

Arie zu, der in schnellem Tempo auf der Stelle trat und sie fragend ansah. „Eine Leiche", sagte sie knapp, nachdem sie das Telefonat beendet hatte. „Wir müssen zurück."

24

Mit quietschenden Bremsen brachte Menko seinen Geländewagen vor dem Haus am Deich zum Stehen. So viel Wut, wie an diesem Morgen, hatte er schon lange nicht mehr verspürt. Waren denn jetzt alle bekloppt geworden?

Zuerst war da dieser Anruf gewesen, als er Jelle am gestrigen Abend hier abgeliefert hatte. Angeblich habe sich einer seiner Mitarbeiter von den Bullen schnappen lassen. Der Super-GAU, denn schließlich konnte man sich nie darauf verlassen, dass der Festgenommene nicht zum Singvogel wurde, wenn man ihn ordentlich in die Mangel nahm oder man ihm vielleicht sogar die Kronzeugenregelung schmackhaft machte. Fehlte nur noch, dass bei diesem nicht gänzlich auszuschließenden Pfeifkonzert Menkos Name fallen würde, und die Katastrophe wäre perfekt.

Doch kaum, dass Menko diesen Schrecken auch nur ansatzweise verdaut hatte und auf sein Hausboot zurückgekehrt war, um in Ruhe über die weiteren Schritte nachzudenken, hatte es sich sein nichtsnutziger Neffe Marius bereits saufend und rauchend auf seiner Terrasse bequem gemacht und ihm frech entgegengegrinst. Den Einlauf, den er Marius dafür verpasst hatte, dass er nun bei der Groninger Polizei als mutmaßlicher Mörder registriert war, würde der so schnell nicht wieder vergessen.

Als wäre das alles noch nicht Ärger genug, hatte er dann

auch noch erfahren müssen, dass die Polizei ausgerechnet für diese Nacht landesweite Grenzkontrollen veranlasst hatte. Zwar hatte keiner zu sagen gewusst, was der genaue Grund dafür war, doch dass so etwas für seine Kuriere gefährlich werden konnte, lag auf der Hand. Also hatte Menko versucht, Jelle zu erreichen, doch war der anscheinend schon unterwegs gewesen, denn er hatte seinen Anruf nicht entgegengenommen und auch seine Nachrichten nicht gelesen. Seither war er wie vom Erdbeben verschluckt. Dass er nicht, wie vereinbart, in Ditzumerverlaat aufgetaucht war, ließ die nächste Hiobsbotschaft nur erahnen. Womöglich hatte er an der Grenze zu spät reagiert und war den Bullen direkt in die Arme geradelt. Es war einfach unfassbar! Konnte einem wirklich so viel Scheiße in nur einer einzigen Nacht widerfahren?

Lautstark vor sich hin zeternd und fluchend, betrat Menko das kleine Haus, in dem er Jelle zu finden hoffte. Es konnte doch schließlich nicht angehen, dass ihm in einer einzigen Nacht gleich zwei seiner besten Männer abhandenkamen. Nein, für Jelles Versagen musste es einen plausiblen Grund geben. Womöglich hatte er die Grenzkontrollen entdeckt und war ins Haus zurückgekehrt, hatte sich aber nicht getraut, es Menko zu gestehen?

Das wäre in der jetzigen Situation die beste aller möglichen Nachrichten. Wenn auch nicht die wahrscheinlichste, wie er sich selbst eingestehen musste. Schließlich hatte Jelle keinen Grund, sich schuldig zu fühlen. Er konnte ja nichts dafür, dass auf einmal überall die Bullen aus ihren Nestern kamen. Shit happens. Es war nicht das erste Mal, dass Menko so etwas erlebt hatte, er nannte es ganz einfach sein Berufsrisiko. Bislang hatte er seine Leute noch immer rechtzeitig vor den Kontrollen warnen und sie zurückpfeifen können. Oder sie hatten sich von sich aus rechtzeitig aus der Schusslinie gebracht. Warum also sollte es bei Jelle anders sein?

Das Haus war leer. Kein Jelle, kein Fahrrad, kein Rucksack. Das Bett war unberührt, eine leere Pizzaschachtel lag im Abfalleimer. Fluchend stieß Menko einen Blecheimer beiseite, der daraufhin mit einem ohrenbetäubenden Scheppern zuerst an die Wand der Küche und dann auf den Fliesenboden donnerte.

Menko schrie vor Wut laut auf. Das konnte doch alles nicht wahr sein! Ob sich der kleine Wichser aus dem Staub gemacht hatte, weil er ein Geschäft witterte? Menko hoffte es fast, denn das wäre allemal besser, als dass die Bullen ihn und die Ware einkassiert hatten. Und außerdem hätte er dann die Möglichkeit, ihn aufzuspüren und ihm zu zeigen, was mit Verrätern wie ihm geschah.

Menko beschloss, die Strecke abzufahren, die Jelle gestern hätte nehmen sollen. Vielleicht hatte er ja einen Unfall gehabt, war aus irgendeinem Grund in den Straßengraben gefahren oder was auch immer. Hauptsache er würde endlich erfahren, wo Jelle und die Ware abgeblieben waren. Diese Ungewissheit zerrte an den Nerven.

Also setzte er sich wieder ins Auto und fuhr in langsamem Tempo Richtung Osten davon. Auf gar keinen Fall durfte er irgendetwas übersehen. Die Westerwoldse Aa kam näher und näher, aber von Jelle oder auch nur seinem Fahrrad fehlte jede Spur. Vielleicht war er ja in Deutschland …

Menko stutzte und trat auf die Bremse. Was war denn da vorne los? Unwillkürlich zog er den Kopf ein, als er die Autos, die plötzlich vor ihm aufgetaucht waren, als Polizeiwagen identifizierte. Hatten die Bullen ihre Kontrollen etwa bis ins Binnenland ausgeweitet?

Rasch überlegte er, ob ihm eine Kontrolle gefährlich werden konnte, kam aber zu dem Ergebnis, dass er nichts Verräterisches im Auto mitführte. Selbst wenn sie ihn anhielten, könnte er sich gelassen und mit seinem charmantesten Lächeln aus der Affäre ziehen. Er fuhr weiter.

Doch je näher er kam, desto weniger hatte er den Eindruck, dass es sich bei dem Auflauf an Fahrzeugen und Menschen tatsächlich um eine Polizeikontrolle handelte. Überall rannten Menschen in weißen Schutzanzügen herum. Absperrband flatterte im Wind. In sicherem Abstand brachte Menko seinen Wagen erneut am Straßenrand zum Stehen.

In einiger Entfernung näherte sich ein Zivilfahrzeug. Menko kniff die Augen zusammen, als der Wagen schließlich bei den anderen hielt, sich beide Türen öffneten und ihm zwei Personen entstiegen. Sein Herz schlug schneller. Waren das nicht die beiden Kommissare, bei denen er gestern noch mit Jelle gewesen war? Was hatten denn die hier zu suchen?

Ein ungeheuerlicher Gedanke schoss ihm durch den Kopf, und er spürte, wie sein ganzer Körper erstarrte. Die ganze Aktion hier hatte doch hoffentlich nichts mit Jelle zu tun?

Fieberhaft überlegte er, wie er das herausfinden könnte. Ob er einfach mal anhielt und fragte?

Die beiden Kommissare stapften den Deich hinauf und blieben inmitten der Schafe stehen. Das war gut, denn auf gar keinen Fall sollten sie ihn hier sehen. Ganz sicher würden sie nicht an Zufall glauben, wenn sie ihn ausgerechnet hier in der Einöde antrafen, noch dazu zu dieser frühen Stunde.

Menko schüttelte den Kopf. Nein, sich hier bemerkbar zu machen, war viel zu riskant. Besser, er versuchte, an dem ganzen Spektakel vorbeizukommen, ohne Aufmerksamkeit auf sich zu ziehen. Ob das alles hier etwas mit Jelle zu tun hatte, würde er noch früh genug erfahren. Solange aber war es besser, sich bedeckt zu halten, auch wenn seine Nerven zum Reißen gespannt waren und er lieber jetzt als gleich erfahren würde, ob sich hier für ihn ein neues Problem ergeben hatte.

Also drückte er aufs Gas und fuhr in gemächlichem Tempo weiter. Niemand beachtete ihn. Erleichtert atmete er auf, als er endlich die Schleusenbrücke über die Westerwoldse Aa passierte. Wie geplant, setzte er seinen Weg bis nach Ditzumerverlaat fort, doch sagte ihm sein Instinkt, dass er Jelle auch hier nicht finden würde.

25

„Von der Flut überrascht worden, würde ich mal sagen." Der Schäfer stand, gestützt auf seinem Hirtenstab, inmitten seiner neugierig glotzenden Schafe und deutete auf den Leichnam, den er gleich nach Sonnenaufgang am Fuße des Deiches in den Salzwiesen gefunden hatte.

„So, würden Sie das sagen", erwiderte Sophie. Arie und sie hatten sich schnell andere Klamotten übergezogen und waren dann auf direktem Wege hierhergefahren. Nun standen sie irgendwo im Nirgendwo auf einem Deich, und sie wunderte sich ein bisschen, dass es mitten in Westeuropa tatsächlich noch ein so gottverlassenes Fleckchen Erde gab wie dieses hier. „Haben Sie ihn genauso aufgefunden, wie er jetzt dort liegt?" Sie blickte auf die Schar von Spurensicherern, die bereits ihre Arbeit aufgenommen hatten und sich in ihren weißen Schutzanzügen inmitten der Naturlandschaft ausnahmen wie Fremdkörper. Um sie nicht in ihrer Arbeit zu stören, hatten Arie und sie vorerst darauf verzichtet, den Leichnam genauer in Augenschein zu nehmen. Noch wussten sie also nicht, wer es war und ob es sich bei ihm überhaupt um ein Mordopfer handelte.

„Na ja." Der Schäfer wiegte den Kopf hin und her, während er an einem erloschenen Zigarillo nuckelte. „Ein bisschen haben die Wellen noch mit ihm gespielt. Aber ich wusste ja, dass ablaufend Wasser ist, und da hab ich gedacht, dass ich ihn lieber liegenlasse und ihn nicht auf den Deich ziehe." Er spuckte aus. „Hätte auch meine Schafe irritiert."

„Das heißt, Sie haben ihn nicht berührt?"

„Nee, hab ich nicht. Wieso auch? Toter geht's nicht, das hab ich sofort gesehen."

„Verstehe." Sophie blickte interessiert zu Arie hinüber, dem ein uniformierter niederländischer Kollege gerade einen olivfarbenen Rucksack in die Hand drückte. Sie trat ein paar Schritte näher und fragte: „Gehört der zu dem Toten?"

„Ja. Er trug ihn auf dem Rücken. Und außerdem wissen wir jetzt auch, um wen es sich bei unserer Leiche handelt."

„Ach so?"

„Er trug seinen Ausweis bei sich. Es ist Jelle Holtinga."

„Oh." Sophie war sofort klar, dass es sich bei dem jungen Mann, den sie gestern auf dem Kommissariat noch gesprochen hatten, ganz sicher nicht um das Opfer eines Unglücks handelte. Es musste mehr dahinterstecken, wahrscheinlich gab es einen Zusammenhang zu ihrem Mordfall. Ob Marius Bruhns etwas damit zu tun hatte? „Irgendwas Interessantes in dem Rucksack?", fragte sie, als Arie ihn jetzt öffnete.

„Ein Smartphone. Das dürfte hinüber sein." Arie hielt einen Plastikbeutel in die Höhe. „Und Gras", sagte er. „Nicht gerade wenig."

„Und dafür geht man ins Watt?"

Arie drückte den Beutel und auch den Rucksack einem Kollegen in die Hand. „Bitte sofort in die KTU", sagte er. „Ich möchte sehr kurzfristig die Analyse auf meinem Schreibtisch haben. Sie sollen sich beeilen."

Der Kollege nickte und stiefelte davon.

Als sie ein dröhnendes Geräusch hörte, hob Sophie ihren Blick. Erste Regentropfen klatschten auf ihr Gesicht. Sie entdeckte einen Hubschrauber, der nun begann, in niedriger Höhe über dem Watt seine Kreise zu ziehen. Ein paar aufgeschreckte Möwen flogen kreischend davon. „Ist der von uns?", fragte sie.

„Ja. Sie suchen das Watt ab", antwortete Arie. „Wir wollen sichergehen, dass es nicht irgendwo dort draußen noch mehr Opfer gibt. Bei der See weiß man nie, wo es ihre Beute wieder ausspuckt oder einfach liegenlässt."

„Du glaubst, dass Jelle nicht alleine unterwegs war?"

„Keine Ahnung. Das werden wir dann sehen. Ich frage mich aber vor allem, warum er überhaupt hier unterwegs war."

„Drogenschmuggel", erwiderte Sophie knapp. „Womöglich steckt sein Kumpel Marius mit drin."

„Es gibt keinen Grund, Drogen durchs Watt zu schmuggeln", erwiderte Arie. „Die Grenzen sind offen, schon vergessen?"

„Gestern Abend nicht, das hab ich überprüft", meldete sich eine Kollegin zu Wort, die Aries Worte anscheinend gehört hatte. Als der sie nun fragend anblickte, fügte sie hinzu: „An allen Grenzübergängen gab es gestern am späten Abend Kontrollen. Es hatte aus anonymer Quelle einen Hinweis gegeben, auf Drogenschmuggel in großem Stil."

„Nach großem Stil sieht mir Jelles Fracht aber nicht aus", bemerkte Sophie. „Es sei denn, irgendwo dort draußen liegt eine Schubkarre oder ein Sackkarren oder so was in der Art."

„Nee, aber ein Fahrrad." Die Polizistin drückte ihren

Finger auf das rechte Ohr, in dem vermutlich ein Sender steckte, über den sie mit den Kollegen im Hubschrauber Kontakt hielt.

Sophie runzelte die Stirn. „Er fährt mit dem Fahrrad ins Watt raus? Das erscheint mir doch eher …"

Arie unterbrach sie. „Ein Holländer bewegt sich immer auf seinem *fiets* fort, schon vergessen?", witzelte er, wurde jedoch sogleich wieder ernst. „Wer weiß, ob das Fahrrad überhaupt was mit Jelle zu tun hat. Viele Spuren werden an ihm nicht mehr zu finden sein. Warten wir einfach mal ab, zu welchem Ergebnis die KTU kommt."

„Wie auch immer", meinte Sophie. „Genaugenommen wissen wir nicht einmal, ob Jelle überhaupt ins Watt gelaufen ist. Er kann auf jede erdenkliche Weise ins Wasser geraten sein." Sie wandte sich an die Polizistin, die nach wie vor neben ihnen stand. „Gibt es irgendwelche Hinweise auf Verletzungen?"

„Auf den ersten Blick nur die üblichen, vom Hin- und Herschaukeln in den Wellen. Ein paar Schürfwunden natürlich." Sie zögerte kurz, bevor sie fortfuhr: „Ich denke, wir können davon ausgehen, dass er durchs Watt gelaufen ist. Er trägt weder Schuhe noch Socken. Außerdem sind seine Hosenbeine hochgekrempelt. Wenn er zum Beispiel von einem Schiff gefallen wäre, wäre das vermutlich nicht der Fall."

Arie nickte. „Gut beobachtet."

Der Regen, der vor wenigen Minuten noch in einzelnen Tropfen gefallen war, nahm an Stärke zu. Sophie, die keine Jacke trug, sagte: „Ich denke, wir können nun ins Kommissariat fahren, oder? Alles andere wird man uns dann schon mitteilen."

Arie nickte zustimmend und schlug im nächsten Moment den Weg zum Auto ein, das am Fuß des Deiches stand. Als er wenig später die Tür öffnete, zwinkerte er ihr verschwörerisch zu und sagte: „Ich freue mich auf einen starken Kaffee und ein … wie sagt man? Katzenfrühstück?"

„Katerfrühstück", korrigierte Sophie ihn und zwinkerte zurück.

26

Marius hatte seinen Onkel selten so aufgebracht gesehen. Menko hatte ein Donnerwetter über ihn hereinbrechen lassen, sodass er noch immer unwillkürlich bei jedem kleinsten Geräusch den Kopf einzog. Er hatte ihm auf seinem Hausboot vorgeworfen, mit seiner Behauptung, Karla umgebracht zu haben, viel zu viel Aufmerksamkeit auf sich zu ziehen. Inzwischen wisse selbst die Polizei davon, was eine einzige Katastrophe sei. Daraufhin hatte Menko ihn unter anderem als einen kompletten Idioten beschimpft, und das war noch einer der harmloseren Ausdrücke gewesen, mit denen er ihn ungespitzt in den Boden rammte. Allerdings hatte Menko ihm nicht gesagt, von wem er diese Information hatte. Aber das konnte sich Marius auch selbst zusammenreimen, nachdem er Jelle am Nachmittag auf dem Hausboot gesehen hatte. Da hatte sich der kleine Wichser also anscheinend wegen seiner achtlos dahingeworfenen Bemerkung ins Hemd gemacht und ihn bei den Bullen verpfiffen. Nun, Jelle würde schon sehen, wie Marius mit Verrätern verfuhr.

Und so war Marius dann auch dankbar gewesen, als sich Menkos Wut in der Nacht plötzlich nicht mehr gegen ihn, sondern gegen Jelle gerichtet hatte. Zwar hatte sein Onkel Jelles Namen nicht genannt, aber als er das Haus am Deich erwähnte, war für Marius alles klargewesen.

Dass Jelle mit seiner Fracht nicht rechtzeitig in Ditzumerverlaat aufgetaucht war und seither auch nichts mehr von sich hatte hören lassen, ließ bei Menko alle Sicherungen durchbrennen. Anscheinend hatte er diesem Idioten vertraut. Pech für ihn. Marius hätte ihm sagen können, dass auf Jelle kein Verlass war. Spätestens, als Menko Jelle das Haus am Deich beziehen ließ, wäre eigentlich der Zeitpunkt gewesen, ihn vor der Unfähigkeit seines Kumpels zu warnen. Doch hatte er dann doch lieber die Klappe gehalten. Schließlich hatte ihm sein Onkel nicht nur einmal eingeschärft, sich aus seinen Angelegenheiten herauszuhalten. Also tat er es auch.

Sobald es hell wurde, war Menko – genauso wie in der Nacht, als klar war, dass Jelle die Ware nicht abgeliefert hatte – zum Haus am Deich gefahren, um nachzusehen, ob Jelle inzwischen zurückgekehrt war.

Marius war sich sicher, dass das nicht der Fall war. Aber gut, sollte Menko doch selber herausfinden, dass er mit Jelle einen Griff ins Klo getan hatte. Marius freute sich jetzt schon auf die Abreibung, die Menko seinem unzuverlässigen Freund verpassen würde. Dann hatte Jelle endlich das, was er verdiente. Und Marius würde für den Verrat bei den Bullen noch eins draufsetzen. Das würde ein Fest!

Und endlich wüsste sein Onkel auch wieder, mit wem man Geschäfte machte und mit wem lieber nicht. Ja, dachte Marius, vielleicht war es ganz gut, dass Jelle Menko beschissen hatte. So galt dessen ungeteilte Wut wenigstens nicht mehr seinem Neffen. Das war wahrlich kein Spaß. Umso besser also, wenn sie nun Jelle traf.

Marius überlegte, ob er es überhaupt riskieren sollte, seinem Onkel hier auf dem Hausboot weiterhin auf die

Nerven zu gehen. Auf die dicke Luft, die hier herrschte, hatte er eigentlich keinen Bock. Andererseits interessierte es ihn brennend, ob Jelle tatsächlich den Auftrag vergeigt hatte. Zu gerne würde er miterleben, wie dieser Schwächling seine Abreibung kassierte. Was also tun?

Er ging zum Kühlschrank und nahm sich ein Bier heraus. Ein Blick aus dem Fenster sagte ihm, dass der Regen zunahm. Auch der Wind schien aufzufrischen, denn überall um ihn herum klapperte und surrte es, als würde der Kahn gleich abheben. Und nun verspürte er auch das Schaukeln des Hausbootes auf den Wellen. Sein Verlangen, bei diesem Wetter nach draußen zu gehen, war nicht allzu groß.

Und außerdem: Wohin sollte er überhaupt gehen? Wenn er nach Hause kam, warteten sicherlich schon die Bullen auf ihn. Kaum vorstellbar, dass sie nicht nach ihm suchten, wenn Jelle ihn verpetzt hatte. Womöglich würden sie ihn gleich hopsnehmen, zumindest aber konnte er sich auf stundenlange Vernehmungen gefasst machen. Darauf hatte er keinen Bock. Und dann waren da ja auch noch diese Nervensägen, Derk und Jan. Gut möglich, dass auch die seine Fährte wieder aufnehmen würden, wenn sie wüssten, dass er in Leer war. Anscheinend hatten sie ja nichts Besseres zu tun.

Marius setzte sich in einen bequemen Sessel mit Blick auf das wogende Wasser und trank sein Bier. Zu gerne hätte er sich eine Zigarette angesteckt, aber Menko würde ihn köpfen, wenn er hier drin rauchte. Bei diesem Wetter auf die Terrasse zu gehen, kam aber auch nicht infrage. Also würde er damit warten müssen, bis er wieder unterwegs war.

Marius schrak ganz fürchterlich zusammen, als plötzlich

die Tür aufflog und sein Onkel ihn anschrie: „Hat sich jemand gemeldet? Ist hier irgendjemand aufgetaucht?"

„Ähm ... nein. Hier war keiner. Warum?"

„Warum?" Menko baute sich vor ihm auf. Sein Atem ging stoßweise, seine Stimme bebte vor Wut. „Du fragst tatsächlich *warum*? Ist das dein Ernst?"

Marius drückte sich tiefer in seinen Sessel. Was war denn in den gefahren? „Ich ... ich meinte ja nur", stammelte er. „Ich dachte ..."

„Das wäre ja das erste Mal, dass du denkst", blaffte Menko. Es war unübersehbar, dass er vor Wut kochte. Aber da war noch etwas in seinen Augen. Panik?

„Was ist passiert?" Marius entschied sich dafür, die Flucht nach vorne anzutreten. „Hat Jelle sich echt verdrückt, oder was? Ist ja krass!"

Menkos Unterkiefer klappte runter, dann sprang er vor und riss Marius am T-Shirt zu sich heran, sodass dessen Bier überschwappte und sich über die Sessellehne ergoss. „Woher, *verdomme*, weißt du, dass ich von Jelle rede?"

„Was? Wie meinst du das?", krächzte Marius. Oh, verflucht, was für ein blöder Fehler! Nun saß er in der Scheiße! „Du ... du hast doch gerade selbst gefragt, ob Jelle sich gemeldet hat", versuchte er, seinen Onkel zu überrumpeln.

Aber Menko lachte mit einem bitteren Laut auf, dann stieß er ihn in den Sessel zurück und fixierte ihn aus schmalen Augen. „Ich?", fragte er gefährlich leise und tippte sich an die Brust. „Ich soll seinen Namen genannt haben? Das wüsste ich aber."

„Doch, gerade, da hast du ..."

Diesmal packte sein Onkel ihn so fest an den Oberarmen, dass Marius reflexartig die Bierflasche fallen ließ. „Du hast es die ganze Zeit gewusst, dass es Jelle ist, *toch*?", zischte Menko in einer solchen Schärfe, dass Marius sich nicht gewundert hätte, wenn er im nächsten Moment Feuer speien würde. „Du kleines Stinktier hast die ganze Zeit gewusst, dass Jelle für mich arbeitet. Woher? Hat er es dir gesagt? Bist du deswegen hier? Ist das alles ein abgekartetes Spiel von euch beiden?"

„N-nein. Nein, wirklich nicht", beteuerte Marius und hob abwehrend die Hände. „Ganz bestimmt nicht, aber du hast doch gerade …"

„Du lügst!" Menko hob die Hand und ließ sie auf Marius niedersausen. „Ihr habt ganz klar gemeinsames Spiel gemacht, ihr beiden." Die nächste Ohrfeige folgte. „Wie lange geht das schon, hä? Wie lange verarscht ihr mich?"

„Keiner verarscht dich, Menko", wimmerte Marius. Sein Gesicht brannte nach den Schlägen wie Feuer. „Ich schwöre, ich hatte keine Ahnung, dass Jelle für dich arbeitet."

„Lüg mich nicht an! Was das für ein Spiel von euch ist, will ich wissen!" Menko schlug erneut zu. Diesmal so heftig, dass Marius' Kopf zur Seite flog. Seine Nackenwirbel krachten. „Du willst mich wohl für dumm verkaufen, aber das läuft nicht!"

„Bitte, Menko, ich weiß nichts, das musst du mir glauben, ich …" Marius riss den Kopf nach unten und versuchte, ihn mit den Armen zu schützen, als Menkos Hand ein weiteres Mal auf ihn niedersauste, diesmal zur Faust geballt. Sein Onkel war wie von Sinnen. Ganz egal, was Marius auch zu seiner Verteidigung sagen würde, es würde nicht bei ihm ankommen. Menko war wie im Blutrausch und würde ihn vermutlich totprügeln, wenn er sich nicht zur Wehr setzte. Also tat Marius das Einzige, was ihm in seiner misslichen Position blieb: Er riss sein Bein hoch und trat mit voller Wucht zu.

Menko jaulte auf und ging, die Hände zwischen die Beine gepresst, in die Knie.

Darauf hatte Marius gehofft. Er zögerte keinen Moment, sprang aus dem Sessel hoch und flüchtete zur Tür hinaus. Er rannte und rannte, bis er ganz sicher war, dass sein Onkel ihn nicht verfolgte. Dann sank er, vor Anstrengung keuchend, in die Hocke und vergrub seinen Kopf in den Händen. Zwar hatte er keine Ahnung, was genau Menko dazu trieb, ihn grün und blau zu prügeln, aber er würde es herausfinden. Zunächst einmal musste er wissen, was mit Jelle passiert war. Hatte sein Kumpel tatsächlich versucht, Menko über den Tisch zu ziehen? Konnte jemand wirklich so dumm sein?

Marius fluchte. Er hatte keine Ahnung, was er jetzt machen sollte. Nur, dass er sich von Menko fernhalten musste, das stand fest. Alles andere würde sich finden.

27

Nach einem schnellen, aber herzhaften Frühstück und an-
schließender Dienstbesprechung machten sich Sophie Reimers und Arie van Dijk auf den Weg zu Aries Schwester
Aukje. Es regnete in Strömen, der Wind kam stürmisch aus
Nordwest. Ein Herbsttag im Frühsommer.

Von der deutschen Gerichtsmedizin hatten sie zwischenzeitlich erfahren, dass es an Karlas Leiche keine Spuren
gegeben hatte, die auf Marius Bruhns hindeuteten. Außerdem teilte die niederländische Gerichtsmedizin mit, dass
Jelle ganz offensichtlich bei der letzten Flut im Dollart ertrunken war. Von Gewalteinwirkungen keine Spur. Blieb
also die Frage, was er mitten in der Nacht im Watt zu suchen hatte. Noch dazu mit einem Fahrrad. Und mit knapp
drei Kilogramm Marihuana, verpackt in kleinen Portio-
nen, versetzt mit hochwertigem Opium.

Es war wohl davon auszugehen, so hatten Sophie und
Arie spekuliert, dass er tatsächlich versucht hatte, den
Kontrollen zu entkommen. Leider war dem Fund nicht
zu entnehmen gewesen, woher die Ware kam oder wohin
sie ging. Naturgemäß war auf Drogenlieferungen keine
genaue Angabe von Adressat und Absender zu erwarten.
Aber manchmal ließ sich anhand des einen oder anderen
Details auf einen bestimmten Clan oder Dealer schließen.
In diesem Fall leider nicht. Es war, als wäre die Ware aus

dem Nichts gekommen. Zudem war Jelle bislang nicht als Drogendealer oder -kurier polizeilich in Erscheinung getreten. Das hätte die Sache vereinfacht. Der junge Mann aber war diesbezüglich ein unbeschriebenes Blatt. Sein Smartphone, das eventuell Hinweise hätte liefern können, war durch das Salzwasser vollkommen unbrauchbar geworden.

Da Jelles Name auch im Zusammenhang mit Marius Bruhns gefallen war, gingen Sophie und Arie davon aus, dass Aukjes Hinweis, Marius könne in ihren Fall verwickelt sein, womöglich gar nicht so weit hergeholt war. Dafür sprechen würde, dass auch Marius immer noch unauffindbar war. Verhaftet worden war er während der Grenzkontrollen nicht, das hatten sie bereits überprüft. Wo also steckte er?

Nachdem Sophie an Aukjes Wohnungstür geläutet hatte, dauerte es eine ganze Weile, bis geöffnet wurde. Dann aber kam eine völlig verwuschelte und unendlich blass und übernächtigt aussehende Aukje zum Vorschein. „Was wollt ihr denn schon wieder hier?", fragte sie und sah ihren Bruder aus dunkel umrandeten Augen an. Sie trug noch ihren Pyjama.

„Wer ist denn da?", erklang eine Stimme aus dem Hintergrund, im nächsten Moment schob sich eine weitere junge Frau ins Bild. Auch sie sah keinen Deut frischer aus. Sie schien Arie zu kennen, denn sie kam direkt auf Sophie zu, um sich mit einem kurzen Nicken als Mina vorzustellen.

„Was ist denn mit euch passiert?", fragte Arie. Er wartete eine Antwort jedoch nicht ab, sondern schob seine Schwester beiseite und lief geradewegs durch den Flur in die Küche. „Wir müssen mit euch reden", sagte er, nachdem er sich in das knallrote Sofa hatte sinken lassen. Sophie setzte sich auf einen Stuhl.

„Mitten in der Nacht?", maulte Aukje. Sie machte sich an der Kaffeemaschine zu schaffen. „Wollt ihr auch einen?", fragte sie wenig einladend.

„Nein. Wir hatten gerade schon", antwortete Arie.

Auch Mina war ihnen in die Küche gefolgt. Arie zog einen kleinen Plastikbeutel aus der Tasche und schmiss ihn auf den Tisch. Er stammte aus Jelles Fundus. „Sagt euch das was?"

Aukje schaute kaum hin und sagte: „Gras. Woher hast du das?"

„Du sagtest gestern, dass du Jelle Holtinga kennst", wich Sophie einer konkreten Antwort aus.

„Ja. Und? Ist es von ihm, oder was? Dann habt ihr also mit ihm gesprochen?", fragte Aukje.

Mina verdrehte die Augen. „Oh, Jelle", sagte sie. „Das sieht ihm ähnlich, dass er das Zeug mit sich herumträgt, wenn ihn die Bullen besuchen kommen. War wahrscheinlich das erste Mal, dass er überhaupt so was in der Tasche hatte." Sie kicherte. „Und dann lässt er sich gleich von euch erwischen. Das passt. Er ist ein echter Pechvogel."

„Es ist mit hochreinem Opium versetzt", erklärte Arie, und plötzlich hatte er die volle Aufmerksamkeit der beiden Frauen. Sie sahen ihn mit großen Augen an.

„Echt jetzt?", fragte Aukje.

„Im Leben nicht", sagte Mina.

„Was meinst du damit?" Sophie hob fragend die Brauen.

„Nie im Leben hat Jelle was mit Opium zu tun. Der kriegt doch schon Pickel vor lauter Angst, wenn ihm jemand einen ganz normalen Joint in die Hand drückt. Da schleppt der doch kein Opium mit sich herum. Vergiss es! Wenn überhaupt, dann ist es von Marius. Den solltet ihr euch schnappen. Aber das sagte ich ja schon."

„Würden wir ja gerne", meinte Sophie. „Aber er ist abgetaucht. Ihr wisst nicht zufällig, wo wir ihn finden?"

„Nee", erwiderte Aukje. „Das wüssten wir ja selber gerne. Derk und Jan haben ihn in Groningen aus den Augen verloren."

„Was heißt, sie haben ihn aus den Augen verloren?"

„Na ja." Mina druckste herum. Sie warf Aukje einen hilfesuchenden Blick zu.

„Na ja", sagte nun auch Aukje. „Sie wollten ihn ein bisschen stressen. Wegen Karla. Der soll ruhig wissen, dass wir ihn für ihren Mörder halten und ihn nicht so einfach davonkommen lassen."

Arie sog tief die Luft ein und legte den Kopf in den Nacken. Dann stieß er den Atem hörbar aus. „Das habe ich jetzt hoffentlich falsch verstanden", sagte er mit drohendem Unterton. „Ihr habt nicht wirklich eure Freunde losgeschickt, um einem mutmaßlichen Mörder Druck zu machen?" Als beide schwiegen, fügte er hinzu: „Wie naiv – oder wie bescheuert – muss man eigentlich sein, um solch einen Scheiß zu machen? Ich fasse es nicht. Ich fasse es wirklich nicht. *Oh, verdomme!*" Er schlug sich mit der flachen Hand auf die Stirn.

„Und wo sind Derk und Jan jetzt?", wollte Sophie wissen. „Ich glaube, wir müssen mal ein ernstes Wort mit ihnen reden." Sie bemühte sich um einen ruhigen Tonfall, obwohl auch ihr gerade die Galle hochkam. Wie konnte man nur derart unverantwortlich handeln!

Mina zuckte die Achseln. „Keine Ahnung. An der Uni,

misschien. Ich hab schon versucht, sie zu erreichen, aber keiner von ihnen geht ans Telefon."

„Jetzt macht euch mal locker", meinte Aukje. „Das war doch nur ein Spaß."

„Toller Spaß." Sophie zog eine Grimasse. „Und so erwachsen."

„Wo genau haben Derk und Jan ihn denn aus den Augen verloren?", fragte Arie mit gepresster Stimme. Auf seinem Hals hatten sich hektische rote Flecken gebildet. Kein gutes Zeichen, wie Sophie wusste. Anscheinend musste er sichtlich an sich halten, um nicht in wütendes Gebrüll auszubrechen.

„Angeblich in der Nähe vom *Woonschepenhaven*", antwortete Aukje.

Beim Wort *Woonschepenhaven* klingelte es in Sophie, aber sie konnte es nicht greifen.

„Und was hätte Marius da zu suchen gehabt?"

„*Ik weet niet.* Ich weiß ja auch nicht, ob Marius wirklich da war", schränkte Aukje ein. „Wie gesagt, Derk und Jan hatten ihn vorher schon aus den Augen verloren, die Deppen."

„Angeblich haben sie aber Jelle bei den Hausbooten getroffen", ergänzte Mina. „Aber was der da zu suchen hatte, das weiß ich auch nicht."

Sophie horchte auf, und auch Arie streckte nun den Rücken durch, was ein Quietschen der Sofafedern nach sich zog. Das war ja mal eine Info, mit der sie gegebenenfalls noch etwas würden anfangen können. Sie warfen sich einen ernsten Blick zu, ohne weitere Worte zu verlieren.

Der Kaffee war durchgelaufen. Aukje füllte zwei Becher und drückte ihrer Freundin einen davon in die Hand. Beide setzten sich an den Tisch.

„Und warum genau seid ihr hier?", fragte Aukje nach einem herzhaften Gähnen. „Nur, weil ihr bei Jelle ein paar Gramm Rauschgift gefunden habt? Was haben wir damit zu tun?"

„Drei Kilogramm", sagte Arie.

„Was?"

„Das bisschen Rauschgift, wie du es nennst, waren drei Kilogramm. Portionsweise verpackt in einem Rucksack."

Aukje und Mina hatte es offensichtlich die Sprache verschlagen, denn sie starrten jetzt mit offenen Mündern von einem zum anderen. „Nicht dein Ernst", krächzte Aukje schließlich. „Und ihr seid sicher, dass ihr das alles bei Jelle gefunden habt? Ich kann das gar nicht glauben. Sitzt er jetzt im Knast?"

„Das war leider noch nicht alles."

„Was denn noch? Menschenhandel?" Mina gluckste amüsiert. „Jelle und Zwangsprostituierte. Ich lach mich schlapp."

„Jelle ist tot. Man hat ihn heute am frühen Morgen im Watt gefunden."

Aukje stellte ihre Tasse so hart auf dem Tisch ab, dass der Kaffee überschwappte. Mina bekam einen Hustenanfall. „Du machst Witze."

Sophie schüttelte den Kopf. „Über so was machen wir grundsätzlich keine Witze."

„Wurde er … wurde er umgebracht?"

„Das kann ich euch zu diesem Zeitpunkt nicht beantworten."

„Aber was macht er denn im Watt?" Mina war kreidebleich geworden und kaute nervös an ihren Fingernägeln herum. „Und warum mit drei Kilogramm Rauschgift?"

„Das wollten wir eigentlich von euch wissen", meinte

Arie. „Aber wie ich sehe, könnt ihr uns nicht weiterhelfen. Oder habt ihr ihn gestern noch gesehen?"

„Nein, wir …" Aukje schreckte plötzlich hoch, als hätte sie etwas gestochen. Ohne ein Wort zu sagen, sprang sie auf und rannte hinaus.

„Was hat sie denn?", fragte Arie irritiert. „Ist ihr schlecht?"

Nur Sekunden später stand seine Schwester wieder in der Küche. In der Hand hielt sie eine kleine, in einen Gefrierbeutel eingeschlagene Schachtel, die sie ihm entgegenstreckte. „Ich weiß nicht, ob sie was mit alldem zu tun hat", sagte sie mit belegter Stimme. „Aber ich wollte sie dir sowieso geben. Sie gehörte Karla. Sie hatte sie in einem ihrer Stiefel versteckt." Aukje erläuterte in knappen Sätzen, was es mit dieser Schachtel auf sich hatte.

Arie streifte ein Paar Einweghandschuhe über, nahm den Plastikbeutel an sich und zog die Schachtel heraus. Sie war blau gemustert, mit maritimen Motiven darauf. Nichts Besonderes also, es gab sie vermutlich in nahezu jedem Souvenirshop zu kaufen. Er öffnete den Deckel. Aukje hatte bereits gesagt, dass sie leer sei, aber er wollte sich anscheinend dennoch vergewissern, ob es nicht doch irgendwelche Spuren gab, die interessant sein könnten. Tatsächlich entdeckte er ein paar winzige Krümel, auf die er Sophie hinwies. Bei denen konnte es sich allerdings um alles Mögliche handeln. Er schloss den Deckel wieder. Die Analyse der Krümel überließen sie lieber dem Labor.

„Und du bist dir sicher, dass Karla sie aus einem der Häuser hatte, die sie kartiert hat?", fragte Sophie.

„Das hat sie zumindest behauptet, ja", antwortete Aukje.

„Und sie hat kein Wort darüber verloren, warum sie dieses Kästchen so interessant fand?"

„Nein. Kein Wort. Wir haben sie allerdings auch nicht danach gefragt und sie hat es nicht mehr angesprochen."

„Wisst ihr, in welchem Haus genau sie es gefunden hat?", wollte Arie wissen.

Die jungen Frauen schüttelten den Kopf. Aukje sagte: „Soweit ich mich erinnere, war sie in diesen Tagen in der Gegend von Onderdendam eingeteilt."

„In welchem Radius?"

Aukje schob die Unterlippe vor und wiegte den Kopf hin und her. „Weiß nicht genau. Das findet ihr aber alles in den Projektplänen."

„*Goed*. Dann brauche ich eine Liste der Häuser, für die Karla in der Woche vor ihrem Verschwinden zuständig war. Gibt es so was?"

„*Zeker*. Ich hol sie dir." Mina ging zur Tür hinaus, gleich darauf hörte man das Rascheln von Zetteln. „Hier ist Karlas Projektmappe", sagte sie, als sie wieder zurückkam und sie Arie in die Hand drückte. „Da müsste alles drin sein." Sie zog eine Grimasse. „Bei mir hättest du da schon größere Schwierigkeiten gehabt. Mein Zettelwerk fliegt in der ganzen Wohnung herum. Ich hab's nicht so mit Ablage. Karla war da anders."

„Um das Ganze noch ein bisschen einzugrenzen: Wisst ihr noch, an welchem Tag genau Karla euch von dem Kästchen erzählt hat?", fragte Sophie.

Aukje runzelte die Stirn. „Es war auf jeden Fall während der Pause einer Projektbesprechung. Wenn ich sie richtig verstanden habe, dann hatte sie die Schachtel am selben Tag gefunden. Oder, Mina?"

„Ja, ich glaube auch."

„Und wann war diese Projektbesprechung?"

Aukje nahm ihr Smartphone in die Hand und drückte ein paarmal darauf herum. „Vor vier Tagen", sagte sie wenig später.

„Findet solch eine Besprechung routinemäßig statt?"

„Ja. Aber diese wurde relativ kurzfristig einberufen. Es waren ein paar Verantwortliche von der Gasfirma da und so. Wir sollten ihnen unsere Ergebnisse vorstellen. Also die Zwischenergebnisse."

Arie runzelte die Stirn. „Nur damit ich es jetzt richtig verstanden habe: Ihr hattet an der Uni Besuch von der für die Erdbebenschäden verantwortlichen Firma und während dieser Sitzung hat Karla die Schachtel aus ihrer Tasche geholt und sie euch gezeigt?"

„Während der Pause."

„War es das erste Treffen dieser Art, das stattfand?", hakte Sophie nach.

„*Nee, hoor*. Zu Projektbeginn waren die Leute schon mal da", meinte Aukje.

„Genau dieselben Leute?"

„Ja. Ich denke schon."

„Gibt es zu dem Treffen ein Protokoll?"

„Ich glaube nicht, dass es schon geschrieben war. Zumindest habe ich noch keins bekommen."

„Schade." Arie erhob sich vom Sofa und hielt die Mappe in die Höhe. „Trotzdem werden wir uns das hier mal genauer ansehen." Er überlegte kurz und fragte dann: „Der Vater von Karla war nicht zufällig auch auf der Sitzung? Ich meine, er sitzt doch im Management dieser Firma, oder?"

„Doch, der war da", bestätigte Aukje ohne zu zögern. „Er war von Anfang an wenig begeistert von unserem Projekt und hat versucht, es Karla auszureden. Aber die hat sich nicht davon beirren lassen."

„Ich glaube sogar, sie war ganz froh, ihrem Alten mal eins auswischen zu können", ergänzte Mina. „Schließlich hat sie ja auch die Idee zu dem Projekt gehabt. Ich glaube, ihr hat es immer gestunken, dass ihr Vater für diese Bagage arbeitet. Und das nicht nur als einfacher Arbeiter, sondern in verantwortungsvoller Position. Daran hatte sie echt zu knabbern. Zumal der Konzern ja auch bis heute noch keine Entschädigung gezahlt hat. Nicht mal für die Schäden, die schon Ewigkeiten zurückliegen. Sie fand das immer total asozial, die Betroffenen so hängen zu lassen. Das hat sie ihrem Vater auch unumwunden ins Gesicht gesagt. Auch vor seinen Kollegen. Da war sie völlig schmerzfrei."

„Du glaubst aber nun nicht, dass Karla von ihrem eigenen Vater umgebracht wurde, oder?" Aukje warf ihrem Bruder über den Rand ihres Kaffeebechers hinweg einen kritischen Blick zu.

„Was wir glauben oder wissen, werden wir euch ganz sicher nicht unter die Nase reiben", lautete die Antwort. Er trat zu seiner Schwester und drückte ihr einen Kuss auf die Stirn. „Vielen Dank für eure Mithilfe. Und passt auf euch auf, *hoor*!" Ganz offensichtlich war das, was sie gerade erfahren hatten, nicht dazu angetan, die Sorge um seine Schwester abzumildern.

Auch Sophie verabschiedete sich von den beiden, dann folgte sie Arie zur Tür hinaus.

28

Es dauerte eine ganze Weile, bis er das ganze Ausmaß dieser Internetmeldung realisierte. Es war, als habe sein Gehirn auf den Energiesparmodus umgeschaltet, als laufe jede einzelne seiner grauen Zellen nur noch mit halber Kraft. Schritt für Schritt tastete er sich durch den dichten Nebel, der seine Wahrnehmung umhüllte wie ein Schleier, bis es ihm gelang, das Stückwerk seiner Gedanken zu einem plausiblen Ganzen zusammenzusetzen. Dann aber traf ihn die Tragweite dieser Meldung mit voller Wucht, und er glaubte, an seinem eigenen stockenden Atem ersticken zu müssen. Das alles konnte doch nicht wahr sein! Es durfte nicht wahr sein!

Doch so oft er auch die Augen schloss, in der Hoffnung, das alles würde sich als Halluzination herausstellen, so oft wurde er enttäuscht. Irgendwann sah er ein, dass mit diesen Sätzen aus der Krise eine Katastrophe geworden war.

Menkos Hände zitterten, als er das Tablet beiseitelegte. Wie in endloser Achterbahnfahrt konfrontierte ihn sein Gehirn mit der Schlagzeile, die gerade auf allen relevanten niederländischen Medienplattformen über den Ticker lief:

* Junger Deutscher im Watt am Dollart tot aufgefunden * Drei Kilogramm Rauschgift sichergestellt * Polizei schließt Zusammenhang mit Mord an Karla B. nicht aus * Zeugen gesucht *

Für Menko gab es keinen Zweifel, um wen es sich bei dem Opfer handelte. Nach dem ersten Schrecken, der ihn ereilt hatte, konstatierte er, dass es um Jelle, den Verräter, nicht schade war. Dieser Intrigant hatte nur bekommen, was er verdiente. Einmal mehr, weil er anscheinend versucht hatte, sich mit der Ware davonzumachen, als er im Dollart ersoff. Denn wie sollte Menko diesen Fakt anders werten als einen Vertrauensverlust? Und so, wie es aussah, hatte er mit Marius gemeinsame Sache gemacht. Umso bedauerlicher, dass sein Kurier schon tot war, denn Menko verspürte gerade nicht wenig Lust, ihm für das, was er getan hatte, höchstpersönlich das Licht auszublasen. So, wie es in seinen Kreisen üblich war. Nicht zuletzt, um es allen anderen eine Warnung sein zu lassen. Nun gut, daraus wurde nun nichts mehr.

Aber Jelle hatte ja nicht allein gehandelt. Also würde sich Menko an Marius halten. Natürlich, er war sein Neffe, und vor allem seine Mutter würde über diesen Verlust untröstlich sein. Aber darauf konnte er keine Rücksicht nehmen. Ihn nicht zu töten, würde die Gefahr bergen, dass Marius gegenüber den Bullen quatschte, um sich aus der Affäre zu ziehen. Auch würde es heißen, in der Szene das Gesicht zu verlieren, und das kam ganz sicher nicht infrage. Schon gar nicht wegen eines Losers wie Marius, der ihm mit seinen Alleingängen sowieso ständig nur Ärger machte.

Menko musste nicht lange überlegen, auf welche Weise er Marius entsorgen würde. Es würde ein Leichtes sein, ihn für immer vom Erdboden verschwinden zu lassen. Ganz sauber, ohne dass Menko Gefahr lief, dass der Leichnam seines Neffen gefunden wurde. Wie einen Ochsen würde er Marius zur Schlachtbank führen, und der würde es nicht einmal merken.

Mit einem zufriedenen Grinsen auf dem Gesicht griff Menko nach seinem Telefon. Es brauchte drei Versuche, bis sich Marius am anderen Ende endlich mit einem zögerlichen *Ja?* meldete.

„Oh, da bin ich aber froh, dass du rangehst", säuselte Menko. Er simulierte einen zerknirschten Tonfall. „Ich … ich wollte mich bei dir entschuldigen." Als Marius außer einem Brummen nichts von sich gab, legte er noch eine Schippe drauf: „Ich … ich weiß jetzt, dass Jelle und du … na ja, dass ihr keine gemeinsame Sache gemacht habt. Es war blöd von mir, das zu denken. Also", er räusperte sich, „also ich hätte da einen Auftrag für dich. Heute Nacht. Alles wie üblich. Nur mit doppeltem Gehalt. Na, was sagst du?"

Menko kaute in gespannter Erwartung auf seinen Lippen. Er hoffte, dass Marius anbeißen würde. Es wäre der einfachste Weg. Natürlich würde ihm ansonsten auch noch eine andere Möglichkeit einfallen, ihn beiseitezuschaffen, aber so wäre es eine saubere Sache.

„Okay", sagte Marius nach einer gefühlten Ewigkeit. „Wo?"

Menko atmete erleichtert aus. Sein Neffe war ja noch einfältiger als gedacht. Aber in diesem Fall kam ihm seine Blödheit sehr entgegen. Er sagte ihm, wo genau er ihn bei Einbruch der Dunkelheit erwartete.

Sehr mit sich zufrieden legte Menko auf. Doch wählte er sogleich die nächste Nummer und sagte Sekunden später: „Ich brauche dich heute Nacht für einen weiteren Job. Alles andere bleibt wie geplant. Ich melde mich wieder." Eine

Antwort wartete er nicht ab. Das musste er nicht. Auf diesen Mann konnte er sich blind verlassen.

Denn der hatte Spaß am Töten.

29

Was für ein erfreulicher Anruf! Auch in der nächsten Nacht würde er also gleich doppelt zu tun haben, nachdem die letzte schon so zufriedenstellend verlaufen war.

Seit er Blut geleckt hatte, gelang es ihm kaum, seine Aggressionen zu zügeln. Ohne Unterlass hatte er Lust, auf etwas, nein, auf jemanden einzudreschen. Es wäre ihm ein echtes Vergnügen, erneut jemanden so lange zu quälen, bis er um Gnade winselte – und schließlich, nach langem Martyrium, keinen Mucks mehr von sich gab.

Alles andere bleibt wie geplant, hatte der Anrufer gesagt. Es klang wie Musik in seinen Ohren.

Also machte er sich erneut auf den Weg zu Aukje.

30

Wie versteinert stand Marius nach dem Anruf seines Onkels da und starrte perplex auf sein Smartphone. Als er Menkos Nummer gesehen hatte, wollte er zunächst gar nicht drangehen. Zu tief saßen noch die Vorwürfe, die er sich wegen Jelle hatte anhören müssen. Außerdem brannten seine Wangen immer noch wie Feuer, ein blaues Auge hatte er durch den Fausthieb auch davongetragen. Aber letztlich hatte die Neugier gesiegt. Was hätte ihm auch großartig passieren können? Wenn ihm sein Onkel blöd gekommen wäre, hätte er das Gespräch mit einem Knopfdruck beenden und das Smartphone ausschalten können. Außerdem hatte er sich inzwischen so weit vom Hausboot entfernt, dass Menko ihn nicht so ohne weiteres aufspüren konnte.

Mit allem hätte Marius gerechnet, aber nicht mit einer Entschuldigung. Und schon gar nicht mit einem neuen Auftrag, nachdem ihn Menko doch noch vor wenigen Stunden beschuldigt hatte, ihn zu bescheißen und mit Jelle gemeinsame Sache zu machen.

Ob der plötzliche Sinneswandel etwas damit zu tun hatte, dass Jelle tot war? Fürchtete Menko vielleicht, dass Marius bei den Bullen auspacken würde, wenn er ihn nach allem, was passiert war, von den Zügeln ließ oder ihn verärgerte?

Ein seltsames Kribbeln im Bauch sagte Marius, dass mehr dahintersteckte. Nur was? Es sah seinem Onkel so gar nicht ähnlich, auf versöhnlich zu machen. Andererseits konnte Menko es sich nicht erlauben, seine Leute zu verprellen, nachdem man Jelle mit drei Kilogramm Rauschgift im Watt gefunden hatte. Was, wenn einer quatschte?

Die Meldung im Internet hatte Marius ziemlich kalt erwischt, aber er konnte nicht behaupten, dass es ihm leidtat. Jelle war ein niederträchtiges Arschloch gewesen, immer nur auf seinen eigenen Vorteil bedacht. Oder warum sonst hätte er seinen Kumpel bei den Bullen verpfeifen sollen? Doch nur, weil er die Hoffnung gehabt hatte, damit bei Menko an Marius' Stelle zu treten.

Warum sich Jelle im Dollart ersäuft hatte, war Marius ein Rätsel. War ihm die Sache nach Karlas Tod zu heiß geworden? Oder hatte er vielleicht so viel Schiss davor, nach seinem Verrat an Marius den gleichen Weg gehen zu müssen wie Karla, dass er einen Selbstmord bevorzugte? Womöglich hatte Menko ihm nach seinem Gang zu den Bullen damit gedroht, ihn fertigzumachen, sollte er denen gegenüber auch irgendwas über seine Aufträge verraten. Aber warum nahm Jelle dann den Rucksack mit ins Watt? Womöglich, um Menko auf den letzten Metern noch ans Messer zu liefern.

Eine andere Möglichkeit wäre, dass Jelle von Menko den Auftrag bekommen hatte, die Drogen durchs Watt zu transportieren. Vielleicht hatte es auf den üblichen Routen Schwierigkeiten gegeben, wie es in Grenzregionen schon mal vorkommen konnte. In diesem Fall hätte Menko Jelles Tod mit zu verantworten. Marius aber konnte sich bei bestem Willen nicht vorstellen, dass sein Onkel so leichtfertig mit dem Leben seiner Kuriere umging. Schließlich wusste doch jeder, dass ein Gang durchs Watt selbst für Ortskundige jederzeit ein Ritt in die Hölle werden konnte. Nein, Menko hatte zwar seine Macken und manchmal auch cholerische Ausraster. Aber so gemein, jemanden einfach seinem Schicksal zu überlassen, war er nicht. Eher hätte er die Mission abgesagt.

Je länger Marius über Jelles Motive nachdachte, desto mehr verhakten sich seine Gehirnzellen ineinander. Schon mehrmals hatte er sich ermahnt, einfach nicht mehr zu grübeln. Schließlich war es wichtiger zu sehen, was jetzt aus ihm selbst werden würde. Jelle war tot, daran ließ sich sowieso nichts mehr ändern. Warum sich also mit der Vergangenheit befassen, wenn die Zukunft viel Spannenderes bereithielt?

Nach Menkos Anruf erschien Marius die Zukunft plötzlich in einem viel helleren Licht. Ganz egal, welche Motive hinter Menkos unerwartetem Einlenken standen, er, Marius, würde wieder in erster Reihe mitspielen. Das war eine gute Nachricht. Eine sehr gute sogar.

Er würde seinen Onkel nicht enttäuschen.

31

„Worüber grübelst du nach?", fragte Arie van Dijk seine Kollegin Sophie Reimers.

Während er Karlas Projektmappe durchforstete, saß sie seit mehreren Minuten an einem Tisch in seinem Büro und starrte nachdenklich aus dem Fenster. In ihrer Hand hielt sie einen Plastikbeutel, in dem sich Karlas Pappkästchen befand. Die Spurenanalyse der KTU hatte ergeben, dass in diesem Kästchen Cannabis aufbewahrt worden war. Auch minimale Spuren von Opium hatten sie nachweisen können. Inzwischen stand fest, dass es sich mit hoher Wahrscheinlichkeit um die gleiche Charge handelte, die auch Jelle in seinem Rucksack transportiert hatte. Es war also nicht mehr auszuschließen, dass es zwischen den beiden Todesfällen einen Zusammenhang gab, und dass dieser Zusammenhang im Drogenhandel zu finden war. Leider aber waren auf dem Kästchen ausschließlich Karlas Fingerabdrücke gefunden worden, wenn man von Aukjes einmal absah.

Sophie wurde das Gefühl nicht los, dass es eine Verbindung gab zwischen Jelles Tod und Marius. Also hatte sich Sophie beim zuständigen Richter die Erlaubnis eingeholt, Marius' Wohnung in Leer mit Drogenspürhunden betreten und auf den Kopf stellen zu dürfen. Gerade war die Nachricht eingegangen, dass die Kollegen der Drogenfahndung an Ort und Stelle eingetroffen waren. Nun mussten sie nur noch auf das Ergebnis warten. Arie hoffte inständig, dass die Kollegen fündig würden, denn dann hätten sie erstmals eine wirklich konkrete Spur, die sie weiterverfolgen konnten.

„Hallo? Erde an Sophie!", sagte Arie, als von ihr auf seine Frage hin keine Reaktion erfolgte.

„Bitte?" Sophie schreckte auf. „Hast du was gesagt, Arie?"

„Ja, ich fragte, worüber du nachgrübelst."

„Ach so." Sophie räusperte sich. „Aukje erwähnte vorhin, dass ihre Freunde Marius Bruhns in der Nähe vom *Woonschepenhaven* aus den Augen verloren hätten. Seitdem grübele ich darüber nach, in welchem Zusammenhang ich schon einmal von dieser Hausbootsiedlung gehört habe. Ich bilde mir ein, es hätte irgendetwas mit unserem Fall zu tun gehabt. Aber ich komme nicht drauf."

„Bist du sicher?", fragte Arie. „Wann soll denn das gewesen sein?"

Sie seufzte. „Wenn ich das wüsste, wäre ich vermutlich schon schlauer. Aber ich bin mir sicher, dass ich von ihr nicht zum ersten Mal von deiner Schwester gehört habe." Sie tippte sich an den Hinterkopf. „In der letzten Ecke meines Hinterstübchens wartet die Info darauf, herausgekitzelt zu werden, aber sie verhält sich ziemlich sperrig."

„Da kann ich dir leider nicht helfen. Aber wenn du willst, kann ich dir das Verzeichnis der Bewohner des *Woonschepenhavens* ausdrucken lassen", meinte Arie.

Sophie nickte. „Ja, das wäre schön. Wie viele Menschen leben dort?"

„Rund zweihundert Personen, soviel ich weiß."

„Das ist überschaubar", stellte sie fest.

Also gab Arie telefonisch den Auftrag, die Liste in sein Büro zu bringen.

Sophie nickte zu seinem Schreibtisch hinüber. „Bist du bei Karlas Unterlagen schon weitergekommen? Irgendetwas Interessantes?"

„Durch die Erdbeben der letzten Jahre wurden mehrere tausend Gebäude beschädigt", erklärte Arie. „Es gibt eine behördliche Auflistung der gemeldeten Schäden, die sehr umfangreich ist. Die Studenten, also unter anderem Karla und Aukje, haben eine zufällige, aber repräsentative Stichprobe der beschädigten Gebäude durchgeführt. Diese wiederum haben sie untereinander aufgeteilt und sie nach und nach mittels eigener Kartierungen und Fotografien erneut erfasst."

„Durften sie die leerstehenden Gebäude denn betreten?", fragte Sophie. „Ich meine, zahlreiche von ihnen gelten als einsturzgefährdet."

„Mit Sondergenehmigung, ja. Allerdings nur diejenigen, bei denen das Gefahrenpotenzial überschaubar ist. Damit fielen einige von ihnen von vornherein aus dem Projekt heraus. Dennoch blieben jede Menge übrig."

„Wie groß ist der Radius des betroffenen Gebietes?"

Arie winkte Sophie heran. Als sie an seinem Schreibtisch stand, tippte er auf eine Karte der Provinz Groningen. „Das Epizentrum des Bebens lag in der kleinen Ortschaft Zeerijp. Die Erschütterungen des Bebens waren in einem Radius von ungefähr zwanzig Kilometern zu spüren."

„Und für welches Gebiet war Karla zuständig?"

Arie holte eine weitere Karte hervor, auf der ein Gebiet grauschraffiert war. In die Schraffierung eingezeichnet waren rote Punkte, die wiederum mit Ziffern gekennzeichnet waren. Diese bezeichneten einzelne Gebäude. „Karla war, wie wir wissen, in Onderdendam unterwegs. Von dort aus verlief ihr Untersuchungsgebiet Richtung Nordosten, bis nach Eemshaven an der Emsmündung."

„Und an welchem Ort war sie an dem Tag, als sie während der Projektbesprechung das Kästchen hervorzog?"

„Hier." Er tippte auf eine Ortschaft namens Koningsoord, die unmittelbar vor Eemshaven lag.

„Wie viele Gebäude hatte sie dort zu untersuchen?"

„Drei."

„Dann wird sie in einem der Gebäude das Kästchen gefunden haben", konstatierte Sophie.

„*Precies*. Wenn ihre Geschichte stimmt, dann ist davon auszugehen", bestätigte Arie.

„Wir sollten uns dort mal umsehen."

„Ganz deiner Meinung."

Die Tür schwang auf, und herein kam eine junge Polizistin mit einem Stapel Zettel in der Hand. Sie nickte Sophie freundlich zu. „Die Meldedaten vom *Woonschepenhaven*", sagte sie und legte die Zettel vor Arie auf den Schreibtisch. Dann verschwand sie wieder.

Arie schob den Stapel zu Sophie rüber, die ihn sofort interessiert durchschaute. Plötzlich schlug sie mit einem „Ja! Jetzt weiß ich's wieder!" auf die Schreibtischplatte. „Und nun ist es auch nicht mehr verwunderlich, dass sich Marius dort aufhielt."

„Und das heißt?" Arie schaute zu ihr hinüber.

„Es war Menko Brandsma, der uns am Haus seiner Eltern erzählte, er wohne in der Hausbootsiedlung. Marius' Onkel also. Marius wird ihn dort besucht haben."

Arie dachte noch einen Schritt weiter. „Womöglich hält

er sich sogar immer noch dort auf." Er erhob sich und griff nach seiner Jacke, die er über die Stuhllehne gehängt hatte. „Auf den Weg nach Koningsoord könnten wir Brandsma einen Besuch abstatten. Mit viel Glück treffen wir auch Marius dort an. *Akkoord?*[23] "

Sophie nickte zögerlich. „Einverstanden. Allerdings geht es mir nicht nur um Marius", sagte sie.

„Sondern?"

„Ich wüsste gerne, was Brandsma selber für eine Rolle in unserem Fall spielt."

Arie runzelte die Stirn. „Du glaubst, dass auch er etwas mit den Drogengeschäften zu tun hat?"

„Welche Schlüsse ziehst denn du daraus, dass Brandsma gestern ausgerechnet mit Jelle Holtinga hier war? Das kann doch alles kein Zufall sein."

„*Dat klopt*[24] ", musste Arie ihr recht geben. Soweit hatte er auf die Schnelle noch gar nicht gedacht. Er hängte seine Jacke zurück auf die Lehne und setzte sich wieder. Nach kurzer Überlegung fügte er hinzu: „Nur scheint mir das alles noch nicht ganz logisch zu sein. Warum sollte Brandsma mit Jelle hierher ins Kommissariat kommen, um uns auf Marius als möglichen Mörder aufmerksam zu machen, wenn sie alle drei in dieser Drogengeschichte und vielleicht sogar im Mordfall mit drinhängen?"

„Ein Ablenkungsmanöver?"

„Was für ein Ablenkungsmanöver?" Arie war nicht überzeugt.

„Er spielt den besorgten Freund und …"

---

[23] Einverstanden?

[24] Das passt

„*Zie je wel*[25]", unterbrach Arie seine Kollegin mit einer entschuldigenden Handbewegung, „das hat mich von Anfang an stutzig gemacht. Warum sind ein Mann wie Brandsma und ein Typ wie Jelle befreundet? Was verbindet die beiden? Woher kennen sie sich, wenn nicht über Marius?"

„Wenn ich es richtig verstanden habe, dann hatte Brandsma keine Ahnung, dass Marius und Jelle befreundet sind."

„Eben. Das ist doch alles irgendwie komisch, oder nicht?"

Sophie schwieg, während sie mit den Fingerspitzen auf dem Tisch herumtrommelte und wieder zum Fenster hinausstarrte. Schließlich sagte sie: „Wir sollten Menko Brandsma mal etwas näher durchleuchten. Wir wissen nichts über ihn. Oder hattest du das schon beauftragt?"

Arie schüttelte den Kopf. „Bisher habe ich keine Veranlassung dazu gesehen. Aber tatsächlich könnte es nicht schaden, ein bisschen Licht in dieses Beziehungswirrwarr zu bringen." Er griff zum Telefonhörer und bat seine Sekretärin, ein Profil von Menko Brandsma erstellen zu lassen.

„Wir könnten Brandsma vorladen", schlug Sophie vor, als er aufgelegt hatte.

Arie dachte kurz über diesen Vorschlag nach, dann aber sagte er: „Nein. Ich denke, es ist besser, wenn wir ihn in seinem Zuhause überraschen und ihn mit unserem Wissen konfrontieren. Dann hat er keine Zeit, sich irgendetwas zurechtzulegen."

„Mit welchem Wissen?", flachste Sophie. „Noch haben wir keins, mit dem wir ihn konfrontieren könnten. Und wir wissen nicht, ob das jemals anders sein wird."

---

[25] Siehst du

Arie legte den Kopf in den Nacken und strich sich mit beiden Händen ein paarmal durchs Haar. „Ja, du hast recht. Ich fürchte, uns fehlen noch eine ganze Menge Puzzleteile, um uns ein Gesamtbild dieses seltsamen Dreiergestirns machen zu können."

„Fahren wir trotzdem zur Hausbootsiedlung?", fragte Sophie. „Es würde mich ja schon interessieren, ob wir Marius dort antreffen."

„Nach allem, was wir uns gerade zusammengereimt haben, erscheint es mir unwahrscheinlich, dass sich Marius ausgerechnet bei seinem Onkel versteckt hält", meinte Arie. Er blickte auf. „Oder würdest du jemandem vertrauen, der dich gerade bei der Polizei angeschwärzt hat?"

„Jelle hat ihn angeschwärzt. Nicht sein Onkel. Angeblich wusste der doch nicht mal, dass es sich bei dem Freund von Jelle um seinen Neffen handelt."

„Du weißt, was ich meine." Arie rieb sich die müden Augen. Die kurze Nacht machte sich bemerkbar. „Aber an irgendeiner Stelle müssen wir ja jetzt weitermachen. Vorschlag: Wir schrecken erst einmal niemanden auf. Sollte Marius bei seinem Onkel Unterschlupf gefunden haben, dann gibt er diesen vermutlich nicht ausgerechnet in den nächsten Stunden wieder auf. Schon gar nicht, wenn wir zwischenzeitlich eine Fahndung nach ihm einleiten. Ich denke, dass er sich bei seinem Onkel einigermaßen sicher fühlt. *Falls* er dort ist."

„Du willst eine Fahndung nach ihm einleiten?" Sophies Blick zeigte eine gewisse Skepsis.

„Nicht sofort. Aber sollte sich herausstellen, dass er in seiner Wohnung Drogen bunkert, dann natürlich. Denn damit wäre er zumindest verdächtig, etwas mit Karlas Tod zu tun zu haben, und wir könnten dem Staatsanwalt gegenüber ganz anders argumentieren. Das Gleiche gilt für seinen Onkel. Ich möchte erst erfahren, was es über ihn zu wissen gibt. Geben wir den Kollegen also ein wenig Zeit, es herauszufinden."

„Einverstanden. Dann fahren wir jetzt am besten erst einmal nach … wie heißt der Ort?"

„Koningsoord."

„Genau. Wie weit ist das von hier?"

„Gut dreißig Kilometer, würde ich sagen."

„Okay." Sophie raffte die Unterlagen zusammen, die zerstreut auf Aries Schreibtisch lagen, steckte sie alle in die Mappe zurück und klemmte sich diese unter den Arm. Wer wusste schon, wofür Karlas Notizen noch nützlich sein konnten. Dann folgte sie Arie zur Tür hinaus.

32

Koningsoord setzte sich aus etwa einem Dutzend verstreut liegender Gehöfte zusammen. Diese Gehöfte lagen inmitten landwirtschaftlich genutzter Flächen. Sophie meinte, die Einsamkeit der Menschen, die hier lebten, fast körperlich zu spüren, zumal bei diesem herbstlichen Wetter. Vielleicht waren die Einwohner ja mit einem solchen Lebensentwurf zufrieden, schließlich zwang sie niemand, in dieser Einöde auszuharren. Für Sophie jedoch käme ein Leben in dieser Abgeschiedenheit nicht infrage. Hier gab es nichts, außer Gegend, Gegend und nochmals Gegend. Selbst Bäume standen hier nur vereinzelt am Straßenrand oder in unmittelbarer Nähe der Bauernhöfe. Vermutlich würde sie trübsinnig werden, wenn sie hier versauern müsste.

Sie rief sich zur Ordnung. Schließlich war sie hier nicht auf Besichtigungstour für ihre nächste Bleibe, sondern hatte hier lediglich ihren Job zu erledigen.

„Keine schlechte Gegend, wenn man möglichst unsichtbar bleiben möchte", stellte Arie fest, als sie in eine Hofeinfahrt einfuhren. Anscheinend war er einem ähnlichen Gedankengang gefolgt wie sie. „So." Er fuhr auf einen betonierten Hof und schaltete den Motor aus. „*Welkom* bei Gebäude einhundertzweiunddreißig."

Als Sophie ihn nun fragend ansah, deutete er auf Karlas

Mappe, die Sophie auf dem Armaturenbrett abgelegt hatte. „So lautet die Nummer, die Karla an dieser Stelle auf der Karte notiert hatte."

„Verstehe." Sophie stieg aus und sah sich um. Bei diesem Gehöft handelte es sich um ein kleineres bäuerliches Anwesen, bestehend aus einem Wohnhaus mit direkt angrenzendem Stall. Leidlich geschützt von einem Unterstand, standen neben dem Stall ein paar vom Rost zerfressene landwirtschaftliche Maschinen. Niemand schien noch Interesse daran zu haben, sie vor dem Zerfall zu retten. Kaum anders erging es den das Gebäude umgebenden Flächen und Wegen. Längst hatte sich die Natur ihren Platz zurückerobert, Blumen und Gräser wucherten aus den Fugen der regennassen Pflastersteine und eroberten so manchen Spalt im aufgeplatzten Beton der Hofeinfahrt. Sophie vermutete, dass diese Beschädigungen dem Erdbeben geschuldet waren. Wie auch die Risse, die das mit Moosen und Flechten übersäte Mauerwerk des Bauernhofes unverkennbar aufwies.

Je näher Sophie dem Gebäude kam, desto bewusster wurde ihr die Tragweite des Bebens. Aus Ostfriesland kannte sie viele Häuser, die ähnliche Wunden zu beklagen hatten, doch waren diese in der Regel bedingt durch den morastigen Untergrund, der die Gebäude im Laufe der Zeit wegsacken ließ. Hier in Koningsoord aber waren die Schäden ausgeprägter, selbst Dachziegel lagen zerschmettert am Boden. Der Giebel neigte sich unverkennbar in östliche Richtung. Es brauchte keinen Statiker, um festzustellen, dass das Gebäude dem Untergang geweiht war.

„Lass uns reingehen", sagte Arie, als sich der nächste Regenschauer durch die ersten Tropfen ankündigte.

„Und du bist sicher, dass das eine gute Idee ist?" Sophie betrachtete skeptisch den schiefen Giebel. „Irgendwie sieht es hier aus, als würde der Flügelschlag eines Schmetterlings genügen, um alles zum Einsturz zu bringen."

Sie waren an der Haustür angekommen, von der sich das Absperrband an mehreren Stellen gelöst hatte und im Wind flatterte. Arie drückte die Klinke der Haustür hinunter, woraufhin diese sofort mit einem lauten Quietschen aufschwang. Er drehte sich zu Sophie um: „Wenn du lieber draußen bleiben möchtest, ist das völlig okay. Ich werde nur rasch durchgehen, um zu überprüfen, ob es vielleicht eindeutige Spuren gibt, die darauf hindeuten, dass das Gebäude in letzter Zeit betreten wurde." Er deutete auf den gefliesten Boden. „Hier liegt so viel Staub, dass die Spurensuche kein größeres Problem darstellen dürfte." Wie zur Bestätigung seiner Worte nieste er mehrmals, als er die ersten Schritte tat und ihm der dadurch aufgewirbelte Staub kitzelnd in die Nase stieg.

Sophie ignorierte Aries Angebot und folgte ihm, wobei sie bemüht war, in seinen Fußstapfen zu bleiben. Auf gar keinen Fall wollte sie eventuell schon vorhandene Spuren verwischen. Ein Blick in mehrere Räume genügte, um festzustellen, dass man dieses Wohnhaus komplett leergeräumt hatte. Bis auf ein paar einsame Nägel, die am Boden herumlagen, deutete nichts mehr auf seine ehemaligen Bewohner hin. Es roch nach Staub, Moder und Abschied.

„Ich nehme an, dass diese Spuren von Karla sind." Arie ging in die Hocke und begutachtete im Staub sichtbare Profilabdrücke. „Schuhgröße vierzig, *maximaal*", meinte er. „Sieht eher nach einer Frau aus."

Sie setzten ihre Tour durch Wohnhaus und Stallgebäude

nebst Kellern und Heuböden fort, doch entdeckten sie nichts Auffälliges. Gleiches wiederholte sich bei den nächsten beiden Anwesen in Koningsoord, die auf Karlas Karte markiert worden waren.

„Hm. Nichts", stellte Arie schließlich fest. Inzwischen waren mehr als zwei Stunden vergangen. „Wo auch immer Karla das mit Opium versetzte Haschisch gefunden hat, ich gehe davon aus, dass es nicht in einem dieser drei Gebäude war. Mal vorausgesetzt, dass es nicht der einzige Beutel war, den man hier deponiert hatte. Aber das erscheint mir eher unwahrscheinlich."

Sophie konnte nicht verhehlen, dass sie enttäuscht war. Von dieser Aktion hatte sie sich eine ganze Menge mehr versprochen. Draußen auf dem Hof stehend sah sie sich um und überlegte, ob Karla womöglich von ihrem ursprünglichen Plan, ausschließlich die markierten Gebäude zu begutachten, abgewichen war. Ihr kam ein Gedanke.

„Also", sagte sie, als Arie zu ihr trat. Sie legte nachdenklich den Finger an die Nase. „Nur mal angenommen, einer dieser Bauernhöfe würde tatsächlich als Drogendepot genutzt werden. Was sich ja anbieten würde, denn hier ist nun weiß Gott nicht mit Publikumsverkehr zu rechnen. Und weiterhin angenommen, derjenige, der die Drogen hier hortet, erfährt von dem Projekt, das an der Uni gestartet wird. Würde er nicht alles daransetzen, sein Zeug in Sicherheit zu bringen und dort zu lagern, wo garantiert kein Mensch so schnell nachschauen würde?"

„Du meinst …"

Sophie ließ ihren Kollegen nicht aussprechen. „Ja. Genau. Er bringt es natürlich in eines der Häuser, die laut behördlicher Anweisung auf gar keinen Fall mehr betreten werden dürfen. Ein Gebäude, an dessen Tür eines dieser Schilder hängt mit der Aufschrift: *Lebensgefahr. Betreten verboten. Eltern haften für ihre Kinder.*" Sie sah Arie fragend an. „Gibt es hier in der Nähe eines von diesen Häusern?"

Arie winkte ihr, mit ihm zum Auto zu kommen. Er schlug den Kragen seiner Jacke hoch, um sich vorm stärker werdenden Regen zu schützen, dann rannte er im Laufschritt zu seinem Fahrzeug. Sophie folgte ihm auf dem Fuß.

Es dauerte nicht lange, bis sie in Karlas Notizen fündig wurden. Tatsächlich gab es rund zwei Kilometer von diesem Hof entfernt einen weiteren, den Karla makabererweise mit einem Totenkopf markiert hatte.

„Bingo!", freute sich Sophie. „Mein Gefühl sagt mir, dass wir dort richtig sind."

Sofort machten sie sich auf den Weg.

„Ich möchte mal wissen, aus welchem Grund Karla hier war", sagte Sophie, als sie wenig später im Eingangsbereich des als einsturzgefährdet gekennzeichneten Bauernhauses standen und feststellten, dass hier auf dem Boden die gleichen Fußabdrücke zu finden waren, wie in den drei Gebäuden zuvor. Allerdings gab es außer ihnen auch diverse andere. Nach einer kurzen Analyse ging Sophie davon aus, dass sich hier noch mindestens drei Personen mehr aufgehalten haben mussten.

„Vielleicht hat irgendetwas ihre Aufmerksamkeit erregt", meinte Arie. „Menschen, die sich hier herumtrieben oder Fahrzeuge, die von hier wegfuhren. *Wat ook*[26]. Leider werden wir es wohl nicht mehr erfahren."

Sie folgten den Fußspuren über knarrende Dielen bis

---

[26] Was auch immer

in einen Raum, der früher einmal ein Kinderzimmer gewesen sein mochte. Zumindest deuteten die vergilbten, von Feuchtigkeit fleckigen Tapeten mit Zeichentrickfiguren darauf hin.

Sophie erschrak beinahe zu Tode, als plötzlich etwas Weiches ihr Bein streifte. Mit einem gellenden Schrei trat sie reflexartig nach dem weichen Etwas, woraufhin wiederum ein Kreischen erklang, das durch Mark und Bein ging.

Arie lachte und schaute der davonflitzenden Katze hinterher. „Die Arme. Du hast ihr Angst gemacht."

„Ja, haha, sehr witzig." Sophie hielt sich das wild klopfende Herz.

Sie setzten ihren Weg fort. Die Spuren endeten direkt vor einer Wand. Arie deutete auf den Boden. „Da ist eine Falltür. Sieht so aus, als wäre sie vor nicht allzu langer Zeit geöffnet worden." Er ging in die Hocke und hob die hölzerne Klappe an, die sich geräuschlos öffnen ließ. Arie zog eine Taschenlampe hervor und leuchtete in die darunter hervorkommende Luke. „Ein kleines Verlies", stellte er fest. „Nicht allzu tief. Ich schätze mal, dass ich da nicht mal stehen kann."

„Ist dort irgendetwas gelagert?", erkundigte sich Sophie.

Arie sprang hinunter. Sein Kopf schaute weiterhin aus der Luke heraus. „Ist wirklich nicht allzu hoch hier." Er ging in die Hocke und drehte sich wie im Entengang einmal um sich selbst. „Alles leer", bemerkte er dann. „Aber es ist ganz sicher noch nicht lange her, dass man hier herumgewühlt hat."

„Spurensicherung?", fragte Sophie.

„Spurensicherung", bestätigte Arie. Er stemmte sich aus der Luke nach oben und blieb an deren Rand sitzen, sodass seine Beine hinunterbaumelten. In seinen Haaren klebten Spinnenweben. Er zog sein Smartphone aus der Tasche und verständigte die Kollegen.

33

„Treffer." Arie nickte zufrieden. Er legte auf.

„Mit wem hast du telefoniert?", fragte Sophie, die gerade erst zur Tür des Büros hereinkam. Auf den Armen balancierte sie einen Pappkarton mit chinesischem Fastfood und zwei Dosen Cola. Nachdem sie wieder in Groningen angekommen waren, war sie direkt in die City gelaufen, um ihnen etwas zu essen zu besorgen. Aufgrund der neuesten Erkenntnisse wollten sie es sich nicht erlauben, eine längere Arbeitspause einzulegen. Die Wan Tan und die gebratenen Nudeln waren perfekt für ein Essen nebenbei.

„Es waren deine Kollegen aus Leer", antwortete Arie. Er stand auf und kam zum Tisch, an dem Sophie die Speisen aus dem Karton nahm. „Die Hunde haben draufgehauen."

Sophie brauchte einen Moment, bis sie den Sinn der Worte erfasst hatte. Doch plötzlich ging ihr ein Licht auf. „Ah! Die Hunde haben angeschlagen, meinst du wohl. Heißt das, sie haben in der Wohnung von Marius Bruhns Betäubungsmittel gefunden?"

„*Precies*." Arie griff nach einer Schachtel Wan Tan, öffnete eine kleine Plastikschale mit süßsaurer Soße und tunkte die knusprigen Teigtaschen hinein. Bevor er diese zum Mund führte, fügte er hinzu: „Nicht viel. Ein paar Hanfpflanzen. Aber eben auch Spuren von Opium. Das reicht, um ihn zur Fahndung ausschreiben zu lassen."

„Dann lagen wir also doch nicht so falsch mit der Vermutung, dass Jelle und Marius gemeinsame Sache gemacht haben." Es zischte, als Sophie eine Dose Cola öffnete. Sie nahm ein paar Schlucke. „Und was ist mit Marius' Onkel? Ist das Dreiergestirn, wie du es nanntest, komplett?"

Arie lehnte sich zurück und hangelte nach einer Mappe auf seinem Schreibtisch. Sein Stuhl geriet dabei bedenklich ins Wanken, doch brachte er diese akrobatische Aktion unbeschadet hinter sich. „Ich habe noch nicht reingeschaut", gestand er, als alle vier Stuhlbeine wieder sicher auf dem Boden standen. Er zog ein paar Zettel hervor und betrachtete sie kritisch. „Zumindest scheint er bei uns keine umfangreichere Akte zu haben, wenn ich mir das Minimum an Informationen ... *ach, wat nou!*" Er war so baff, dass er sogar vergaß, seinen Mund wieder zu schließen, als er den Wan Tan nicht, wie geplant, zu sich nahm, sondern ihn zurück in die Schachtel fallen ließ.

„Nun mach's nicht so spannend!", meinte Sophie, als Arie nun einfach weiterlas, ohne ihr zu sagen, was er denn so Interessantes entdeckt hatte.

Arie hob die Hand zum Zeichen, dass er noch einen Moment brauchte. Dann jedoch sagte er: „Wir sollten das Hausboot noch genauer unter die Lupe nehmen, als wir es bislang vorhatten."

„Warum?"

Arie reichte ihr einen Zeitungsartikel. „Hier wird sein Name zwar nicht direkt erwähnt. Aber wenn man weiß, mit wem man es zu tun hat, dann ergibt es einen Sinn."

Sophie warf einen Blick auf den Artikel, doch gab sie ihn sofort an ihren Kollegen zurück. „Könntest du mir vielleicht übersetzen, was drinsteht? Bis ich mir das zusammengereimt habe …"

„Sorry, *natuurlijk*." Arie legte den Ausschnitt beiseite. Bevor er anfing zu reden, öffnete er eine Schachtel mit gebratenen Nudeln. Er sah sie entschuldigend an. „Der Hunger bringt mich fast um. Ich erkläre es dir sofort, *'n ogenblikje, alsjeblieft*."

Sophie nutzte die kurze Pause, indem sie ebenfalls ein paar Gabeln ihrer Nudeln aß. Als Arie seine wenig später wieder abstellte, schaute sie ihn erwartungsvoll an.

„Es war auf jeden Fall eine gute Idee von dir, Menko Brandsma mal ein wenig intensiver zu durchleuchten", begann Arie. „Vor allem sein Job ist äußerst interessant."

„Und der wäre?"

„Er ist in der Region Groningen für die Begutachtung von Gebäuden zuständig."

Sophie, die gerade den Mund voller Nudeln hatte, hätte sich beinahe verschluckt. „Heißt das jetzt", krächzte sie mit vollem Mund, „dass er auch die Erdbebenschäden erfasst hat?"

„Genau das heißt es. Er hat die Daten erhoben und dokumentiert."

„Aber nicht nur er", vermutete Sophie.

„Nein. Aber er leitet die Abteilung."

„Das weißt du woher?"

„Habt ihr in Deutschland kein Internet? Die Kollegen haben einen Ausdruck gemacht."

„Oh, klar. Wie dumm von mir." Sophie zog eine Grimasse.

„Ich erinnere mich an die Geschichte." Arie nahm erneut den Zeitungsartikel zur Hand. „Bereits Mitte Januar gingen die ersten Beschwerden bei der Behörde ein."

„Was für Beschwerden?"

„Vereinzelt behaupteten Hauseigentümer, dass ihr Zuhause zu Unrecht als nicht mehr bewohnbar eingestuft wurde."

„Damit ist zu rechnen, oder?" Sophie zuckte die Schultern. „Ich wäre sicherlich auch nicht sonderlich begeistert, wenn man mich von heute auf morgen enteignen würde."

„Keine Frage, solche Versuche verzweifelter Eigentümer gibt es in solchen Fällen immer. Aber diesmal ..." Arie zog einen weiteren Artikel aus der Mappe. „Diesmal scheint sogar etwas dran zu sein."

Sophie zeigte auf den Zeitungsausschnitt. „Steht das da drin?"

„Zumindest wurde die Behörde aufgefordert, die Fälle noch einmal genauer unter die Lupe zu nehmen und gegebenenfalls korrigierend einzugreifen. Ein paar Anwälte haben vor Gericht einen entsprechenden Beschluss erwirkt."

„Und es ist sicher, dass Menko Brandsma persönlich etwas mit der Sache zu tun hat? Dass er gefälschte Gutachten erstellt hat?"

„Davon wird ausgegangen, denn er hat nicht nur seine Leute eingeteilt, sondern war auch selbst an der Erstellung der Gutachten beteiligt."

Sophie pfiff durch die Zähne. „Hui, das nenne ich mal brisant. Aber warum sollte Brandsma so etwas tun? Ich meine, was hat er davon, wenn er falsche Gutachten erstellt?"

„Da kann ich nur spekulieren", antwortete Arie. Er grinste. „Genauso wie es Brandsma vermutlich auch tut."

Sophie beugte sich vor. „Brandsma spekuliert darauf, dass ...?"

„Er spekuliert. *Punt.*"

Endlich war das Wortspiel auch bei Sophie angekommen, und sie schlug sich mit der flachen Hand vor die Stirn. „Ich Esel. Natürlich. Es geht um Grundstücke." Sie zog die Stirn kraus. „Aber sind die Grundstücke in dieser Gegend nach dem Erdbeben denn überhaupt noch so viel wert, dass es sich lohnt, mit ihnen zu spekulieren?"

„Derzeit womöglich nicht", erwiderte Arie. „Aber Grund und Boden ist geduldig. Und Grundstücksspekulanten sind es auch. Vermutlich werden sie nicht gerade jetzt versuchen, sie meistbietend zu verscheuern. Aber wenn erst einmal Gras über die Sache gewachsen ist, dann ..." Er zuckte die Schultern. „Wie gesagt, es ist spekulativ, ich habe dafür keinerlei Beweise. Aber allzu weit hergeholt scheint mir diese Schlussfolgerung dennoch nicht zu sein. Man kennt ja seine ... wie sagt man auf Deutsch?"

„Pappenheimer."

„Ach so. Genauso wie bei uns. *Men kent zijn pappenheimers.*"

Arie und Sophie aßen ihre Nudeln auf, dann fragte Sophie: „Gibt es denn Hinweise, dass Menko Brandsma in den Drogenhandel verstrickt ist?"

„Nichts Offensichtliches", antwortete Arie. „Aber es lässt sich sicherlich herausbekommen, ob zum Beispiel die Höfe in Koningsoord in seinen Zuständigkeitsbereich fallen. Sollte er hier die Gutachten erstellt haben – und diese zu denen gehören, um die sich gerade die Anwälte streiten – dann kommen wir der Sache womöglich schon näher."

„Du hast recht", meinte Sophie nach einer kurzen Pause. „Vielleicht kommen wir schon weiter, wenn wir zunächst einmal sein Hausboot auf den Kopf stellen."

„Ich fürchte allerdings, dass wir dafür noch nicht genügend Hinweise haben", dämpfte Arie ihren Enthusiasmus. „Mit Spekulationen halten sich unsere Staatsanwälte und Richter nicht gerne auf. Ein bisschen was Stichhaltiges müssten wir ihnen schon liefern, *toch?*"

„Trotzdem könnten wir Brandsma einen Besuch abstatten", erwiderte Sophie. „Und bei dieser Gelegenheit gleich schauen, ob wir Marius bei ihm antreffen."

„*Oh, verdomme!*" Nun war es Arie, der sich vor die Stirn schlug. „Die Fahndung nach Marius habe ich vor lauter Gier nach Essen ja völlig vergessen!" Er sprang auf und ging schnellen Schrittes in sein Vorzimmer. Als er zurückkam, brachte er zwei Tassen Kaffee mit. „Erledigt", sagte er. „Die Fahndung läuft in Kürze auf allen Kanälen, auch in Deutschland. Jetzt trinken wir erst einmal einen Kaffee, dann fahren wir zum *Woonschepenhaven* und versuchen unser Glück."

Gerade, als sie die Tassen geleert und zum Aufbruch bereit waren, klingelte Aries Smartphone. Er ging ran. Alles, was er am anderen Ende hörte, war ein Schluchzen.

„Wer ist da?", fragte er mehrere Male, doch bekam er außer einem immer heftiger werdenden Schluchzen keine Antwort. „Hallo, wer ist denn da? Brauchen Sie Hilfe?", fragte er ein letztes Mal. Als immer noch nichts kam, begann er, sich die Nummer zu notieren, die auf seinem Display stand.

„Arie?", erklang es im nächsten Moment wimmernd aus dem Hörer.

„Ja, Arie van Dijk. Wer spricht denn da?"

„Ich bin's. Mina. Es … es geht um Aukje."

Aries Herzschlag setzte für einen Moment aus, in seinem Kopf begann es unangenehm zu rauschen ein. Er sprang aus seinem Stuhl hoch und schrie ins Telefon: „Was ist mit Aukje? Mina? Was ist …?"

„Sie … sie ist weg, Arie."

„Was heißt, sie ist weg? Wo ist sie?" Aries Blick traf den von Sophie, doch nahm er kaum wahr, dass sie aschfahl im Gesicht geworden war und ihn voller Entsetzen anstarrte.

„Ich weiß es nicht", wimmerte Mina am anderen Ende. „Er … er hat mich niedergeschlagen. Als ich wieder zu mir kam, war sie weg."

Aries Stimme war nur noch ein Krächzen, als er fragte: „Wer war es, Mina? Wer hat dich niedergeschlagen?"

„Ich weiß es doch nicht, Arie. Ein Schatten. Es ging alles so schnell. Ich …"

„Bleib, wo du bist, Mina! Wir sind gleich bei dir." Arie drückte das Gespräch weg. Er zitterte am ganzen Leib. Wie in Trance leitete er die nächsten Schritte ein, wobei er nur noch stammelnd kommunizieren konnte. Als im Kommissariat die Nachricht die Runde machte, die Schwester des *inspecteurs* sei womöglich von Karlas Mörder verschleppt worden, setzte allenthalben ein Aktionismus ein, wie es dieses Polizeirevier vermutlich nur selten erlebt hatte.

Arie selbst agierte nur noch wie ferngesteuert. Sophie riss sich zusammen und übernahm sofort die Regie. Sie merkte, dass ihr Kollege dazu kaum noch in der Lage war.

Als sie in Aukjes Wohnung angekommen waren, taumelte ihnen schon bald eine völlig aufgelöste Mina aus der Küche entgegen. Sie wurde ohnmächtig. Der gleich nach ihnen eintreffende Notarzt kümmerte sich um sie, während Sophie versuchte, einen klaren Kopf zu behalten.

Was, um alles in der Welt, sollte sie jetzt nur tun?

34

Kalte Finger strichen über ihre Wange.

Aukje warf ihren Kopf hin und her, um die Hand abzuwehren. Verzweifelt versuchte sie, die Augen zu öffnen. Doch fühlten sich ihre Lider an wie von bleiernen Gewichten beschwert. Ihr war kalt. Gerne hätte sie die Arme um ihren Körper geschlungen, doch versagten auch die ihren Dienst. Jeder einzelne Muskel schmerzte, jeder Knochen, jede Stelle ihres Körpers. Alles unter ihr fühlte sich hart an. So hart, als wäre sie auf Beton gebettet.

„Komm wieder zu dir, Aukje", hörte sie eine Stimme mit osteuropäischem Akzent sagen. Sie klang so gedämpft, wie von Watte umhüllt. Die Finger fuhren jetzt über ihren Hals. „Komm wieder zu dir, Aukje, damit wir ein wenig spielen können."

Wer war das? Was wollte der Kerl von ihr?

„Weißt du, deine Freundin Karla war schneller wieder bei mir. Das war schön."

Karla? Was ist mit Karla? Aukje versuchte, sich zu erinnern, aber ihre Gedanken verschwammen im Nebel.

Ein dunkles Lachen. „Du glaubst ja gar nicht, wie schön Karla plötzlich die Augen aufreißen konnte, als ich ihr sagte, was ich mit ihr spielen werde. Du möchtest doch bestimmt auch wissen, was wir gleich miteinander spielen. Mach die Augen auf, Aukje, dann erzähl ich es dir!" Wieder diese eiskalten Finger, diesmal strichen sie ihren nackten Arm entlang.

Was sollte dieses ständige Gefasel von einem Spiel? Aukje hatte keine Lust auf irgendwelche Spiele. Sie wollte nur die Augen öffnen, doch waren die immer noch wie zugeklebt. Sie fühlte eine unbestimmte Wut in sich aufsteigen. Noch ehe sie wusste, was sie tat, riss sie den Mund auf und schrie: „Hör auf, mich anzufassen! Geh weg!" Sie würgte, als ihre Zunge an eine Barriere stieß, und sich auch ihr Kiefer gegen diese plötzliche Bewegung schmerzhaft zur Wehr setzte.

„Na, na, wer wird denn nur so unvorsichtig sein? Nicht gurgeln. Atme ganz ruhig durch die Nase, Liebes ..." Aukje spürte einen unregelmäßigen Atem an ihrem Ohr, dann Lippen, die heiser flüsterten: „Wir wollen doch schließlich nicht, dass du erstickst, noch bevor wir unseren Spaß gehabt haben."

Aukje bekam keine Luft mehr. Sie geriet in Panik, hörte ihr eigenes Röcheln, ihr Keuchen. Sie spürte, wie sich ihr Magen hob, dann ein unkontrollierbarer Schluckauf ... Ihr Kopf flog nach einem lauten Klatschen nach rechts, gleich darauf nach links. Ihre Wangen brannten.

„Lass das, verdammt!", fluchte die Stimme. Wieder klatschte es rechts und links, ihr Kopf reagierte so willenlos wie ein Pingpongball.

Etwas zerrte an ihrem Mund, der Knebel verschwand. Und plötzlich funktionierten auch Aukjes Arme wieder. Sie stemmte sich auf dem harten Boden nach oben. Dann endlich die Erlösung. Sie befreite sich von der Last ihres Magens, riss den Kopf nach oben, schnappte nach Luft wie eine Ertrinkende. Ihr keuchender Atem roch nach Erbrochenem.

„So, das reicht!" Eine Hand krallte sich in ihre Haare, zerrte ihren Kopf zurück. Ein Ohrring verhakte sich und spaltete ihr Ohrläppchen.

„Au!" Aukje riss vor Schmerz die Augen auf, die ihr endlich wieder gehorchten. Sie erschrak, als sie ein Gesicht direkt vor ihrem sah.

„Ja, so ist es gut, meine Kleine. So ist es gut." Aus den Schlägen auf die tränennassen Wangen wurde ein Tätscheln. Dann ein Griff an ihr Kinn. „Sieh mich an, Aukje! Sieh mich ruhig an! Ja, so ist es gut, so mag ich das Spiel."

Blind vor Panik setzte Aukje zu einem Schrei an, doch noch bevor der erste Laut durch ihre Kehle drang, füllte erneut ein Stück Stoff ihren Mund aus. Sie meinte, ihre Mundwinkel müssten zerreißen, als der Stoff tief in sie einschnitt, während irgendetwas unangenehm an ihren Haaren am Hinterkopf zog.

Erneut erschien das Gesicht direkt vor ihrem, eine Wolke stinkenden Atems stieg ihr in die Nase. „Du darfst ja schreien, Liebes, aber bitte so, dass nur ich es hören kann. Ja, ab jetzt schreist du nur noch für mich. Nur noch für mich." Sein diabolisches Gelächter ging ihr durch Mark und Bein.

Jedes Mal, wenn sie die Augen schloss, öffnete er sie gewaltsam wieder mit seinen Fingern. „Lass das, Aukje", röchelte er, „lass die Augen offen, sonst muss ich sie ..." Mit einem breiten Grinsen ließ er eine Packung mit Streichhölzern vor ihrem Gesicht hin und her pendeln.

Weg hier, nur weg! In ihrer Panik stützte Aukje ihre Hände hinter ihrem Oberkörper auf. Sie robbte nach hinten, zog ihre immer noch gefühllosen Beine hinter sich her. Ihren Peiniger, dessen Konturen sie im Halbdunkel nur unscharf ausmachen konnte, behielt sie im Blick. Er machte keine Anstalten, ihr zu folgen, sondern sah ihr nur mit schiefgelegtem Kopf hinterher.

Plötzlich bohrte sich etwas Spitzes in Aukjes Rücken. Sie zuckte zurück und schrie vor Schmerzen laut auf.

Wieder dieses diabolische Grinsen. „Pass auf, Aukje, da sind Nägel in der Wand. Du solltest lieber bei mir bleiben, sonst …" Er beendete den Satz mit einem irren Kichern. „Aber ich sehe schon, wir werden viel Spaß miteinander haben. Denn wir beide …" Er kam auf allen vieren zu ihr gekrochen, bis seine Knie ihre Füße berührten. „Denn wir beide lieben den Schmerz", zischte er, wobei seinem Mund sprühregenartige Tropfen entwichen, die in einem von der Decke scheinenden Lichtstrahl zerstäubten.

Aukje hob den Kopf und starrte an die Decke. Wo war sie hier? Sie kniff die Augen zusammen, doch konnte sie außer dem einen oder anderen Lichtstrahl, der durch die Spalten einer hölzernen Decke einzudringen schien, nicht viel erkennen. Nur schemenhaft zeichneten sich die Umrisse des Verlieses ab, in dem sie sich befand. Wohl eine Art Kellerraum, mit nichts darin, außer dem nackten Boden, auf dem sie saß.

Doch das alles zuckte nur in ultrakurzen Sequenzen durch ihren Kopf, fast wie ein Blitzlichtgewitter. Panikwelle um Panikwelle erfasste sie. Nach Leibeskräften bemühte sie sich, endlich aus diesem Albtraum zu erwachen, doch wollte es ihr einfach nicht gelingen.

„So jung", sagte ihr Gegenüber und strich ihr über das Bein, das lediglich in kurzen Hosen steckte. „So jung. Das ist gut. Ihr Jungen haltet länger durch als die Alten. Ihr habt viel mehr Ausdauer, euer Körper viel mehr Kraft. Ja, dein Körper wird sich gegen den Tod zur Wehr setzen. Er wird kämpfen, kämpfen und immer weiter kämpfen. Doch irgendwann, da gibt es einen Punkt, da gibt er sich mit einem letzten Seufzer geschlagen. So war es auch bei Karla."

Karla! Als Aukje den Namen ihrer Freundin erneut hörte, rauschte ihr das Blut wie eine heiße Welle in den Kopf. Karla! Sie war tot! Natürlich! Jetzt wusste sie es wieder. Sie war ermordet worden und ... Aukjes Kehle entwich ein gurgelnder Schrei, als ihr aufging, wer sie hier unten im Verlies gefangen hielt. „Lieber Gott im Himmel", keuchte sie.

Die Schachtel mit den Nordseemotiven schob sich vor ihr inneres Auge. Mit ihr hatte alles angefangen. Arie! Sie hatte sie ihrem Bruder gegeben. Arie. Für einen Moment machte sich Erleichterung in ihr breit. Bestimmt war er schon unterwegs zu ihr. Bestimmt würde er sie schon sehr bald aus dieser Hölle befreien. Sie schöpfte Hoffnung – die jedoch sofort wieder zunichtegemacht wurde, als der ihr fremde Mann nun sagte: „Ja, auch Karla hat geglaubt, dass sie hier wieder herauskommt. Ich habe es gesehen, in ihren Augen. In ihnen stand Hoffnung. Anfangs viel, dann immer weniger." Er blickte Aukje direkt in die Augen, als er hinzufügte: „Und dann keine mehr. Das war der schönste Moment, als der letzte Rest Hoffnung aus ihren Augen verschwand. Als ihr klarwurde, dass sie sterben würde. Als ihr klar wurde ..." Er beugte sich vor, bevor er den Satz mit einem Grinsen beendete, „dass sie das Spiel verloren hatte."

Aukje bemühte sich, keine Regung zu zeigen. Auf gar keinen Fall wollte sie ihm die Genugtuung geben, Angst in ihren Augen zu sehen. Doch zitterte ihr Körper so verräterisch, dass sie diesen Bastard nicht würde täuschen können. Sie hasste sich dafür, doch würde sie es nicht ändern können.

„So sehr schon am Zittern", stellte er mit unverhohlener Genugtuung fest. Das Leuchten in seinen Augen nahm zu, je länger er sich an ihrem vor Angst und Kälte schlotternden Körper ergötzte. Er kniff ihr so fest in den Oberschenkel, dass sie unwillkürlich einen durch den Knebel unterdrückten Schmerzensschrei ausstieß. „Und dabei hat unser Spiel noch nicht einmal richtig angefangen."

Reflexartig wich Aukje nach hinten an die Wand aus, als der Mann ein Klappmesser zog und die herausspringende Klinge im Lichtstrahl aufblitzte. Wieder entwich ihr ein unterdrückter Schrei, als sich einer der Nägel in der Wand in ihr Schulterblatt bohrte.

„Na, meine Süße, in welche Richtung ist es dir lieber?", säuselte ihr Peiniger und drückte ihr die Spitze des Messers in die Fußsohle. „Du darfst wählen. Nach vorne oder nach hinten. So ist das bei einem Spiel. Man hat immer die Wahl. Na komm", forderte er sie auf, als sie ihr plötzlich wieder bewegliches Bein anwinkelte und zu sich heranzog. „Nun sei kein Spielverderber, Aukje. Denn Spielverderber, das solltest du wissen, kann ich überhaupt nicht leiden. Die machen mich wütend."

Als er sich ihr nun wieder auf allen vieren näherte, schlug und trat Aukje nach allen Seiten aus. Doch alles, was sie damit provozierte, war sein immer bedrohlicher klingendes Lachen. Natürlich war er kräftiger als sie, sodass es ihm schon bald gelang, sie zu bändigen.

Mit seinem ganzen Gewicht schmiss er sich auf sie und drückte sie zu Boden, und so dauerte es nicht lange, bis er ihre Hand- und Fußgelenke jeweils mit Kabelbindern zusammengezurrt hatte.

Jede Bewegung, die sie nun tat, fügte ihr höllische Schmerzen zu. Und doch ließ es ihr Fluchtinstinkt nicht zu, einfach an Ort und Stelle zu verharren. Millimeter für Millimeter schob sie sich über den Boden, immer auf der Flucht vor dem Messer, das er unbarmherzig vor ihrem Gesicht kreisen ließ.

Ein unnatürlicher Glanz trat in seine Augen, als er das Messer schließlich nah an ihren linken Oberarm brachte. „Fangen wir klein an", hauchte er ihr kaum hörbar ins Ohr.

Als sie zeitverzögert den Schmerz des Schnittes spürte, entwich Aukjes Kehle ein weiterer Schrei. Sie wand sich mal in die eine, mal in die andere Richtung, um ihm auszuweichen, aber sie wusste sie, dass es kein Entkommen gab. Doch plötzlich …

„Oh, verflucht, was will denn der jetzt?!" Der Mann ließ von ihr ab und sprang auf. Erst jetzt hörte auch Aukje das Klingeln, das aus seiner Hosentasche kam.

„Ja?", bellte er in sein Handy. „Was? Jetzt schon? Bist du verrückt? Ich bin hier gerade so richtig schön in Fahrt und …" Er stockte, senkte den Kopf und presste die Lippen zusammen. „Ja … okay … ja, verdammt, ist ja gut." Er beendete das Gespräch. „Verfluchtes Arschloch", brummte er. Dann beugte er sich zu Aukje hinunter und sagte: „Bleib schön brav, meine Süße. Ich bin mal kurz weg. Du kannst dich ja schon mal auf das freuen, was später kommt. Denn dann", er ließ erneut das Messer aufblitzen, „können die Spiele beginnen."

35

Marius fluchte, als er die Textnachricht seines Onkels las. Was sollte denn das nun schon wieder heißen? Vertraute Menko ihm nun etwa nicht mehr? Warum schickte er ihm denn einen Aufpasser mit an Bord?

Gerade hatte Marius die Leinen des Trawlers gelöst, mit dem er heute Nacht von Lauwersoog aus auf die Nordsee hinausfahren sollte. Doch nun würde er wohl noch für eine Weile warten müssen, bis der zweite Mann da war. Also machte er die Leinen wieder fest. Dabei wäre es, vom Nieselregen und dem ziemlich starken Wind einmal abgesehen, der ideale Zeitpunkt gewesen, um auszulaufen. Spätestens in einer halben Stunde würde es dunkel sein und er wäre dann schon dort gewesen, wohin Menko ihn schickte. Zudem trieb sich außer ihm zurzeit niemand am Yachthafen herum, was ihm sehr entgegenkam. Das konnte sich jedoch auch bei diesem Wetter schnell ändern. Doch was auch immer geschah, blöd war die Verzögerung allemal. Marius hoffte, dass er den Zeitplan dennoch würde einhalten können und zurück im Hafen war, bevor sich das Wasser wieder aus dem Watt zurückzog. Für alles andere würde Menko kein Verständnis aufbringen. Schon gar nicht nach dem Deal, den Jelle versaut hatte. Marius wollte sich lieber nicht ausmalen, wie Menko reagieren würde, wenn nun auch noch sein Neffe bei seinem Auftrag patzte.

Marius blieb an Bord. Um sich bis zum Auslaufen vor Wind und Regen zu schützen, stieg er in die kleine Kajüte hinab. Ganz sicher war es nicht das beste Wetter für das, was er vorhatte, aber es würde schon gutgehen. Man konnte es sich eben nicht aussuchen. Wenn eine Lieferung kam, dann war es eben so. Auf Marius' Befindlichkeiten konnte da niemand Rücksicht nehmen.

Dennoch kam die Tour, die Marius heute Nacht fahren sollte, ein wenig überraschend. Eigentlich war erst für den nächsten Monat wieder eine geplant gewesen. Warum jetzt noch eine Fuhre eingeschoben worden war, hatte Menko ihm nicht verraten. Aber Marius sollte es recht sein. Das Geld konnte er gut gebrauchen. Und wenn er damit auch noch seinen Onkel zufriedenstellen und vor allem besänftigen konnte, dann war alles gut. Denn ohne Menkos Aufträge, die er ihm ständig zuspielte, hätte Marius nicht gewusst, wie er über die Runden kommen sollte. In jedem anderen Job hätte er außerdem das Mehrfache an Arbeitszeit investieren müssen, um den gleichen Verdienst zu haben. Da müsste er ja schon ziemlich bekloppt sein, wenn er sich die Chance, für Menko zu arbeiten, entgehen ließe.

Marius nickte entschlossen. Ja, er würde seinem Onkel heute einmal mehr beweisen, dass er der Richtige für diesen Job war. Die Sache mit Jelle war dumm gelaufen, aber kein Grund, jetzt alles infrage zu stellen. Offensichtlich hatte Menko das nun auch begriffen, denn ansonsten hätte er seinen Neffen wohl kaum für diese Fahrt ausgewählt. Leider gab es da noch den Aufpasser, aber den würde er zweifelsohne überstehen. Wahrscheinlich war es sogar von Vorteil, einen zweiten Mann an Bord zu haben, denn die Päckchen in der Nacht aus der rauen See zu fischen, war gar nicht so einfach. Zwar hatte jedes Päckchen eine kleine, blinkende Positionslampe, anhand derer man es in der Nacht orten konnte. Bei zu starkem Wellengang nahm das eine oder andere Päckchen aber gerne mal an Fahrt auf und ging rasch verloren. Ein bisschen Schwund war immer, das wurde einkalkuliert. Überschritt aber der Schwund das normale Maß, dann würde Menko mit Sicherheit misstrauisch. Das konnte Marius in seiner jetzigen Situation nicht riskieren.

Marius fragte sich, ob er in dieser Nacht der Einzige war, der mit seinem Boot hinausfuhr, um die Ware aus dem Wasser zu fischen. Wenn ja, dann konnte es sich um keinen allzu großen Deal handeln. Bislang hatte er bei fast allen Aufträgen nicht weit von seinem Boot entfernt auch noch an anderer Stelle Positionslichter von kleineren Schiffen auf und ab wippen sehen. Ob die aber tatsächlich zum Einsammeln der Päckchen da draußen gewesen waren, vermochte er nicht zu sagen. Menko achtete strikt darauf, dass keiner seiner Mitarbeiter dem jeweils anderen je begegnete. Und das war auch gut so. So konnte wenigstens keiner von ihnen seine Kollegen verpfeifen, falls eine der Aktionen mal schiefging.

Als er oben an Deck ein Geräusch hörte, steckte Marius seinen Kopf zur Luke hinaus. Der Regen hatte zugenommen. Das jedoch schien den Mann, der soeben an Bord gekommen war, nicht davon abzuhalten, sich auf eine der mit Holz beplankten Backskisten zu setzen. Gekleidet war er in wetterfestes Ölzeug, wie es auch Fischer trugen, worum Marius ihn ein wenig beneidete. Er selbst verfügte nur über ganz normale Regenkleidung, was draußen auf See denkbar ungeeignet war.

Der Mann hob nur kurz den Kopf, als Marius ihn nun grüßte. Sein Interesse galt einem Apfel, den er in der Hand hielt und aus dem er mit einem Messer Stück für Stück herausschnitt, um diese dann in den Mund zu stecken und schmatzend zu zerkauen.

„Kann's losgehen?", fragte Marius. Ihm kam es entgegen, dass der Mann ihn nicht mit großem Gerede nervte.

Wortlos stand sein Begleiter auf und machte sich an den Leinen zu schaffen. Nur wenig später steuerten sie ins Wattenmeer hinaus, um dann schließlich, an der Insel Schiermonnikoog vorbei, die offene Nordsee zu erreichen. Noch immer war zwischen ihnen kein Wort gefallen.

Marius konzentrierte sich auf den in seinem Navigationsgerät eingegebenen Kurs. Die Koordinaten, die Menko ihm geschickt hatte, waren auf dem Display mit einer roten Fahne gekennzeichnet. Es würde nicht mehr lange dauern, bis sie ihre Position erreicht hatten.

„Du weißt, was du zu tun hast?", fragte er. Sein Begleiter saß noch auf der Backskiste. Immer wieder peitschte ihm die salzige Gischt ins Gesicht, doch das schien ihn nicht zu stören.

„*Natuurlijk*", war alles, was der Kerl darauf antwortete.

„Dann ist ja gut."

Nur noch wenige Minuten bis zur vorgegebenen Position. Marius begann, nach dem vereinbarten Leuchtsignal Ausschau zu halten, das der Kapitän des Frachters in seine Richtung aussenden würde, sobald er die Päckchen über Bord schmeißen ließ. Doch war weit und breit nichts zu sehen. Nicht einmal die Positionslichter des Frachters konnte er ausfindig machen, obwohl die Sichtverhältnisse gar nicht so schlecht waren.

„Komisch", murmelte er. Ein Blick auf die Uhr sagte ihm, dass sein Timing stimmte. Dann musste es wohl an dem Frachter liegen, dass es zu Verzögerungen kam. Womöglich hatte der den Rotterdamer Hafen später verlassen als geplant. Allerdings fragte sich Marius, warum Menko ihm nicht Bescheid gegeben hatte, denn die Verzögerung musste dann bereits seit Stunden bekannt sein.

„Gut, dann muss ich den Kahn eben solange auf Kurs halten, bis sich der Frachter zeigt", sagte er zu sich selbst. Er nahm Geschwindigkeit aus dem Boot, und endlich wurde auch das Spritzwasser geringer, das ihm auf der schnellen Fahrt des Gleiters die eine oder andere kalte Dusche verpasst hatte.

Er erschrak, als plötzlich jemand neben ihm sagte: „Nun, dann kann's ja endlich losgehen." Natürlich hatte er nicht vergessen, dass noch jemand mit ihm an Bord war, doch hatte er nicht damit gerechnet, dass ihn sein Begleiter von sich aus ansprechen würde.

„Ach ja?", erwiderte Marius und machte eine ausladende Bewegung mit den Armen. „Siehst du hier irgendwo einen Frachter, du Vollhonk? Also, ich sehe nichts. Kannst dich also wieder setzen."

„Und was, wenn ich mich gar nicht setzen will?"

„Setz dich, habe ich gesagt!" Marius' Tonfall wurde schärfer. Es gab immer nur einen Skipper an Bord, und das war in diesem Fall er.

„Ich hätte da eine viel bessere Idee."

Marius fuhr herum. Was wurde das hier? Die Meuterei auf der Bounty? „Hey, Alter", bellte er, „wenn ich sage, du kannst dich noch mal setzen, dann …!" Er erstarrte, als plötzlich eine scharfe Klinge vor seiner Nase aufblitzte.

Für einen kurzen Moment spürte er so etwas wie Angst in sich aufsteigen. Doch war es weiß Gott nicht das erste Mal, dass jemand versuchte, sich mit ihm anzulegen. Also atmete er einmal tief durch und setzte dann sofort zur Verteidigung an, indem er in einer schnellen Bewegung den Arm hochriss und ihn sofort … Was war das? Noch ehe er sich versah, hatte der Typ seinen Arm geschnappt und auf den Rücken gedreht. Mit dem Resultat, dass Marius unwillkürlich einen Schmerzensschrei ausstieß. Unbeeindruckt davon fasste sein Gegner noch einmal nach. Marius hatte das Gefühl, ihm würde die Schulter aus dem Gelenk gedreht. So sehr er sich auch wehrte, so konnte er doch nichts dagegen ausrichten, dass er in sich zusammensackte. Der Kerl musste irgendwo gelernt haben, wie man seinen Gegner ohne viel Aufheben in die Knie zwang.

„Hey, was wird das hier?", brüllte Marius aufgebracht. Er bemühte sich um eine feste Stimme, auch wenn ihm der Schmerz bei jeder noch so kleinen Bewegung beinahe den Verstand raubte.

„Mit schönen Grüßen von Menko", erwiderte der Typ. „Los, steh auf!" Er riss Marius mit einem Ruck wieder auf die Füße.

„Aber …" Vor Schmerzen konnte Marius kaum noch einen klaren Gedanken fassen. „Aber … aber wieso Menko?"

Der Mann lachte grölend auf. „Hab ich mir gedacht, dass er es dir nicht gesagt hat. Sollte bestimmt eine Überraschung sein. Ich mag Überraschungen." Er stieß Marius vor sich her, bis der auf der Backskiste zum Sitzen kam. Erst dann ließ er ihn los. Das Boot trieb nun führerlos auf den Wellen.

Als Marius vorsichtig den Kopf hob, um seinem Gegner erstmals bewusst ins Gesicht zu blicken, zuckte er instinktiv zurück; denn nun war es kein Messer mehr, mit dem man ihn bedrohte, sondern eine Pistole. Er blickte direkt in ihren Lauf. „W-was soll Menko mir gesagt haben?" Er ärgerte sich, dass ein hörbares Zittern in seiner Stimme mitschwang.

„Ich bin sauer", sagte der Mann statt einer Antwort. „Und weißt du warum?"

„N-nein." Marius glaubte sich im falschen Film und konnte sich auf all das hier keinen Reim machen. Eigentlich hatte er doch nur ein paar Päckchen ... Ein Hoffnungsschimmer glomm in ihm auf. Jeden Moment musste der Frachter in ihrer Nähe auftauchen. Wenn dann das erwartete Leuchtsignal von Marius ausblieb, würde man vielleicht ... Er verwarf den Gedanken wieder. Wenn der Kapitän nicht das abgesprochene Leuchtsignal von ihm bekam, würde er den Auftrag als gecancelt ansehen und einfach weiterfahren. Ganz gewiss aber würde er nicht auf die Idee kommen, dass hier etwas nicht stimmte. Und selbst wenn ... es würde ihm vermutlich herzlich egal sein. Oder sollte er mit einer ganzen Ladung Drogen an Bord vielleicht die Polizei rufen, weil ihm etwas verdächtig vorkam? Marius entwich bei diesem Gedanken ein hysterisches Glucksen, auch wenn ihm weiß Gott nicht zum Lachen zumute war.

„Das Lachen wird dir gleich vergehen." Die Pistole kam näher, war jetzt nur noch wenige Zentimeter von Marius' Stirn entfernt. „Es interessiert dich wohl nicht, warum ich sauer bin, oder?"

„D-doch", beeilte sich Marius zu sagen. „Na-natürlich."

„Du hast mir den Abend verdorben. Ich hatte gerade sehr viel Spaß. Aber dann kamst du."

„Aber ich …"

„Halt die Klappe!" Die Pistole setzte auf Marius' Stirn auf.

Marius schielte auf die offene, jetzt tiefschwarze See hinaus, doch noch immer war kein Frachter zu sehen. Sein Mut sank.

„Ich erzähle dir jetzt mal eine Geschichte. Und dann spielen wir ein Spiel." Der Mann setzte sich neben ihn, die Pistole wanderte zu Marius' Schläfe. Mit der anderen Hand hielt der Mann jetzt wieder sein Messer. Er ließ es vor Marius' Augen hin und her pendeln. „Einverstanden?"

Marius nickte. Ihm war speiübel. Warum nur hatte Menko ihm diesen Irren an Bord geschickt?

„Es war einmal eine junge Frau mit Namen Karla."

Marius schnappte nach Luft. Dieser eine Satz hatte ausgereicht, um ihm klarzumachen, mit wem er es hier zu tun hatte. Aber es konnte doch nicht sein … Menko konnte sich doch nicht so sehr getäuscht haben, dass er Karlas Mörder zu ihm …

„Ah, ich sehe, dieses Spiel ist zu einfach für dich. Du hast schon erraten, worauf diese schöne Geschichte hinausläuft, nicht wahr?" Er fuhr mit dem Messer über Marius' Mund, ritzte ihm dabei die Unterlippe auf, aus der sofort ein Tropfen Blut schwoll.

„Na gut, dann erzähl ich dir mal, womit ich mir die Zeit vertrieb, bevor ich auf dieses beknackte Boot kam. Interessiert es dich?"

„J-ja. Ja, sicher", beeilte sich Marius zu sagen, als das Messer nun mit einem schnellen Schmiss über seine Wange fuhr. Sekunden später brannte die Wunde auf seinem vom Salzwasser nassen Gesicht wie Feuer.

„Es war einmal eine junge Frau mit Namen Aukje."

„Du hast – Sie haben ..." Er starrte den Mann an, wie vom Donner gerührt. „Sie haben zuerst Karla und nun auch noch Aukje ..."

Der Mann winkte mit einer Handbewegung ab. Die Klinge seines Klappmessers blitzte im Schein der Positionslichter. „Nein, eben nicht. Ich hab ein bisschen mit Aukje gespielt, aber dann ..." Zack! Das Messer erwischte Marius am Kinn und er schrie auf. „Ich konnte das Spiel nicht zu Ende spielen. Noch nicht. Weil du mir in die Quere gekommen bist." Er blies auf sein Messer, als müsste er ein Staubkorn von der Klinge entfernen. „Aber, zugegeben, dieses Spiel hier ist ja auch nicht schlecht. Menko wird zufrieden sein, wenn ich es zu Ende gebracht habe."

„M-Menko?" Marius schluckte schwer. Fast hörte es sich an, als hätte sein Onkel den Kerl beauftragt, ihn hier festzuhalten und zu quälen. Aber das war ja wohl kaum möglich.

„Hat keinen Bock mehr auf dich kleine Ratte", sprach der Kerl weiter. „Musst ihn ja mächtig geärgert haben, wenn er es so eilig hat, dich loszuwerden. Genau wie Derk und Jan, die beiden Trottel. Leider musste es bei den beiden schnell gehen. Na ja, mir soll's egal sein. Ich mache hier nur meinen Job. Und für dich lasse ich mir wieder ein bisschen mehr Zeit."

Der Kerl redete weiter und weiter, doch in Marius' Kopf verschwommen die Worte zu einem einzigen Brei. Mit aller Macht weigerte er sich zu akzeptieren, dass es tatsächlich Menko war, der dieses Monster auf ihn gehetzt hatte.

Schließlich hatte er sich nichts zuschulden kommen ... oh, verflucht! Jelle! Konnte es sein, dass ...?

„Oh mein Gott!", hauchte Marius, und das Entsetzen breitete sich in jeder Zelle seines Körpers aus. Plötzlich offenbarte sich ihm die Wahrheit wie eine gehässige Fratze. Natürlich! Menko ging nach wie vor davon aus, dass er mit Jelle gemeinsame Sache gemacht hatte. Er fühlte sich von ihm hintergangen. Die Entschuldigung und die Freundlichkeit des letzten Telefonats waren nur vorgeschoben gewesen. Auch gab es gar keinen Auftrag. Und deshalb auch keinen Frachter. Nun ergab es Sinn, dass Menko ihm einen zweiten Mann an die Seite gestellt hatte. Und das ganz bestimmt nicht zum Einsammeln der Drogenpakete, sondern einzig und alleine zu dem Zweck ... Marius spürte eine Welle der Übelkeit in sich aufsteigen, als er begriff, dass er verloren war. Dass er sterben würde, durch die Hand des Mörders, der auch Karla – und Derk und Jan? Hatte er das richtig verstanden? – auf dem Gewissen hatte. Und dass man ihn hier draußen womöglich nie finden würde. „Au!"

„Hörst du mir eigentlich zu, du kleiner Wichser?!" Sein Mörder hatte ihm erneut eine klaffende Wunde verpasst, wieder am Arm, und er sah ihn aus unnatürlich glänzenden Augen an. Plötzlich sprang er mit einem Satz vor, riss Marius am Kragen seiner Regenjacke nach oben und stierte ihm aus nächster Nähe in die Augen. „Wofür erzähle ich dir eine Geschichte, wenn du nicht zuhörst, he? Wir spielen das Spiel nach meinen Regeln, ist das klar?"

„J-ja." In Marius war nur noch nackte Panik. Seine Arme, die sonst nicht um eine Abwehrreaktion verlegen waren, wenn man ihn körperlich anging, waren kraftlos und schienen an ihm herabzuhängen wie die Gliedmaßen einer Schlenkerpuppe. Er hasste sich für seine Schwäche, für das lautlose Wimmern, das seiner Kehle entwich; und er hasste sich für die Tränen der Angst, die ihm nun in die Augen stiegen. Alles in ihm drängte danach, auf die Knie zu fallen und um Gnade zu winseln.

Ein Tritt katapultierte Marius auf die Backskiste zurück. Als im nächsten Moment zwei Fäuste auf ihn zukamen, rollte er sich wie ein Embryo zusammen und hielt Arme und Hände schützend über den Kopf. „Dir zeig ich, was ich mit einem Spielverderber mache!", bellte sein Peiniger und prügelte mit seinen Fäusten unablässig auf ihn ein. „Dir zeig ich, was es heißt, mich in meinem Spiel zu unterbrechen! Längst hätte ich es zu Ende bringen können, da unten in dem Kellerloch, hätte meinen Spaß haben können und müsste meine Nacht nicht in diesem gottverdammten Regen auf einem gottverdammten Kutter irgendwo draußen auf der gottverdammten Nordsee verbringen!"

Plötzlich etwas Kaltes, Hartes an Marius' Schläfe. Die Pistole! Jetzt, dachte Marius, jetzt war der Moment gekommen! Der Kerl würde abdrücken und seinen Leichnam in der Nordsee versenken. Die Strömung würde ihn mit sich reißen, seinen willenlosen Körper hin und her schleudern, so lange, bis er irgendwann zerfetzt an irgendeiner Küste angespült oder gar für immer in den Tiefen der See verschwinden würde.

Als Marius das Klicken des Sicherungshebels hörte, schrie er seine Todesangst aus sich heraus. Doch je lauter er schrie, desto mehr schien sein Peiniger Spaß an diesem Martyrium zu finden. Den Lauf der Pistole immerzu auf

Marius' Kopf gerichtet, trat und schlug er abwechselnd auf ihn ein. Marius spürte, wie ihm unter den schier unerträglichen Schmerzen langsam die Sinne schwanden.

Ein heftiger Stoß folgte. Dann ein lautes Poltern, ein Fluchen – und ein sich lösender Schuss.

36

Die Suche nach Aukje war bislang erfolglos geblieben. Tag und Nacht hatten sie versucht herauszufinden, wohin man sie verschleppt hatte. Zudem waren auch ihre Freunde Derk und Jan wie vom Erdboden verschluckt. Der ganze Polizeiapparat war mobilisiert, sowohl in den Niederlanden als auch in Deutschland. Hunderte Hinweise gingen auf allen Kanälen ein und wurden geprüft, doch war bislang keine heiße Spur dabei. Es war zum Verrücktwerden.

Sophie Reimers entging nicht, dass Arie immer wieder angespannt auf sein Smartphone starrte, als wollte er es beschwören, endlich zu läuten. Dabei lagen in seinem Blick Hoffen und Bangen zugleich. Sophie mochte sich nicht ausmalen, wie er reagieren würde, wenn er erfahren müsste, dass man seine Schwester tot aufgefunden hatte. Die Wahrscheinlichkeit hierfür war nicht gering, denn man hatte in Aukjes Wohnung die gleiche DNA sicherstellen können, wie man sie auch an Karlas Leichnam gefunden hatte. Anscheinend hatte sich der Täter auch diesmal keinerlei Mühe gemacht, seine Identität zu verbergen. Was derzeit niemandem etwas nützte, war sie doch weder in den Niederlanden noch in Deutschland ausfindig zu machen. Sie tappten also völlig im Dunkeln und hatten keine Ahnung, nach wem sie eigentlich suchten.

Arie war nur noch ein Schatten seiner selbst. Es war unübersehbar, dass er kaum in der Lage war, einen klaren Gedanken zu fassen, geschweige denn, ruhig auf seinem Stuhl zu sitzen. Unablässig tigerte er mit angespannter Miene im Büro auf und ab, setzte sich, stand wieder auf, schlug mit den Händen gegen die Wände, als könnte er damit die Mauern einreißen, die ihn von Aukje und der Gewissheit um ihren Verbleib trennten. Am liebsten hätte Sophie ihn nach Hause geschickt, wie es auch Aries Chef vorgeschlagen hatte, als er ihm aus Befangenheitsgründen die Zuständigkeit für den Fall entzog. Doch wusste sie, dass sie diesen Wunsch gar nicht zu äußern brauchte. Für Arie war es undenkbar, nicht an vorderster Front dabei zu sein und nicht als Erster über all das informiert zu werden, was an neuen Erkenntnissen einging. Doch blieben diese mehr als dürftig. Von einem Erfolg waren sie meilenweit entfernt. Und mit jeder Minute, die verging, schwand auch ein Stück Hoffnung, Aukje lebend zu finden. Auch wenn sie keiner aussprach, so lag diese böse Ahnung doch wie eine schwarze, alles erdrückende Wolke über dem Ermittlerteam.

Sophie überlegte, ob sie sich Menko Brandsma noch einmal vorknöpfen sollte. Sie hatten ihn auf Aries Geheiß hin noch am gestrigen Abend auf seinem Hausboot festgesetzt und ihm im Vernehmungsraum ordentlich eingeheizt. Genauso gut aber hätten sie sich mit der Wand unterhalten können, denn Brandsma schwieg. Und das so beharrlich, dass Arie irgendwann der Kragen geplatzt war. Wären Sophie und ein Polizeibeamter nicht dazwischen gegangen, dann hätte Arie den Festgesetzten vermutlich grün und blau geprügelt. Es stand zu erwarten, dass Brandsma diesen tätlichen Angriff nicht auf sich sitzen lassen und erwirken würde, dass gegen Arie disziplinarische Schritte eingeleitet wurden. Aber das war Zukunftsmusik. Fakt hingegen war, dass dieser Mann aalglatt war und alles, womit man ihn konfrontierte, an ihm abzuperlen schien wie an einem Lotusblatt.

Inzwischen war sich auch Sophie ziemlich sicher, dass Brandsma in die kriminellen Machenschaften des Drogenhandels involviert war, auch wenn sie nicht wussten, ob er zu den großen oder zu den kleinen Fischen zählte. Gerade war die Spurensicherung auf seinem Hausboot, um eventuelle Beweise dafür zu sichern, dass Menko, Marius und Jelle diesbezüglich gemeinsame Sache machten. Sophie ging davon aus, dass die Durchsuchung des Hausbootes von Erfolg gekrönt sein würde.

Doch hatte Brandsma auch etwas mit dem Mord an Karla und dem Verschwinden von Aukje zu tun? Ihm dies zu unterstellen, war nicht schwer. Jedoch gab es nicht den geringsten Beweis dafür. Das wusste natürlich auch Brandsma, und so hatte er ihnen gegenüber sein überlegenes Grinsen an den Tag gelegt – und geschwiegen. Es blieb also nur, auf den Joker zu hoffen, der ihn letztlich doch noch zumindest der Mittäterschaft überführte.

Sophie warf einen Blick auf die Uhr. Es war halb acht. Nach der durchwachten und emotional aufreibenden Nacht hätte sie alles darum gegeben, jetzt ihre morgendliche Joggingrunde drehen und anschließend ausgiebig duschen zu können. So aber begnügte sie sich damit, sich eine weitere Tasse Kaffee einzuschenken und ohne Appetit an dem Honigkuchen zu knabbern, den Aries Sekretärin ihnen am Abend hingestellt hatte.

Arie saß an seinem Schreibtisch, den Kopf in die Hände

gestützt. Schon seit geraumer Zeit hatte er kein Wort mehr gesprochen, abgesehen vom gelegentlichen Fiepen des Computers herrschte Stille im Raum.

Umso mehr schraken Sophie und Arie hoch, als plötzlich Aries Festnetztelefon schrillte. Er zögerte nicht lange, sondern riss mit einem *Ja?* den Hörer von der Gabel. Angespannt lauschte er auf das, was am anderen Ende gesagt wurde. Sophie entging nicht, dass sein Gesicht von einem Moment auf den anderen einen tiefroten Farbton annahm, und schon plärrte er wutentbrannt: „Eure verdammte männliche Leiche interessiert mich nicht, verstanden? Um die soll sich gefälligst jemand anderes kümmern! Habt ihr sie noch alle, mich jetzt damit zu belästigen?! *Verdomme!*" Ohne ein weiteres Wort knallte er den Hörer zurück auf die Gabel und stieß einen Fluch aus.

Noch bevor Sophie nachfragen konnte, was es mit der Leiche auf sich hatte, war ein verhaltenes Klopfen an der Tür zu hören und Aries Sekretärin, von der Sophie inzwischen wusste, dass sie Jikke de Vries hieß, schob ihren Kopf zur Tür herein. Sie schaute von einem zum anderen. Da Arie aber schon wieder auf Tauchstation gegangen war und seinen Kopf in den Armen versenkt hatte, wandte sie sich an Sophie: „Es sieht so aus, als würde die männliche Leiche, die man angespült am Strand von Schiermonnikoog gefunden hat, in Zusammenhang mit unserem … ähm … Fall stehen." Sie warf einen verunsicherten Blick auf Arie, so als erwartete sie seinen nächsten Wutausbruch. Der aber hob nur den Kopf und sah sie aus schmalen Augen prüfend an. Für sie Zeichen genug, weiterzureden: „Man hat bei der Leiche ein Tütchen Haschisch gefunden, versetzt mit Opium." Sie stockte, als Arie im selben Moment wie von der Tarantel gestochen aufsprang. In der Hand hielt er sein Smartphone, das gerade mit einem Pfeifton eine Nachricht angekündigt hatte. In seinem Blick lag blankes Entsetzen.

„Was ist los?", fragte Sophie. Auch wenn ihr Herz nun hart gegen die Rippen pochte, so bemühte sie sich doch darum, Ruhe zu bewahren. Was auch immer geschehen war, es würde zu nichts führen, wenn sie jetzt beide die Nerven verloren. „Arie?"

„Es ist … von Aukje."

Sophie wurde schlecht. Bevor sie zu Aries Schreibtisch hinüberging, schluckte sie ein paarmal schwer, um die Übelkeit zu vertreiben. „Was … was heißt das?"

Arie hielt ihr wortlos sein Smartphone hin.

„Ein Ohrring", stellte Sophie nach einem Blick aufs Display fest. „Woher kommt der?"

„Es ist Aukjes."

„Das meine ich nicht." Sophie konnte sich gut daran erinnern, dass Aukje diese Ohrringe in Sternform getragen hatte. „Wer hat dir dieses Bild geschickt?"

„Sie haben den Ohrring in der Hosentasche der Leiche gefunden."

„Bei der Leiche auf Schiermonnikoog?"

Arie nickte stumm. Doch plötzlich schien Leben in ihn zu kommen. „Ich muss da hin!", rief er entschlossen und lief schnellen Schrittes in Richtung Tür – an der er jedoch von Jikke de Vries gestoppt wurde. „Sie überführen die Leiche bereits aufs Festland", sagte sie. „Sie wird bald in der Gerichtsmedizin sein. Es ist also sinnlos, jetzt nach Schiermonnikoog überzusetzen." Sie räusperte sich. „Außerdem, so fürchte ich, würde der Chef es nicht gerne sehen." Als Arie daraufhin nichts erwiderte, deutete sie auf die Tür zum Vorzimmer und sagte: „Sie müssen etwas essen. Ich habe Frühstück von zu Hause mitgebracht. Brote und Obst. Wenn Sie mögen …"

Anstatt zu antworten, ging Arie zu seinem Schreibtisch zurück und setzte sich wieder. Seine Gesichtsfarbe war nun beängstigend blass. „Was, wenn Aukje auch … wenn sie auch in der Nordsee …?" Er brachte den Satz nicht zu Ende, sondern starrte nur mit leerem Blick in den Raum.

„Konnte der Leichnam identifiziert werden?", fragte Sophie an Jikke de Vries gewandt und trat damit die Flucht nach vorn an.

„Es handelt sich um einen gewissen Michail Pawlow. Russischer Staatsbürger. Er hatte seinen Ausweis dabei." Sie simulierte eine an den Hals aufgesetzte Waffe. „Er starb durch einen Schuss ins Kinn."

Sophie runzelte die Stirn. „Ein Russe? Was wissen wir über ihn?"

„Die Recherche läuft. Bei uns ist er bislang nicht registriert. Die Anfragen nach Russland laufen, aber das kann dauern."

„Na gut." Sophie stand auf. „Dann werde ich jetzt mal in Erfahrung bringen, was Menko Brandsma zu diesem Herrn zu sagen hat. Kann mir kaum vorstellen, dass sie sich unbekannt sind."

„Ich komme mit", verkündete Arie und sprang von seinem Stuhl hoch.

Sophie stoppte ihn mit einer Geste. „Arie, bitte!", sagte sie bestimmt. „Du bringst dich nur in Schwierigkeiten. Ich mach das schon, okay?" Sie drehte sich zu Jikke de Vries um, die nach wie vor im Büro stand und nicht so recht zu wissen schien, was sie jetzt tun sollte. „Besorgen

Sie mir bitte jemanden, der im Bedarfsfall übersetzen kann. Und ein Foto von diesem Pawlow." Sie rieb sich den Bauch. „Und wenn ich vielleicht eines der belegten Brote …"

Jikke lächelte. „So viele Sie wollen."

„Was für ein Wichser!" Als Sophie rund eine Stunde später wieder ins Büro kam, knallte sie mit voller Wucht einen Aktendeckel auf den Tisch. „Kein Wort sagt der Kerl. Stell dir mal vor, Arie, kein einziges Wort! Sitzt nur da und grinst frech." Sie schlug mit der Faust auf den Tisch. „Der ist sich so verdammt sicher, dass wir ihm nichts anhaben können. Und er hat recht." Sie deutete auf die Akte. „Gerade kam der Bericht der Spurensicherung. Auf seinem Hausboot haben sie nichts gefunden. Nichts! Dabei war ich mir so sicher, dass dort zumindest Spuren von Drogen …" Sie schüttelte den Kopf. „Nicht mal in seinem Smartphone gibt es Hinweise. Der ist einfach zu clever. Lässt andere die Drecksarbeit machen und …"

„Irgendwas Neues zu Marius Bruhns?", fragte Arie, der plötzlich viel aufrechter dasaß als noch zuvor. Auch seine Stimme klang nun wieder gewohnt fest.

„Was?" Sophie sah ihn verdattert an.

„Marius. Die Fahndung. Gibt es irgendetwas Neues?"

„Nein. Nichts. Er ist nach wie vor verschwunden."

„Und Derk und Jan?"

„Nichts."

Arie stöhnte auf und fuhr sich mit den Händen durchs Haar. „*Verdomme.* Irgendetwas haben wir übersehen", sagte er. Seine Müdigkeit schien wie weggeblasen, auch hatte er sich anscheinend vorgenommen, an dem Fall wieder konstruktiv mitzuarbeiten. „Wir müssen alles noch einmal durchgehen, jedes Detail."

Sophie war verwirrt. „Ist in der Zwischenzeit irgendetwas passiert, das ich wissen sollte?", fragte sie. „Du wirkst plötzlich wieder so ... so ..."

„... *gevestigd*?" Arie lächelte sie an.

„Ja, genau, gefestigt." Sophie erwiderte sein Lächeln und war beruhigt, ihren Kollegen wieder an ihrer Seite zu wissen.

„*Pardon*!", entschuldigte sich Arie. „Ich war irgendwie ..."

„Geschenkt! Willkommen zurück." Sie musterte ihn kritisch. „Trotzdem: Was ist passiert?"

„Ich bin da auf eine Idee gekommen." Er tippte auf einen Ordner, den Sophie als den von Karla erkannte. „Aukje. Er wird sie in einem von diesen Häusern gefangen halten."

„In einem von welchen Häusern? Die erdbebengeschädigten?"

„*Precies*." Er blätterte ziellos in Karlas Mappe herum. „Um nicht verrückt zu werden, bin ich alles, was man zu Karla herausgefunden hat, noch einmal durchgegangen. Und da bin ich auf etwas gestoßen. An ihrer Kleidung, vor allem auf der Rückseite ihres Shirts, fand man eine Schleifspur aus Staubpartikeln, die man nicht zuordnen konnte. Nur dass dieser Staub vermutlich am ehesten aus einem Gebäude stammt, war einigermaßen sicher. Wenn Brandsma tatsächlich etwas mit dem Mord an Karla und dem Verschwinden von ..." Er räusperte sich. „Also, wenn er etwas damit zu tun hat, dann versteckt er die Mädchen, genau wie seine Drogen, doch sicherlich zuallererst an Orten, bei denen er sicher ist, dass sie nicht gefunden werden. Einsame, verlassene Orte."

„Orte, auf die nur er Zugriff hat", murmelte Sophie. Dann seufzte sie. „Aber es sind hunderte. Bis wir die alle durchkämmt haben …" Sie hob resigniert die Arme. Sie ließ unausgesprochen, dass Aukje sich genauso gut an jedem anderen Ort dieser Welt aufhalten könnte und dass längst nicht sicher war, dass Menko Brandsma überhaupt etwas mit dem Mord an Karla zu tun hatte. Schließlich gab es da ja auch noch diesen Michail Pawlow, von dem sie noch nicht wussten, welche Rolle er spielte. Und Marius, der unauffindbar war. Was den Verdacht nährte, dass er Aukje in seiner Gewalt hatte. Aber es lag Sophie fern, Arie diesen Funken Hoffnung zu nehmen, jetzt, da er sich endlich wieder ein wenig berappelt hatte. Und in irgendwelchen baufälligen Häusern zu suchen, war allemal besser, als hier nur tatenlos herumzusitzen – auch wenn Arie von seinem Chef dazu verdonnert worden war.

„Was sagt er zu Pawlow?"

„Bitte?" Sophie schreckte aus ihren Gedanken auf.

„Hat Brandsma irgendetwas zu Pawlow gesagt?"

Sophie machte eine fahrige Bewegung. „Er hat gar nichts gesagt. Auch nicht zu Pawlow. Ich hab ihm das Foto gezeigt …"

„Keine Reaktion?"

Sophie zögerte kurz. „Doch", sagte sie dann. „Er hatte sich gut unter Kontrolle, aber als ich ihm das Foto vom toten Pawlow unter die Nase hielt, da erschien plötzlich so ein nervöses Glitzern in seinen Augen … na ja, vielleicht war da auch der Wunsch Vater des Gedankens. Wie du weißt, ist er aalglatt. Von dem kommt nichts, bevor man ihn nicht mit Fakten richtig in Bedrängnis bringt."

„Dann werden wir genau das tun." Arie sagte dies mit

einer Entschlossenheit, die Sophie bei ihm seit der Nachricht von Aukjes Verschwinden nicht mehr erlebt hatte.

„Was hast du vor?"

Arie schob die Unterlagen auf seinem Schreibtisch zusammen, dann stand er auf. „Ich gehe jetzt zu meinem Chef und überzeuge ihn, dass er Einsatzkräfte für die Durchsuchung der leerstehenden Häuser abstellt. Jede Menge Einsatzkräfte. Damit dieses unselige Stochern im Dunkeln endlich ein Ende hat."

„Arie!", rief Sophie ihm hinterher, als er zur Tür hinaus verschwand. „Nun lass uns doch erst mal überlegen ..."

Er hörte nicht auf sie, drehte sich nicht einmal um, sondern hob nur eine Hand. Eine Geste, die wohl so viel heißen sollte wie *Lass mich nur machen*.

Gleich darauf aber kam er wieder zurück. Ihm folgten Marius Bruhns und dessen Großmutter, die Marius im Rollstuhl vor sich her schob.

Zu Sophies Überraschung war das Gesicht des jungen Mannes von blutigen Striemen übersät, ein Auge war angeschwollen und blau verfärbt. War er in eine Glasscheibe gerannt? Auch lief er merkwürdig gekrümmt, so als würden ihn heftige Koliken quälen. Das dürfte aber eher unwahrscheinlich sein. Sophie kam zu dem Schluss, dass er sich mit irgendwem geprügelt haben musste. Sie warf Arie einen fragenden Blick zu und der sagte: „Herr Bruhns möchte eine Aussage machen. Er ist freiwillig hier."

37

Michail ist tot. Jetzt musst du es zu Ende bringen.

Er hatte es gar nicht glauben wollen, als er die Nachricht auf seinem Smartphone sah. Nun hatte es also einen der Besten erwischt. Wenn es darum ging zu töten, war auf Michail immer Verlass gewesen. Aber gut. Dieses Mal hatte er versagt. Irgendjemand musste die Scherben zusammenkehren. Dafür blieb nicht viel Zeit, die Bullen waren überall. Er musste sich nur beeilen.

Aukje lebte noch. Aber das ließ sich ändern.

Also machte er sich auf den Weg.

38

Für eine ganze Weile herrschte Stille im Raum, nachdem Marius – zunächst stammelnd, dann immer flüssiger – seinen Horrortrip der letzten Nacht geschildert hatte. Schon nach den ersten Sätzen, als Marius erwähnt hatte, dass es sein Onkel Menko sei, der ihn hatte umbringen wollen, war seine Großmutter in Tränen ausgebrochen und hatte seither nicht mehr aufgehört zu weinen. Natürlich war es nicht leicht für sie, ihren eigenen Sohn bei der Polizei anzuschwärzen. Doch hatte sie mehrfach beteuert, dass sie es nicht mit ihrem Gewissen würde vereinbaren können, wenn sie es nicht täte. „Mörder bleibt Mörder", hatte sie gesagt. „Da ist es doch völlig egal, um wen es sich handelt. Mörder gehören aus dem Verkehr gezogen. Und wenn sie nicht einmal vor ihrem eigenen Neffen haltmachen …" Ein Weinkrampf hatte den Rest dieses Satzes verschluckt.

Nun saß die alte Frau, von Kummer und Gram gebeugt, in Aries Büro und sagte leise: „Ich bin froh, dass Marius zu mir gekommen ist. So konnte ich ihn davon überzeugen, dass er zur Polizei gehen und eine Aussage machen muss. Er ist ein guter Junge und sollte sich nicht durch Menko sein Leben verderben lassen. Menko war schon immer ein schwieriger Junge, ich hatte so meine Mühen mit ihm. Aber dass er … dass er …" Sie schluchzte laut auf. „Nein, damit hatte ich wirklich nicht gerechnet. Mit so etwas kann eine Mutter doch gar nicht rechnen."

Arie hatte genug gehört. Unter normalen Umständen hätte er jetzt alles getan, um die alte Frau zu trösten, doch gab es nun wahrlich Wichtigeres. Er klopfte mit dem Bleistift ungeduldig auf den Tisch, als er Marius fragte: „Und Sie sind sich sicher, dass es sich bei dem Mann, der Sie auf dem Boot hat töten wollen, um Karlas Mörder handelt?"

„Er hat damit geprahlt", lautete Marius' knappe Antwort. „Und, wenn ich es richtig verstanden habe, dann hat er auch Jan und Derk umgebracht."

„Das hat er gesagt?" Arie hoffte, dass es nur ein Bluff gewesen war. Doch hatten sie keine Möglichkeit, es zu überprüfen. Dafür sprach allerdings, dass die beiden jungen Männer immer noch spurlos verschwunden waren. Seine Angst um Aukje steigerte sich ins Unermessliche, doch zwang er sich, die Ruhe zu bewahren. „Und wie kam der Mann ums Leben?", fragte er.

„Eine Welle brachte das Schiff zum Schaukeln. Er geriet ins Straucheln und ist gestürzt. Dabei muss sich ein Schuss gelöst haben. Ich habe nachgeschaut, er war tot. Ich bin dann zurück aufs Festland."

„Was ist mit Aukje?"

„Aukje?" Marius sah ihn an, als verstehe er die Frage nicht.

Arie schlug so fest mit der flachen Hand auf den Tisch, dass selbst Hemke Brandsma für einen Schreckmoment aufhörte zu weinen. „Ja, *verdomme*! Aukje! Hat er sie erwähnt? Hat er gesagt, wo sie ist?"

„Nur, dass er sie in seiner Gewalt …"

„Dass er sie …" Arie stockte das Herz. Bis zu diesem Moment hatte er sich an die Hoffnung geklammert, dass alles nur ein Missverständnis war. Dass Mina sich getäuscht hatte. Dass alles womöglich nur ein schlechter Scherz war. Auch wenn alles, was sie herausgefunden hatten, dagegensprach. „Er … er hat Aukje in seiner Gewalt?", krächzte er, während Sophie ihm beruhigend die Hand auf den Arm legte. „Was genau heißt das?" Als Marius erneut mit der Antwort zögerte, donnerte Arie mit seiner Faust auf den Tisch. Er verzichtete auf das höfliche Sie, als er ihn anschrie: „*Kom op!* Oder ich sorge dafür, dass du für den Rest deines Lebens im Knast versauerst."

„Aber …"

„Wo. Ist. Aukje?"

„Arie. Bitte!" Sophie Reimers zog ihn am Arm zurück, als sein Oberkörper nun in einer schnellen Bewegung über den Tisch schoss und seine Hand nach Marius griff. Unsanft landete Arie wieder auf seinem Stuhl.

„Was genau hat Michail Pawlow über Aukje gesagt?", fragte sie. „Versuchen Sie bitte, sich zu erinnern, Herr Bruhns. Jedes Detail ist wichtig."

„Heißt der Typ so?", fragte Marius. „Wieso kennen Sie seinen Namen?"

„Dazu kommen wir gleich", sagte Sophie, als Arie nun lautstark nach Luft schnappte. „Also: Aukje. Was hat er über sie gesagt?"

Marius griff sich an die Stirn. „Er war sauer", sagte er dann.

„Sauer? Warum?"

„Er sagte, ich hätte ihm den Spaß verdorben."

„Den Spaß verdorben?", krächzte Arie. Furchtbare Bilder bauten sich in seinem Kopf auf, die Angst um seine Schwester schnürte ihm die Luft ab.

„Ja. Menko hat ihm wohl gesagt, dass er zuerst mich umbringen soll, bevor …"

„Also lebt Aukje noch? Nun sag schon, Mann!" Arie schrie es heraus.

„Es hörte sich so an, ja."

„Wo ist sie?"

„Ich weiß es nicht. Wirklich nicht." Marius zuckte die Schultern.

„Hat er nicht irgendetwas dazu gesagt? Etwas erwähnt, was auf ihren Aufenthaltsort hinweist?", fragte Sophie. „Könnte es sein, dass er sie in einem von diesen erdbebengeschädigten Häusern gefangen hält?"

„Er erwähnte einen Keller."

„Einen Keller?"

„Ja."

Arie sprang auf und griff nach Karlas Mappe. Sofort begann er, die Listen zu studieren, doch war nirgends vermerkt, welches der geschädigten Häuser über einen Keller verfügte und welches nicht. Mit einem lauten Fluchen schob er die Mappe wieder beiseite. Sophie hatte recht, von diesen Häusern gab es hunderte, noch dazu in der ganzen Region verstreut. Es würde ewig dauern, sie alle zu überprüfen. Aber sie mussten es versuchen, denn eine andere Chance hatten sie nicht.

„Gib die Mappe mal her!", forderte Sophie ihn auf.

„Was hast du vor?"

„Nun mach schon!"

Arie tat, wie ihm geheißen, auch wenn er es für vergebliche Liebesmüh hielt, wieder und wieder hineinzuschauen. „Ich knöpfe mir Brandsma vor", verkündete er und war zur Tür hinaus, noch bevor Sophie protestieren konnte. Es interessierte ihn nicht, ob er formal noch für diesen Fall zuständig war oder nicht. Es ging um das Leben seiner Schwester. Wer würde sich da noch um irgendwelche Anordnungen scheren?

„Wo ist sie?", wetterte Arie los, noch bevor die Tür des Vernehmungsraums hinter ihm ins Schloss fiel.

Menko Brandsma hob den Blick, sagte jedoch nichts.

Arie schoss auf ihn zu, packte ihn am Revers seines Jacketts und zog ihn nach oben. Sein Gesicht nah an Brandsmas, zischte er ihm zu: „Du sagst mir sofort, wo Aukje ist! Marius ist hier. Er hat ausgepackt. Wir wissen, dass du Karlas Mörder beauftragt hast und auch deinen eigenen Neffen umbringen lassen wolltest. Also: Wo ist Aukje?" Er stieß Menko hart von sich, sodass der mit dem Rücken an die Wand knallte und vor Schmerz einmal kurz aufstöhnte.

Für einen Moment wirkte Brandsma verunsichert. Doch hatte er sich sofort wieder im Griff und grinste Arie frech an. „Du willst wissen, wo Aukje ist?", fragte er. „Nun, da muss ich dich leider enttäuschen. Ich weiß es nicht. Und was diesen Versager Marius angeht, so ist diese ganze Geschichte mit Sicherheit nur eine Ausgeburt seines Drogenhirns."

Arie bemerkte, dass ihn sein uniformierter Kollege, der an der Tür Wache stand, mit kritischem Blick musterte. Er machte ihm ein Zeichen, dass er den Raum verlassen sollte, was der ohne Umschweife tat. Schließlich wusste er, dass es hier um nichts weniger ging als um das Leben der Schwester seines Vorgesetzten.

„Okay", sagte Arie nun, und seine Stimme bebte vor Zorn. Am liebsten hätte er die Wahrheit aus Brandsma herausgeprügelt, doch wusste er, dass der sich dadurch nicht beeindrucken lassen würde. Also beschloss er, ihm ein Angebot zu machen, von dem er schon jetzt wusste, dass er sich später ganz sicher nicht mehr an dieses erinnern würde.

„Du hast nur noch eine Chance, aus der Sache einigermaßen glimpflich herauszukommen", gab er Brandsma zu verstehen. „Und zwar, indem du mir verrätst, wo Aukje ist. Der Richter wird dein Entgegenkommen zu schätzen wissen."

Brandsma ließ sich nicht beeindrucken, sondern legte seinen Kopf in den Nacken und lachte. „Das glaubst du doch wohl selbst nicht", sagte er dann. „Du wirst mich im Knast verschimmeln lassen, so oder so. Auf einen Mord mehr oder weniger kommt es nun auch nicht mehr an." Seine Mundwinkel verzogen sich zu einem breiten Grinsen. „Das Einzige, was mir jetzt noch helfen kann, ist …", er machte eine rhetorische Pause und hob belehrend den Finger, „dass niemand gegen mich aussagt." Er stützte sich auf dem Tisch ab und sah Arie von unten herauf mit einem herausfordernden Blick an. „Und das, mein Lieber, wurde bereits in die Wege geleitet. Oder glaubst du vielleicht, ich treffe keine Vorkehrungen dafür, dass einer meiner Mitarbeiter versagt?"

Arie sprang nach vorne und versetzte seinem Gegenüber einen heftigen Faustschlag ins Gesicht. Er konnte Knochen brechen hören. Brandsma heulte vor Schmerzen auf, Blut schoss aus seiner Nase. Außer sich vor Wut bellte Arie: „Eins schwöre ich dir, wenn meiner Schwester auch nur ein Haar gekrümmt wird, dann bist du derjenige, der hier nicht mehr lebend rauskommt!"

„*Oh, verdomme!* Aukje ist deine … Schwester?", hörte Arie Brandsma verdattert fragen.

Ohne etwas zu erwidern, verließ Arie den Raum und raunte vor der Tür seinem Kollegen zu: „Er ist gestolpert und gegen die Wand gelaufen."

Sein Kollege nickte. „Ist klar", sagte er. „Hab's genau gesehen. War doch dabei."

Als Arie zurück ins Büro kam, fand er Sophie und Marius über Karlas Notizen gebeugt, während Jikke de Vries die Großmutter mit einem Kaffee und tröstenden Worten umsorgte.

„Er hat einen zweiten Auftragskiller losgeschickt", rief er in den Raum und schreckte damit alle auf. „Wir müssen Aukje finden, *verdomme!* Wir müssen sie endlich finden!"

„Einen zweiten Killer?" Sophie war bleich geworden und sah ihn voller Entsetzen an. „Das kann doch nicht sein, das … es muss ein Bluff sein!"

„Oh mein Gott!", wimmerte Hemke Brandsma und schlug die Hände vors Gesicht. „Das darf doch alles nicht wahr sein!"

Arie riss Marius an der Schulter zu sich herum und drohte ihm mit der Faust. „Was weißt du darüber?"

Marius hob schützend die Arme vor sein Gesicht. „Nichts, Mann", antwortete er und zog seinen Kopf zwischen die Schultern. „Ich weiß nichts, ehrlich! Ich würd's doch sagen, wenn ich was wüsste."

„Weiß Brandsma denn nicht, wer und wo …?", setzte Sophie zu einer Frage an, wurde jedoch von Arie mit einer schneidenden Geste seiner Hand unterbrochen.

„Glaubst du, dann wäre ich noch hier?", plärrte er sie an.

„Glaubst du, ich würde hier noch herumspringen, wenn er mir irgendetwas verraten hätte?"

Was diesen Worten folgte, war eine angespannte Stille.

„Waren Sie jemals in einem dieser Häuser?", fragte Sophie schließlich an Marius gewandt. „Wissen Sie, in welchem er die Drogenlieferungen lagert? Und von wo aus die Transporte stattfinden?"

„Es gibt nicht nur ein Haus, sondern verschiedene", antwortete Marius. „Ich selber habe die Ladungen dort deponiert."

„Und Jelle war einer der Kuriere, die sie weiterverteilt haben?"

„Vermutlich. Menko hat darauf geachtet, dass die Kuriere nichts voneinander wissen."

„Zeigen Sie mir die Häuser, von denen Sie wissen", forderte Sophie ihn auf und schob Karlas Mappe näher an ihn heran. Obenauf lag die Karte, in der die behördlich gesperrten Gebäude markiert waren.

Marius ließ seinen Finger über der Karte kreisen und tippte ab und zu mal mit einem *Hier!* darauf, woraufhin Sophie dieses Gebäude mit einem roten Kreuz versah. Marius' Finger wanderte Richtung Dollart. Er stutzte. „Komisch", murmelte er.

„Was ist komisch?", hakte Sophie nach.

„Da fehlt eins. Es ist nicht markiert." Er tippte auf eine Stelle am Reiderwolder Polderdijk, nahe der deutschen Grenze. „Da steht ein kleines Haus. Es ist eine Art Hauptquartier von Menko. Von dort aus finden viele Drogentransporte nach Deutschland statt. Jelle war auch dort, bevor er im Watt ertrunken ist."

„Menkos Hauptquartier, sagst du. Deshalb hat er es vermutlich von allen offiziellen Papieren getilgt", mutmaßte Sophie.

„Hat es einen Keller?", fragte Arie, dem das Herz plötzlich bis zum Hals schlug.

„Ja. Keinen großen, aber ... ja, einen Keller gibt es. Ich hab auf Anweisung von Menko öfter mal Pakete dort deponiert."

Arie riss die Tür zum Vorzimmer auf, in das seine Sekretärin wieder verschwunden war. „Ich brauche einen Hubschrauber", rief er. „Sofort! Außerdem fahren alle verfügbaren Einsatzkräfte umgehend an den Reiderwolder Polderdijk. Die genaue Position gebe ich gleich durch."

„Aber der Chef ..."

„Sagen Sie ihm, er kann schon mal meine Kündigung schreiben. Um diesen Einsatz aber kümmere ich mich selbst. Davon wird er mich auch mit sämtlichen Disziplinarverfahren dieser Welt nicht abhalten." Er drehte sich zu Sophie um. *„Kom je?"*

Nur wenige Minuten später bestiegen sie mit zwei weiteren Einsatzkräften den Hubschrauber in Richtung Dollart.

39

Der Durst brannte in ihr wie das Höllenfeuer, jeder ihrer Muskeln war purer Schmerz. Auf dem nackten Betonboden liegend, Hände und Füße mit Kabelbindern gefesselt, das Atmen durch den Knebel erschwert, hatte sich ihr nur sommerlich bekleideter Körper in eine Starre begeben, die ihr Martyrium unerträglich machte. Verzweifelt hatte Aukje zu beten begonnen, es jedoch bald wieder aufgegeben.

Ihr Peiniger war der Einzige, der sie aus dieser Folter befreien konnte, und zugleich derjenige, der sie töten wollte. Töten. Fast wünschte sich Aukje, es würde so sein. Im schnellen Tod sein Ende zu finden, war allemal besser, als über Stunden, vielleicht sogar Tage gequält zu werden, in der Gewissheit, dass es kein Entrinnen gab. Ja, er würde sie töten. Damit hatte sich Aukje inzwischen abgefunden. Und es war okay. Alles war besser, als in diesem Loch hilflos und von Schmerzen und Durst geplagt seinem unausweichlichen Ende entgegenzusehen.

Aukje wusste nicht, wie lange sie schon ausharrte. Vielleicht Minuten, vielleicht Stunden. Auf jeden Fall aber eine Ewigkeit. Nachdem der Kerl sie hier alleingelassen hatte, war Hoffnung in ihr aufgekeimt, dass Arie sie finden und befreien würde. Schließlich hatte sie in brenzligen Situationen stets auf ihren großen Bruder zählen können. *Mijn vaatje biskruid*[27] hatte er sie immer genannt, wenn sie mal wieder etwas angestellt hatte. Und das hatte sie ziemlich häufig. Nicht zuletzt in der Gewissheit, dass Arie sie nicht im Stich lassen würde, ganz egal, was auch passierte. Als kleines Mädchen war sie davon überzeugt gewesen, dass es für Arie keine Grenzen und keine Mauern gab und dass es deshalb für ihn ausgeschlossen war, für die Probleme, in die sich seine kleine Schwester so gerne hineinmanövrierte, keine Lösung zu finden.

Da hatte sie sich wohl getäuscht. Denn Arie war nicht hier, um ihr über den Kopf zu streicheln und ihr zu sagen, dass alles gut werden würde. Zum ersten Mal in ihrem Leben war er nicht da, wenn sie ihn brauchte.

„Wen haben wir denn da? Und schon so wunderbar verschnürt."

Aukje riss die verquollenen Augen auf. Sie hatte niemanden kommen hören, doch nun sah sie zwei in Jeans steckende Beine. Ihr Blick wanderte an der Gestalt empor und blieb an deren Gesicht hängen. Vor ihr stand ein Mann, den sie noch nie gesehen hatte. Groß, drahtig, kahlköpfig, tätowiert. Selbst seine Glatze trug ein Tattoo. Er musterte sie aus eisgrauen Augen, sein Blick war stechend. Er rieb sich das Kinn, als er nun mit starkem russischen Akzent brummte: „Ich muss schon sagen, Michail macht keine halben Sachen. Entschuldigung: Machte keine halben Sachen." Kurz auflachend ging er in die Hocke und strich Aukje eine Haarsträhne hinters Ohr. „Bestimmt hast du ihn schon vermisst, he? Aber nun bin ja ich da und werde ihn würdig vertreten."

---

[27] Mein Pulverfässchen

Aukje zuckte zurück, stieß einen Schmerzensschrei aus, als ihre Muskeln gegen diese unwillkürliche Bewegung protestierten. Gebremst vom tiefsitzenden Knebel aber blieb nur ein Gurgeln. Sie würgte, versuchte jedoch sogleich, es zu unterdrücken. Der Kerl sah nicht so aus, als würde es ihn kümmern, wenn sie an ihrem Erbrochenen erstickte. Der andere Typ war also tot. Bei diesem Gedanken spürte sie für einen kurzen Moment Genugtuung, doch brachte dieser Umstand ihr keinerlei Vorteil. Ganz offensichtlich war dieser Mann für ihn eingesprungen, um das zu Ende zu bringen, was dieser Michail nicht mehr geschafft hatte. Für Aukje machte es also keinen Unterschied. Sie würde sterben. Und sie wusste nicht einmal, warum. Blieb nur zu hoffen, dass der Neue kein solcher Sadist war wie sein Kollege.

Die Hoffnung zerstob, als der Kerl sie nun an den Haaren griff und sie über den Boden bis in die Mitte des Kellerraums schleifte. Aukje glaubte, vor Schmerzen vergehen zu müssen. Grelle Blitze durchzuckten ihr Hirn, ihre erstickten Schreie hallten überlaut in ihrem Kopf wider und raubten ihr schier den Verstand. Ihr Magen rebellierte.

„Wenn ich mich schon ein bisschen mit dir amüsiere, dann will ich dich auch richtig sehen." Ihr Peiniger musterte sie unter dem von oben hereinfallenden Licht wie auf einer Fleischbeschau. Was er sah, schien ihm zu gefallen, denn er leckte sich die schwulstigen Lippen.

Aukje schloss die Augen, um sein lüsternes Grinsen nicht mehr ertragen zu müssen. Ihr Körper führte ein Eigenleben, vibrierte vor Schmerz und Kälte. Unaufhaltsam liefen Tränen über ihr Gesicht, tropften von den

Wangen und vermischten sich mit dem Staub des Keller-
bodens. Sie stieß einen stummen Seufzer aus. Was auch
immer jetzt geschah, sie würde nichts daran ändern können.

40

Der Hubschrauber sollte etwa zwei Kilometer entfernt von ihrem Zielobjekt landen. Dort wartete für die Weiterfahrt bereits ein Fahrzeug auf sie. Sollte sich irgendjemand in dem von Marius benannten Haus aufhalten, wäre es fahrlässig, ihn verfrüht auf die Ankunft der Ermittler aufmerksam zu machen. Das Risiko, dass die aus allen Richtungen herannahenden Einsatzfahrzeuge frühzeitig von dem mutmaßlichen Auftragskiller entdeckt wurden, war ohnehin schon erheblich. Es gab nur eine schmale Zufahrtsstraße und inmitten der Felder keinerlei Sichtschutz, hinter dem sie sich unbemerkt hätten heranpirschen können.

Unter anderen Umständen hätte Sophie ganz sicher die atemberaubende Aussicht über die dünnbesiedelte Weite der Landschaft und das Wattenmeer genossen, die ihr der kurze Flug über den niederländischen Nordosten bot. Nun aber galt ihre ganze Aufmerksamkeit dem kleinen Haus, in dem sie hofften, Aukje lebend und nach Möglichkeit unversehrt zu finden – wenn Sophie auch Letzteres nach Marius' Schilderungen kaum noch zu hoffen wagte. Und natürlich blieb der Zweifel, ob sie hier überhaupt am richtigen Ort waren. Dass Aukje in genau diesem Haus gefangen gehalten wurde, war schließlich reine Spekulation.

Arie saß neben ihr und war das reinste Nervenbündel. Immer wieder schrie er den Piloten an, er solle gefälligst schneller fliegen. Seinen Blick starr nach unten gerichtet, erweckte er den Eindruck, als wolle er ihr Zielobjekt heranzoomen. Sophie hoffte für ihn, dass er nicht enttäuscht wurde. Was, wenn sie auf dem Weg zum falschen Objekt waren? Wenn sich beim Betreten des Hauses herausstellte, dass sie aus dem Wenigen, was sie wussten, die falschen Schlüsse gezogen hatten?

„Da ist es", sagte Arie. „Da ist das Haus!" Er klopfte dem Piloten auf die Schulter und deutete auf einen kleinen Punkt in der Ferne. *„Daar!"*

Der Pilot nickte. Routiniert steuerte er den Punkt an, die ihm per Koordinaten vorgegeben worden waren. Das Fahrzeug wartete bereits auf sie, der Fahrer schwenkte die Arme über dem Kopf, um ihnen anzuzeigen, wo genau der Helikopter würde landen können.

Arie war der Erste, der mit einem Satz aus dem Hubschrauber sprang und zum Auto hechtete, deren Türen bereits offenstanden. Sophie und die beiden Beamten folgten im Laufschritt, von Arie durch ungeduldige Gesten angetrieben. Das Dröhnen des Propellers war so laut, dass Sophie sich die Ohren zuhielt. Auch rissen die durch ihn verursachten Luftverwirbelungen unangenehm an ihrem Haar. Sophie war froh, als sie endlich im Auto saß und die Tür hinter sich schloss.

Die flache, durch einen Deich begrenzte Landschaft stob nur so an ihnen vorbei, als sie die letzte Etappe in einem Affenzahn zurücklegten. Arie hielt es kaum in seinem Sitz. Ungefähr zweihundert Meter vor dem anvisierten Haus drosselte der Fahrer das Tempo, um später nicht mit quietschenden Reifen zum Stehen kommen zu müssen. Nach wie vor hofften sie, das Haus unbemerkt ansteuern und betreten zu können.

Endlich angekommen, riss Arie die Tür auf und sprang aus dem Wagen. Diverse Einsatzkräfte waren bereits eingetroffen und wurden von ihrem Vorgesetzten an unterschiedlichen Stellen des Grundstücks positioniert. Sollte der Kidnapper versuchen zu entkommen, würde es ihm schwerlich gelingen.

Aus dem Haus, das noch kleiner war, als Sophie es sich vorgestellt hatte, war kein Laut zu hören. Obwohl niemand seit ihrer Ankunft ein Wort gesprochen hatte, legte Arie den Zeigefinger auf den Mund, um allen zu bedeuten, ruhig zu sein. Er winkte Sophie, mit ihm an die Haustür zu kommen. Vorsichtig drückte er die Klinke hinunter, die Tür schwang mit einem leisen Quietschen auf. Gefolgt von zwei uniformierten Beamten betraten sie den Flur. Die wenigen Türen, die von diesem abgingen, standen offen und gaben den Blick auf vollständig eingerichtete Räume preis. Lediglich eine Tür war geschlossen. Arie machte Zeichen, dass er hinter dieser die Treppe zum Keller vermutete.

Arie öffnete auch diese Tür. Die Treppe lag im Dunkeln. Langsam tasteten sie sich nacheinander die Stufen hinab, immer darauf bedacht, keine Geräusche zu machen. Es dauerte einen längeren Moment, bis sich Sophies Augen an das Halbdunkel gewöhnt hatten. Unten angekommen, stieß Arie, seine Pistole im Anschlag, eine weitere Tür auf und sah sich in dem einzig vorhandenen, durch ein Oberlicht nur schwach beleuchteten Raum um. Er war leer. Bis auf ein Foto an der Wand. Darauf zu sehen waren Karla, Mina und zwei junge Männer. Arie schluckte schwer, als er auch Aukje erkannte. In ihrem Auge steckte ein Dartpfeil.

„*Verdorie!*", hörte sie Arie fluchen. „Was zum Teufel …!" Er schloss die Augen und legte den Kopf in den Nacken. In einem lauten Stöhnen brach sich all die Verzweiflung der letzten Stunden bahn. Sophie meinte sogar, eine Träne seine Wange hinunterlaufen zu sehen.

Mit hängenden Köpfen liefen sie die Treppe wieder hinauf, keiner sagte ein Wort. Die oben wartenden Beamten sahen sie fragend an, doch auf das Kopfschütteln von Sophie hin ließen auch sie die Köpfe hängen. Einer der Polizisten klopfte Arie tröstend auf die Schulter, doch der reagierte nicht. Sophie fiel es nicht schwer, sich auszumalen, welche Gedanken ihm gerade durch den Kopf gingen.

„Blut! Hier unten ist Blut!", rief ein Beamter aus dem Keller herauf. „Hier sind auch Schleifspuren. Hier muss also jemand …"

Noch bevor er seinen Satz beendet hatte, traf Sophie plötzlich ein heftiger Schlag. Sie taumelte. Irgendwer hatte ihr mit voller Wucht die Wohnzimmertür gegen den Oberarm gedonnert. Ihr entwich ein Schmerzensschrei, doch schon im nächsten Moment spürte sie etwas Hartes, Kaltes an ihrer Kehle, und ein kräftiger Arm klammerte sich wie eine Schraubzwinge um ihren Oberkörper. Erschrocken schnappte sie nach Luft.

Um sie herum herrschte plötzlich hektische Betriebsamkeit. Diverse Beamte bauten sich vor ihr auf, die gezogenen Waffen auf ihren Angreifer gerichtet.

„Sofort die Waffen weg oder die Lady hier ersäuft gleich in ihrem eigenen Blut!", brüllte eine Stimme mit hartem russischen Akzent direkt an ihrem Ohr.

„Waffen weg! Sofort!", peitschte nun auch Aries Stimme durch den Raum, und schon im nächsten Moment war das mehrfache Poltern von Pistolen auf dem Holzboden zu hören.

„Wo ist Aukje?", schrie Arie. „Was hast du mit ihr gemacht?"

Ein raues Lachen. „Du bekommst sie, sobald ich hier weg bin."

Das war anscheinend nicht das, was Arie hatte hören wollen, denn der machte, begleitet von einem Wutgeheul, das einem das Blut in den Adern gefrieren ließ, einen Satz nach vorne. Nur wenige Schritte trennten ihn jetzt noch von Sophie und dem Russen. Der fackelte nicht lange, und schon im nächsten Moment spürte Sophie einen schmerzhaften Stich am Hals, dann Blut, das ihr warm die Kehle hinunterrann. „Arie!", schrie sie, getrieben von Todesangst. „Arie! Bitte! Bleib zurück! Tu, was er sagt!"

Arie hielt abrupt in seiner Bewegung inne und hob beschwichtigend die Arme, als der Russe nun sagte: „So ist brav, Kleines. Ich sehe, du hast verstanden. Sag deinem Kollegen, dass er sich eine neue deutsche Partnerin suchen muss, wenn er sich noch einmal so danebenbenimmt."

„Was wollen Sie?" Aries Stimme zitterte vor unterdrückter Wut.

„Ein Auto."

„Zuerst Aukje."

„Zuerst das Auto."

Sophie, die den zunehmenden Druck des Messers an ihrem Hals verspürte, nickte Arie fast unmerklich zu, der daraufhin zu seinen Leuten sagte: „Fahrt ein Auto vor. Direkt vor die Tür. Und dann lasst ihn gehen. Kein Versuch, ihn aufzuhalten, keine Verfolgung. Verstanden?"

„Siehst du, es geht doch", sagte der Russe zufrieden. Als ein Auto vorfuhr, bewegte er sich, Sophie wie einen Schutzschild vor sich haltend, ganz langsam seitwärts Richtung Haustür, immer darauf bedacht, dass niemand auf ihn anlegte. Arie folgte ihnen in sicherem Abstand. Draußen angekommen, rief er einmal in die Runde: „Kein Zugriff! Ich wiederhole: kein Zugriff! Lasst den Mann unbehelligt wegfahren!"

An der offenstehenden Fahrertür des Autos angekommen, stieß der Russe Sophie grob von sich, sodass sie taumelte und auf den Knien landete. Nur wenig später heulte der Motor auf, Reifen quietschten, und er schoss in Richtung der deutschen Grenze von dannen.

Sophie rappelte sich auf. Sie sah Arie auf sich zu rennen, doch rief sie ihm zu: „Alles okay bei mir. Such du nach Aukje!" Sie zog ihr Smartphone aus der Tasche, um für alle Fälle den Rettungsdienst zu alarmieren, musste jedoch feststellen, dass es schon einer der niederländischen Kollegen gemacht hatte. Der Notarzt müsse jeden Moment hier eintreffen, hieß es.

Noch unter Schock stehend und leicht wackelig auf den Beinen, taumelte sie ins Haus zurück, in dem es jetzt von Polizisten nur so wimmelte. Gerade, als sie zur Tür hereinkam, hörte sie einen verzweifelten Schrei. Es war Arie. Sie rannte in die Richtung, aus der der Schrei gekommen war, und fand Arie vor einem offenstehenden Kleiderschrank am Boden kniend vor, in den Armen hielt er ein schlaffes, blutüberströmtes Bündel Mensch.

Ein heftiger Adrenalinstoß sorgte dafür, dass Sophie wieder Herrin ihrer Sinne wurde. Auch sie fiel nun auf die Knie, griff an Aukjes Hals und tastete nach ihrem Puls, während Arie mit einem Taschenmesser die Fesseln löste. „Sehr schwacher Puls", murmelte sie mehr zu sich selbst, „aber sie lebt." Ein Kollege kam und brachte ein paar Decken, in die sie Aukje einwickelten. Erst jetzt fiel Sophie die hohe Anzahl an Blessuren auf, die Aries Schwester davongetragen hatte. Vor allem waren es größere und kleinere Schnittwunden, über den ganzen Körper verteilt. „Aber sie lebt", murmelte sie erneut. „Aber sie lebt." In der Ferne hörte sie bereits herannahende Martinshörner.

Doch war der Albtraum noch nicht zu Ende, denn ein Kollege kam keuchend angerannt und rief: „Wir haben hinter dem Haus unter einer Plane zwei männliche Leichen entdeckt. Der Beschreibung nach zu urteilen, handelt es sich um die vermissten Studenten Derk und Jan."

„Shit", war alles, was Sophie in diesem Moment dazu sagen konnte.

41

Arie verspätete sich, was Sophie Reimers vorausgesehen hatte. Natürlich hatte sie Verständnis dafür, dass er den Fall nach allem, was geschehen war, so schnell wie möglich abschließen wollte. Doch dass ihm das nicht innerhalb kürzester Zeit gelingen würde, lag auf der Hand. Zumal sich auch seine Vorgesetzten wenig begeistert davon gezeigt hatten, dass er persönlich nach seiner Schwester gesucht und sich damit ihren Anweisungen widersetzt hatte. Letztlich aber, so hatte Arie ihr am Telefon berichtet, waren sie nicht unglücklich darüber gewesen, dass durch Aries beherztes Eingreifen Schlimmeres hatte verhindert werden können. Also verzichteten sie nach längerem Hin und Her auf ein Disziplinarverfahren. Er war noch einmal mit einem blauen Auge davongekommen. Die Berichte und Protokolle aber, die geschrieben werden mussten, blieben.

Sophie selbst war inzwischen nach Leer zurückgekehrt und hatte direkt einen neuen Fall übernommen, nachdem der russische Auftragskiller noch am selben Tag, an dem er mit dem Auto geflüchtet war, hatte festgenommen werden können. Damit war ihr Job in Groningen beendet.

Umso größer war die Freude gewesen, dass Arie sie gestern angerufen und gefragt hatte, ob sie ihren Ermittlungserfolg gemeinsam feiern wollten. Elsie habe sie zum Grillen in ihren Garten eingeladen. Aukje, die das Krankenhaus inzwischen hatte verlassen dürfen, werde ebenso da sein, wie seine Großmutter, die sich unbedingt persönlich davon überzeugen wolle, dass sich ihre Enkelin gut erholt hatte.

Ein würdiger Abschluss für das, was sie in den letzten Tagen durchgemacht hatten, wie Sophie fand. Also hatte sie zugesagt. Selbst das Wetter spielte wieder mit, und so half sie Elsie gerade beim Zubereiten der Salate und beim Eindecken des Tisches. Die Kohle im Grill glühte bereits, schon bald würden sie das erste Fleisch drauflegen können. Aukje hatten sie genötigt, es sich in einem Liegestuhl bequem zu machen und ja nicht auf die Idee zu kommen, in irgendeiner Weise helfen zu wollen. Noch immer sah sie reichlich blass und mitgenommen aus; nicht nur die Schnittwunden, die man ihr mit einem Messer beigebracht hatte, würden Narben an Körper und Seele hinterlassen. Umso schöner, dass ihre Großmutter neben ihr saß und ihr die Hand tätschelte, wann immer sie es für nötig hielt. Und das war ziemlich häufig.

„Daar ben je eindelijk[28]!" Elsie, die in ihrem hellgelben Sommerkleid so frisch aussah wie ein junger Frühlingsmorgen, sprang strahlend auf den gerade durchs Gartentor hereinkommenden Arie zu, umarmte ihn herzlich und drückte ihm zwei Küsschen auf die Wangen. Aus irgendeinem Grund spürte Sophie genau in diesem Moment ein komisches Drücken in der Magengrube, was sie auf die hinter ihr liegende Anstrengung und vor allem den Hunger schob, der sie schon seit Stunden quälte. Auch sie ging nun auf Arie zu. Irgendetwas aber hielt sie davon ab, ihn ebenfalls zu umarmen, und so schüttelte sie ihm einfach

---

[28] Da bist du endlich

nur die Hand. „Na, alle Formulare ausgefüllt?", fragte sie mit einem Augenzwinkern.

„Ja. Und Menko Brandsma ein letztes Mal durch die Mangel gedreht", erklärte er und rieb sich die müden Augen. Die Strapazen der letzten Tage waren nicht spurlos an ihm vorübergegangen, er sah blass und übernächtigt aus.

„Darf ich erfahren, wie alles ausgegangen ist?", fragte Sophie.

Arie deutete auf eine kleine Sitzgruppe aus Rattan, die ein wenig abseits inmitten des von Bienen umsummten Blumenmeers stand. „Ich komme gleich zu dir. Lass mich zuerst Aukje und Oma begrüßen."

„Also?", fragte Sophie, als sich Arie nur wenige Minuten später zu ihr setzte. „Hat Brandsma sich dann doch noch zu einem Geständnis durchringen können?"

Arie nickte. „Ja. Aber erst, nachdem sein Killer ihm in den Rücken gefallen war. Ich hatte den Eindruck, dass der Russe wenig Lust hatte, in den Knast zu wandern, während sein Auftraggeber womöglich aus Mangel an Beweisen weiterhin spazieren geht. Also hat er uns mit ausreichend Material versorgt, sodass wir beim Prozess gegen Brandsma nicht mehr in mühsamer Kleinarbeit halbgare Indizien zusammentragen müssen."

Sophie schüttelte verständnislos den Kopf. „Es will mir einfach nicht einleuchten, warum jemand nur wegen ein paar Kilogramm Drogen zum Mörder wird. Und das gleich mehrfach. Ich meine, selbst wenn man ihn erwischt hätte, dann wäre er womöglich sogar noch mit einer Bewährungsstrafe davongekommen."

„Ganz sicher nicht", widersprach Arie. „Für Brandsma stand nichts weniger auf dem Spiel als seine Existenz.

Wenn zum Beispiel sein Arbeitgeber spitzbekommen hätte, was er sich – im wahrsten Sinne des Wortes – so alles leistet, dann hätte ihn vermutlich alleine das schon in den Knast gebracht."

„Nämlich?", fragte Sophie neugierig.

„Veruntreuung. Vorteilsnahme. Betrug. Und das in großem Stil. Bekanntlich war Brandsma für die Begutachtung der Erdbebenschäden an Gebäuden zuständig. Und wie wir schon vermutet hatten, hat er sich dabei ordentlich in die eigene Tasche gewirtschaftet, sich beispielsweise für billiges Geld Grundstücke und Gebäude unter den Nagel gerissen. Selbst solche, die gar keine oder nur geringfügige Schäden aufweisen. Er wollte sie, wenn Gras über die Sache gewachsen ist, als Spekulationsobjekt gewinnbringend veräußern. Was wir bislang nicht beweisen konnten, hat inzwischen unsere Abteilung für Wirtschaftskriminalität ermittelt und die Erkenntnisse an die Staatsanwaltschaft weitergeleitet."

„Wow!" Sophie nickte anerkennend. „Und dazu die Drogengeschäfte, für die diese leerstehenden Häuser gerade richtig kamen."

„Ja. Und er spielt bei den ganz Großen mit. Er ist alles andere als ein kleines Licht bei der Drogenmafia."

„Tja, aber clever gedacht ist eben nicht auch immer clever gemacht. Unwahrscheinlich, dass er den Knast allzu bald wieder verlassen wird." Sie überlegte kurz und fragte dann: „Wisst ihr nun mehr darüber, warum Karla und ihre Freunde haben sterben müssen? Und warum Brandsma dann auch noch Aukje im Visier hatte?"

Arie gähnte herzhaft, bevor er sagte: „Ja, Brandsma kam dann doch noch ins Plaudern, als er merkte, dass Kooperation von nun an für ihn der beste Weg sein würde. Angeblich, so sagt er, habe Karla in einem der gesperrten Häuser eine größere Menge Drogen entdeckt. Nach ein wenig Recherchearbeit lag es für sie auf der Hand, wer da seine Finger im Spiel hat und auf welcher Grundlage. Also ist sie losgezogen und hat versucht, Brandsma mit ihrem Wissen zu erpressen. Dabei ging es ihr wohl weniger um Geld, als dass er sich selber anzeigte. Ansonsten würde sie es tun, hat sie wohl zu ihm gesagt."

„Das war nicht besonders klug von ihr", seufzte Sophie. „Sie hätte sich mit dem Tütchen Gras einen schönen Abend machen und Ruhe geben sollen. Oder einfach zur Polizei gehen." Sie sah zu Aukje hinüber, die sich angeregt mit Elsie unterhielt, während diese die ersten marinierten Fleischstücke auf den Grill legte. „Aber wie kommen Derk und Jan ins Spiel?"

„Derk und Jan sind tatsächlich bei Brandsmas Hausboot aufgetaucht. Das wurde ihm wohl zu heiß. Er hat nicht lange gezögert und seinen Killer auf sie gehetzt."

„Mist. Und das alles nur, weil sie meinten, Marius als Mörder enttarnen zu müssen. Und Aukje?"

„Angeblich hat Karla behauptet, dass ihre Freunde – also Aukje, Mina, Derk und Jan – über das Drogengeschäft ebenfalls Bescheid wissen. Vermutlich, um Brandsma zu verdeutlichen, dass sie nicht alleine auf weiter Flur ist."

„Das macht sie mir nicht gerade sympathischer", konstatierte Sophie. „Sie hätte doch wissen müssen, dass sie ihre Freunde damit in Gefahr bringt."

„Vermutlich hat sie angenommen, dass sich Brandsma an so viele Personen nicht herantrauen würde. Sie hatte wohl sein kriminelles Potenzial unterschätzt."

„So naiv kann doch kein Mensch sein", murmelte Sophie.

„Eine Naivität, für die sie teuer bezahlt hat", stellte Arie fest.

„Nicht nur sie. Sie hat auch den Tod von ihren Freunden zu verantworten." Sie seufzte. „Aukje wird mit den Folgen noch lange zu kämpfen haben."

„Ja, das wird sie." Arie schenkte seiner Schwester ein Lächeln, als die ihm nun zuwinkte. „Aber sie lebt. Und das ist mehr, als ich zwischenzeitlich zu hoffen gewagt hatte. Alles andere wird sich finden."

„Und Marius Bruhns? Was passiert mit ihm?"

„Er sitzt in Untersuchungshaft. Ich denke, dass der Richter ihm mildernde Umstände zugesteht, da er maßgeblich dazu beigetragen hat, Aukje zu finden."

„Nur noch eine Frage, dann entlasse ich uns in den Feierabend", sagte Sophie. „Warum hat man Karlas Leiche ausgerechnet auf dem Grundstück von Brandsmas Eltern deponiert?"

Arie grinste. „Gute Frage. Genau die hat sich Menko Brandsma anscheinend auch gestellt. Er war deswegen sehr … wie sagt man bei euch? Angepinkelt?"

„So ähnlich." Sophie musste laut lachen. „Aber ich verstehe es trotzdem nicht. Schließlich hat er den Mord beauftragt. Es passt nicht zu ihm, solch einen Fehler zu machen."

„Na ja, die Vorgabe war wohl, Karlas Leichnam irgendwo verschwinden zu lassen, wo man ihn nie und nimmer finden würde. Und wo keine Leiche, da kein Mörder. Aber anscheinend liebte der gute Michail Pawlow den Nervenkitzel. Er hielt sich wohl für cleverer als die Polizei, was auch erklärt, dass er nirgends seine Spuren beseitigt hat. Er war ein Spieler."

„Russisches Roulette." Sophie grinste. „Nur blöd für ihn, dass ihn die Kugel dann selbst erwischt hat."

„Berufsrisiko, würde ich mal behaupten." Arie hob schnuppernd die Nase, als nun der Geruch von gegrilltem Fleisch zu ihnen herüberwaberte. *„Ah, heerlijk!"*, schwärmte er. „Elsie hatte schon immer ein Händchen fürs Grillen." Damit schlug er sich auf die Oberschenkel, stand auf und reichte seiner Kollegin die Hand, um sie im nächsten Moment mit einem *Mag ik u ten tafel begeleiden?*[29] aus ihrem Stuhl hochzuziehen.

Sophie fragte sich noch Stunden später, warum sich die drei anderen Frauen bei dieser freundschaftlichen Geste verschwörerisch zugezwinkert hatten.

---

[29] Darf ich Sie zum Tisch begleiten?

DANKE!

Als halbe Niederländerin war es mir ein Bedürfnis, meine neue Krimireihe sowohl in meiner Heimat Ostfriesland, als auch in den Niederlanden anzusiedeln. Da ich unser Nachbarland jedoch in erster Linie von Besuchen bei der Verwandtschaft und aus dem Urlaub kenne, war ich sehr dankbar, als mein Onkel Hotze Bergsma anbot, mir Land und Leute seiner Heimat noch ein wenig näherzubringen. Und so hat er sich mehrmals die Zeit genommen, mit mir durch Groningen und Umgebung zu stromern, mir besondere Plätze zu zeigen – zum Beispiel das ehemalige Häuschen meiner Großeltern in Onderdendam, das in diesem Krimi Arie van Dijks Großmutter bezogen hat – und mir etwas über die Eigenarten seiner Landsleute in der Provinz Groningen zu erzählen. Als fachkundiger Geograph und Historiker war er für mich ein wertvoller Ansprechpartner und Testleser, der es während des Entstehungsprozesses verstanden hat, konstruktive Kritik an genau den richtigen Stellen zu platzieren und Verbesserungsvorschläge zu machen. Sehr cool, lieber Hotze! Für diese Zusammenarbeit danke ich dir von Herzen und hoffe auf noch viele weitere deutsch-niederländische Werke, viele Tassen Kaffee im Bommen Berend und viele Teller Erbsensuppe in Uffelte.

Wie immer gilt mein ausdrücklicher Dank meinen Testleserinnen Katrin Fritzsching und Sabine Kern sowie meinem ständigen Berater Volker Behnecke, die mir wertvolle Hinweise zu Logik und Aufbau der Geschichte gaben. Vielen Dank dafür, Ihr Lieben, Ihr seid die Besten! Richtig auf Trab aber brachte mich mein Lektor Hagen Schied (www.lektorat-buchwaerts.de), der mit professionellem Auge auch das sah, was Laien (und mir) gemeinhin verborgen bleibt. Ich danke ihm von Herzen für seine wertvollen Anmerkungen, Einwände, Ergänzungen und die konstruktive Kritik. Den allerletzten Schliff gab Corinna Rindlisbacher (www.ebokks.de) im Korrektorat. Sie konvertierte auch die Textdatei ins richtige Format. Auch dafür ein großes Dankeschön!

Ganz dolle freue ich mich über das gelungene Cover, das von der wohl besten Werbeagentur der Welt, nämlich der Diviice Advertising GmbH in Gießen (www.diviice.de) erstellt wurde, mit der ich schon seit langen Jahren sehr gerne und vertrauensvoll zusammenarbeite. Vielen Dank dafür, liebe Kerstin (und Team)!

Liebe Leserin, lieber Leser,

ich freue mich sehr, dass Sie den ersten Band meiner Grenzfälle „Wie Mauern so kalt" als Lektüre ausgewählt haben und hoffe, dass ich Ihnen mit diesem Krimi ein paar spannende Stunden bereiten konnte. In diesem Fall würde ich mich über eine Rezension oder ein Feedback über meine Homepage (www.elke-bergsma.de) oder per E-Mail (mail@elke-bergsma.de) sehr freuen. Sollten Sie Lust haben, auch meine ostfriesischen Ermittler David Büttner und Sebastian Hasenkrug kennen zu lernen, darf ich Ihnen an dieser Stelle meine zwanzig Ostfrieslandkrimis ans Herz legen, die in dieser Reihenfolge erschienen sind und sich inzwischen mehr als eine Million Mal verkauft haben:

„Windbruch"
„Das Teekomplott"
„Lustakkorde"
„Tödliche Saat"
„Dat witte Lücht" (Kurzkrimi)
„Puppenblut"
„Stumme Tränen"
„Schweigende Schuld"
„Fluchträume"
„Brandwunden"
„Strandboten"
„Maskenmord"
„Eisige Spuren"
„Seelenrausch"
„Scheinwelten"

„Dunstkreise"
„Zornesbrut"
„Sippenverfall"
„Todesgruft"
„Bitteres Erbe"

Vielleicht haben Sie auch Lust, in die ersten Bände meiner historisch-zeitgenössischen Ostfrieslandkrimireihe „Wibben und Weerts ermitteln" reinzuschnuppern? In dieser Reihe sind bisher erschienen:

„Moorsmaragd"
„Flutrubin"

Möchten Sie regelmäßig und unkompliziert über alles, was rund um meine Krimis herum passiert, informiert werden, dann abonnieren Sie doch einfach meinen **Newsletter** unter: www.elke-bergsma.de/Newsletter/448

Herzliche Grüße
Elke Bergsma

www.elke-bergsma.de
www.die-leseinsel.de
www.dat-leseboot.de
www.facebook.com/elkebergsmaautorin